안전가옥
오리지널
37

급발진

서곤

장편소설

1

지금부터 내가 들려줄 이야기는 한 악당의 탄생에 대한 이야기야.

2

여기는 대한민국 서울, 가산디지털단지역 1번 출구에서 도보 10분 거리에 위치한 스마트탐정사무소. 신용 정보법이 허락하는 합법적인 탐정 회사지. 오늘 이 회사에 신입 사원이 들어왔어. 이름은 고주운. 행정학과를 자퇴하고 법원직 공무원 시험을 3년간 준비했던 24세 여성이야. 유독 눈이 크고 휘둥그레서 별명은 '슬픈 개구리', 현재 헤어스타일은 칼단발에 일자 앞머리, 입고 있는 옷은 흰 셔츠에 아이보리색 재킷과 검정 슬랙스, 들고 있는 가방은 급하게 출근용으로 구입한 5만 원짜리 토트백, 구두는 검은색 로퍼, 입술 색깔은 보라색, 정신 상태는 좌절.

매우 좌절.

사람에게는 느낌이란 게 있잖아. 직감, 예감, 인생 빅데이터, 조상신이 흔드는 레드 라이트. 이 건물에 발을 들일 때부터 고주운에게 그게 왔거든. 뭔가 잘못 흘러가고 있다는 느낌. 스마트탐정사무소가 위치한 이곳 대륭테크노타운 빌딩에 들어설 때 말이야. 엘리베이터는 두 대 모두 고장 난 상태였고, 너비가 몹시 좁은 비상계단을 까치발로 종종대며 올라가는 동안에는 모든 층에서 쉰내가 풍겼어. 간신히 9층에 도달해 스마트탐정사무소에 들어섰을 때, 생각보다 산뜻하고 정돈된 로비의 모습을 보고 잠시 마음을 놓으려던 찰나, 고객이 아니라 첫 출근한 수습사원이라는 말에 안내받은 사무실의 풍경을 보고 성급하게 내려놓은 마음 원점 복귀. 누렇고 칙칙한 바닥, 있어서는 안 될 것이 기어다닐 것 같은 얼룩진 벽면, 열과 행의 구속을 거부하는 자유분방한 책상과 의자, 구석에 비스듬히 놓인 기름기 도는 검정 소파, 그 위에 자연 발생한 버섯처럼 옹기종기 모여 앉아 키스할 것처럼 얼굴을 맞대고 열변을 토하는 인상 험악한 남자들까지. 어제 유튜브 알고리즘의 선택을 받아 시청했던, 강한 자만이 살아남는다는 90년대 회사 풍경이 여기 있잖아. 아니, 회사면 다행이게? 범죄 예능에서 자료 화면으로 나온 옛날 조폭 사무실도 이보단 나을 것 같아. 그렇다면 이건 타임 슬립이겠지. 아니, 타임 리프? 타임…… 잠깐 타임! 개구리처럼 커다란 눈을 끔뻑이며 고주운은 현실을 부정해. 내 첫 회사가 이렇게 허접할 리가 없어!

있어! 고주운의 현실 부정을 박살 내려는 듯 대표가 손을 흔들며 성큼성큼 걸어 나왔어. 경량급 복서처럼 다부져 보이는 그는 고주운의 90도 인사를 대강 받아넘기며 뒤쪽 어딘가를 가리키고는 부랴부랴 사무실을 빠져나가. 대표의 손끝이 가리킨 곳을 보니 반쯤 문이 열린 회의실이 있었어. 검정 소파에 돋은 버섯 남자들이 아까부터 간식을 발견한 리트리

버처럼 자기를 뚫어져라 쳐다보는 통에 심히 얼굴이 따가웠던 고주운이 후다닥 회의실로 들어갔어. 일단 마음을 좀 가라앉히고 생각해 보려고. 도망갈지, 아니면 존나게 뛰어서 도망갈지.

그렇게 들어간 회의실 안에는 사슴이 있었어.

사슴.

포유강 우제목 사슴과에 속하는 중대형 초식 동물의 총칭.

비유적인 표현이야.

길고 곧은 목, 갸름하고 부드러운 얼굴선, 서글서글한 눈을 가진 사람이 의자에 앉아 있다가 인기척을 듣고 일어났어. 고주운을 보더니 버드나무 이파리처럼 눈꼬리가 낭창거리며 휘어. 고주운은 일순간 사무실의 누런 바닥과 거무튀튀한 벽이 페이드 아웃으로 시야에서 사라지는 마법을 경험해. 은은한 조명이 켜지고, 새벽 감성을 일깨우는 몽환적인 팝송 플레이 리스트가 BGM으로 깔리고, 한 송이에 7000원쯤 하는 라넌큘러스가 사방에서 잡초처럼 피어났지. 그와 동시에 고주운의 마음에도 근거 없는 안도감이 번지기 시작했어. 이런 사람이 다니는 회사라면 분명히 괜찮은 곳일 거란 생각. 여기가 내 첫 직장으로 딱이라는 예감. 자신이 이 정도로 심각한 외모 지상주의자였는지 스스로도 어이가 없는데 그게 별로 불쾌하지 않고 오히려 술이라도 마신 것처럼 기분 좋게 알딸딸해지던 찰나.

"안녕."

사슴, 아니 사람의 목소리는 조금 낮은 편이었어. 멀뚱히 있던 고주운이 허겁지겁 허리를 숙여.

"안녕하세요."

"네가 주운쓰? 나는 재영쓰."

허리를 숙인 채로 고주운은 생각하지. 무슨 말이지? 사슴들이 쓰는 언어인가? 사슴, 아니 사람, 아니 재영쓰가 고주운의 어깨를 두드리며 햇살처럼 웃어.

"자네 인사하는 각이 아주 살아 있구만. 전 직장에서 각도기로 일했나 보지?"

고주운이 슬며시 고개를 들었어. 시선이 마주치는 순간, 재영쓰는 윙크를 날렸어.

"방가방가."

고주운은 결심했어. 존나게 뛰어서 도망가기로.

3

실패했어.

다음 달부터 꼬박꼬박 나가게 될 월세 50만 원과, 자격 심사 결과를 기다리고 있는 청년 적금과, 3년 연속 1차에서 낙방한 공무원 시험, 얼어붙은 취업 시장과 보잘것없는 자기소개서가 태클을 걸었거든.

고주운은 지금 조수석에 앉아서 사슴, 아니 사람, 아니 재영쓰, 정확하게는 곽재영이라는 이름을 가지고 있는 여자를 불만스레 힐끔대고 있어. 그는 아까부터 노래를 흥얼거리고 있는데, 방가방가 햄토리 어쩌고 하는 걸 고주운은 필사적으로 안 들리는 척하는 중이야. 그나저나 더럽게 못 부르네. 문득 곽재영이 고개를 모로 돌렸어. 둘이 눈이 마주쳐. 순간 쫄은 고주운. 곽재영이 지긋이 바라보더니, 오른손으로 총 모양을 만들어 빵, 쏘는 시늉을 하곤 코를 찡긋거렸어.

"사랑의 총알."

혹시 실례가 안 된다면 죽빵을 날려도 될까요?

안 되겠죠?

고주운이 무릎 위에 둔 주먹을 꼬옥 말아 쥐었어.

다시 보니까 뭐 그렇게 대단한 외모도 아니야. 아깐 너무 긴장해서 판단력이 흐려졌던 거지. 뭐 조금 피부가 뽀얗고,

입술이 윤기 나게 통통하고, 별다른 조명도 없는데 시종일관 눈이 반짝거리고, 눈썹 산에서 콧대로 떨어지는 선이 예술…… 고주운이 주먹으로 제 머리를 쳤어. 이거 완전 미친 얼빠 아니야? 옆에서 곽재영이 의아하게 쳐다보는 게 느껴져서 다소곳하게 팔을 내렸어. 그리고 또 힐끔거리기 시작했지. 고려청자처럼 우아한 저 하드웨어의 결함을 찾기로 한 거야. 과연, 꼼꼼히 살피니 입가나 눈가에 잔주름이 보여. 눈 밑과 광대에 옅은 주근깨도 있고. 게다가 인중에 수염이 있네?

수염.

입 주변이나 턱, 뺨 등에 나는 털.

2차 성징을 거친 남성에게서 주로 나타나지만 솜털 정도의 굵기라면 여성에게도 드물진 않지.

근데 왜 고주운은 곽재영의 갈색빛이 도는 보송보송한 콧수염에서 눈을 떼지 못하고 있을까?

예컨대 이런 거야. 만약 당신이 테일러숍에서 스리피스 정장을 맞춰 입고 나왔는데 코를 파다가 실수로 소매에 코딱지가 묻었다고 가정해 보자고. 아니면 웨딩 촬영 중인 신랑인데 신부가 쓴 티아라에서 실처럼 늘어진 본드의 흔적을 본 거지. 혹은 5성급 호텔 딸기 뷔페에 갔는데 디저트 트레이 맨 꼭대기에 놓인 핑크빛 마카롱의 코크에 철 수세미 조각이 끼어 있다거나 하는 상황인 거야. 그걸 신경 쓰지 않고 쿨하게 넘길 수 있겠어? 무리잖아. 힘들잖아. 고주운이 딱 그 상태였거든.

밀고 싶다.

고주운이 곽재영의 수염을 보며 침을 꼴깍 삼켰어.

저 수염, 밀어 주고 싶어, 내 손으로.

"주운쓰."

나지막한 곽재영의 목소리.

"뭐하는 거야? 이티? 이티야?"

검지에 맞닿는 차가운 감촉. 고주운이 눈을 크게 뜨고 코 앞에 다가온 곽재영의 매끈한 얼굴을 바라봐.

"아이이윌 비 라이잇 히어어."

화들짝 놀라 몸을 빼는 고주운. 자신이 곽재영의 수염에 너무 골몰한 나머지 저도 모르게 인중 쪽으로 손가락을 뻗었고, 그 손가락 끝에 곽재영이 제 검지를 마주 댔다는 걸 뒤늦게 파악해. 곽재영은 웬일인지 놀이동산에 놀러 간 어린아이처럼 신이 났어. 목을 구부정하게 빼고 손가락을 꼼지락대며 알 수 없는 옹알이 같은 걸 하고 있어. 방금 이티라고 했지? 대학생 때 교양 수업에서 자료 화면으로 본 거 같아. 외계인이 인간한테 삿대질하다가 함께 자전거 타는 영화잖아. '아이이윌 비 라잇 히어'는 뭐야. 나는 여기 있을 거야? 명대사 같은 건가.

아무리 곽재영이라도 고주운의 얼음장 같은 시선 공격 속에서 혼신의 연기를 이어 가기는 힘들었는지, 허우적대던 손가락을 내리고 씨익 웃어.

"무슨 생각을 그렇게 해. 이제 내리자."

가산디지털단지에서 한 시간 반을 달려 도착한 이곳은 포천 고모저수지 인근의 한 무인 부티크 호텔. 고주운은 출근 첫날부터 이렇게 얼결에 실무에 투입된다는 게 여전히 실감이 나지 않고 어색해. 주차를 하고 로비로 올라가는 동안 곽재영이 브리핑해 주는 내용을 열심히 귀담아듣지.

"남편의 불륜 현장을 잡아 달라는 의뢰. 지난주에 한 번 왔었는데 불륜 커플께서 각자 다른 렌터카를 타고 선글라스 며 마스크를 낀 채 오가는 통에 확실한 사진을 못 찍어서."

호텔은 지상 4층, 층당 세 개의 객실이 있는 아담한 규모였어. 곽재영이 키오스크에서 입실 현황을 확인하더니 3층에 한 개 남은 객실을 결제하며 고주운에게 초소형 카메라를 건네.

"주운쓰는 이 객실에서 대기하고 있다가 타깃이 문을 열고 나올 때를 노려. 나는 밖에서 지키고 있을게."

고주운이 넋이 나간 표정으로 되물었어.

"그 사람들이 3층에 있는지 어떻게 알아요?"

"궁금해? 궁금하면 500원."

아랫입술을 꽉 깨물고 가방을 뒤지는 고주운. 지갑을 바닥까지 긁어서라도 빌어먹을 500원을 진짜 주려는 생각이었지. 곽재영이 엄청나게 우스운 개그라도 봤다는 듯 입을 찢어져라 벌리곤 돈의 액수를 35조까지 불려. 틀림없이 불치병이야. 1절만 하면 죽는 병. 충분히 만족했는지 이내 목소리를 다듬고 키오스크를 터치하며 설명을 이어 가는 곽재영.

"4층이 저수지 뷰라서 제일 빨리 차. 3층은 절반밖에 안 보이거든. 2층부터는 아예 깜깜이고. 여기가 단골 장사라 손님들이 그걸 다 꿰고 있단 말씀. 지금 4층은 풀 부킹이고 3층만 두 군데 차 있지? 12시 오픈이고 지금이 1시, 대실 단위가 네 시간이니까 4층부터 순서대로 입실해서 아직 아무도 나가지 않았을 거야. 타깃은 30분 전에 포천이동갈비집에서 나와 10분 전에 들어갔고, 그 이후로는 손님이 없었으니까. 그래서 3층이지. 두 객실 중에 어딘지는 모르겠지만."

그렇게 3층 객실에 혼자 들어오게 된 고주운. 덩그러니 침대에 앉아 있다가 자리에서 일어났어. 이렇게 계속 기다리기만 하면 되는 건가? 그럼 퇴근은 언제 하지? 서울까지 가는 데도 시간이 한참 걸릴 텐데. 초조해하며 제 눈썹을 왕창 뽑다가, 창문가로 다가가 반쯤 모습을 드러낸 고모저수지의 풍경을 바라보다가, 산책로를 걷는 사람들의 수를 세 보다가, 냉장고를 열어 두 병까지 무료라는 생수를 꺼내 곽재영이 챙겨 준 샌드위치랑 함께 먹었어. 그래도 시간이 15분밖에 안 지났네. 문에 귀를 대 봐. 아무 소리도 들리지 않아. 노크하 듯 통통 두드려 봤어. 울림이 거의 느껴지지 않는 걸 보니 작은 호텔이지만 방음은 확실한 모양이야. 이러면 방 안에서 타 깃을 감지할 수가 없는데. 문득 고주운의 시선이 문을 두드 린 제 손끝에 닿아. 물수건으로 닦았는데도 아까 샌드위치 를 쥐면서 묻은 노란 머스터드가 남아 있어.

아하.

고주운이 초소형 카메라를 재킷 윗주머니에 꽂고 살금살 금 복도로 나왔어. 그가 있던 방을 기준으로 양옆에 문이 하 나씩. 이 중 한 곳에 타깃이 머물고 있겠지. 고주운이 시선을 두어 번 옆으로 왕복하더니 오른쪽 방 앞에 섰어. 단서는 손 잡이.

아까 곽재영이 그랬잖아. 타깃이 포천이동갈비집에서 점 심을 먹었다고. 양념갈비는 으레 뼈에 붙은 살점을 손으로 쥐 고 뜯어먹기 마련이니까, 씻는다고 씻어도 손끝이나 손톱 아 래에서 양념이 묻어 나오기 마련이지. 손잡이는 모텔에서 흔 히 보이는 스테인리스 스틸 재질의 자동 잠금식 원형 모델이 었는데, 표면이 무광 처리가 되어 있어 갈색빛이 도는 기름기 가 눈에 더 잘 띄었어. 복도의 누르스름한 조명에도 번들거리 며 존재감을 뿜냈지.

자, 타깃이 안에 있는 걸 알았는데, 이제 어쩐다? 이대로 대실 시간이 끝날 때까지 기다릴지, 배달 기사로 위장이라도 해서 들어가 볼지, 고주운이 마음의 결정을 하지 못하고 우물쭈물하고 있는 사이에 갑자기 문이 열렸어.

남자가 밖으로 나오려다가 멈추고 고주운에게 소리쳐.

"뭐야?"

예상치 못한 상황에 얼어 버린 고주운. 어버버하는 틈에 남자의 시선이 고주운을 스캔해. 재킷을 걸친 복장을 보곤 직원이라고 생각했는지 한층 누그러진 목소리로 물어.

"뭐 문제 있어요?"

"아."

고주운이 무슨 대답을 할지 바삐 머리를 굴리던 그때. 뒤통수에 강한 장력이 가해지면서 시야가 천장으로 뒤바뀌어. 그리고 이어지는 사자후.

"이년아!"

아닌데요. 저는 고주운인데요.

그런 거 있잖아. 어떤 일이 너무 갑작스럽게 닥치면 오히려 영화나 드라마를 보듯이 묘하게 냉정해지는 거. 고주운은 그런 시선으로 자신에게 닥친 이 소란을 감당하고 있었어. 파란 원피스를 입은 여자에게 머리채를 잡혀 온갖 욕설을 듣고, 남자가 말리겠답시고 끼어들고, 여자는 더욱 악에 받처 팔을 휘두르고, 그 바람에 몸이 뒤집혀서 천장을 바라봤다가, 이내 꿈꿈한 카펫에 이마를 박았다가, 하늘 봤다가, 땅 봤다가, 위, 아래, 위, 아래.

그리고 남자가 발버둥 치는 여자를 껴안은 순간, 가운 차림의 여자2가 호텔 방 안에서 고개를 쏘옥 내밀었어. 최악의 타이밍이었지. 파란 원피스를 입은 여자1은 자신이 응징해야 할 대상이 고주운이 아니란 걸 알아채고 방으로 들어가겠다며 남자와 몸싸움을 벌이기 시작해. 그 난리 통에 알루미늄 캔처럼 복도에 구겨져 있던 고주운은 퍼뜩 파란 원피스를 입은 여자1이 남자의 부인, 그러니까 의뢰인일 거라는 데에 생각에 미쳐. 여기서 여자1이 여자2를 폭행하면 나중에 법정에서 불리해질 게 분명하단 말이지. 오전에 사무실에서 곽재영으로부터 들었던 탐정 업무 제1번 수칙이 머리를 스치지. 의뢰인의 안위를 최우선으로 할 것. 앞뒤 생각 않고 여자1을 말리기 위해 어깨를 붙잡은 고주운은 곧바로 풀 스윙으로 날아오는 팔꿈치에 미간을 맞고 튕겨 나가며 생각해. 그러고 보니 탐정 업무 제0번 수칙도 있었던 것 같아. 나의 안위를 최우선으로 할 것. 부질없네. 참으로 부질없도다. 공중에 포물선으로 흩뿌려지는 코피를 보며 고주운이 눈살을 찌푸렸어.

아아. 정말로. 피는 싫은데.

그때 피보다 묽고 차가운 액체가 얼굴을 적셔. 물이었지.

고주운, 여자1, 여자2, 남자의 시선이 모두 한곳에 쏠렸어. 그
곳엔, 양동이를 들고 한바탕 찬물을 끼얹은 곽재영이 그림처
럼 아름다운 미소를 지으며 서 있었어.

"고객님들. 여기서 이러시면 안 됩니다."

곽재영이 사뿐사뿐 걸어와 엉겨 붙은 여자1과 남자를 떼
어 내.

"계속 이러시면 경찰 불러요."

찬물 효과인지, 경찰을 부르겠다는 엄포 때문인지, 아니
면 허름한 부티크 호텔에 어울리지 않는 곽재영의 우아함이
숨어 있던 수치심을 건드렸는지, 무슨 이유에서건 여자1이
몸부림을 멈춰. 주둥이는 멈추지 않았지만. 여전히 고래고래
소리를 지르는 여자1을 곽재영이 엘리베이터로 끌어당기지.
그 과정에서 바닥에 널브러진 고주운의 옷자락을 밟은 곽재
영이 아래를 내려다봐.

장난기 어린 눈을 보고 고주운은 알아차렸어.

이 사람. 나를 골탕 먹이려고. 일부러.

뽁!

곽재영이 입술을 동그랗게 오므리고 고주운을 향해 에어
뽀뽀를 날렸어.

4

고주운이 포천 시내의 병원에서 간단한 처치를 받고 나온 시간은 오후 3시. 점심도 대충 때웠으니 밥이나 먹고 가자며 국밥집에 데려와서 흰 봉투를 건네는 곽재영. 뭐냐고 눈으로 묻는 고주운에게 돌아오는 대답은.

"너, 이거 받고 내 아들이랑 헤어져."

말 섞기 싫어서 노려보기만 하니 곽재영이 고쳐 말했어.

"진단서."

가벼운 타박상에 그친 터라 법적 조치를 취할 생각은 없었어. 체감상으로는 뼈가 으스러진 것처럼 아프긴 하지만, 미간과 왼쪽 눈두덩이가 벌써 불그스름하게 부풀어 오른 게 내일쯤에는 퍼렇게 멍이 들 것 같긴 하지만, 얼굴 한가운데에 이렇게 큰 멍이 생기면 누가 봐도 두들겨 맞은 사람처럼 보일 테니 한동안은 돌아다닐 때 창피할 것 같긴 하지만, 어쨌든 타박상이고……. 호텔 직원인 척하며 대충 무마하고 나왔으니까, 시시비비를 따지게 되면 뒷조사를 한다고 따라다닌 게 들통나는 꼴이라 이쪽이 불리할 수도 있으니. 고주운의 생각을 읽기라도 한 건지, 곽재영이 봉투를 흔들며 채근했어.

"만약을 대비해서 받아 놓는 거야. 갖고만 있어."

마침 음식이 나와서 식탁에 공간을 만들어야 했기에 고

주운이 봉투를 받아 가방에 넣었어. 국밥에 숟가락을 담그며 고주운은 뒤늦게 후회해. 딴 데 갈걸. 뜨거운 걸 잘 못 먹어서 후후 불어 가며 천천히 먹어야 했거든. 사실 처음에는 곽재영이 패스트푸드점으로 끌고 갔는데 하필 내부 공사 중이라. 거기라면 대충 감자튀김 몇 개 집어 먹고 후딱 끝낼 수 있었는데 말이야. 불과 몇 시간 전만 해도 외모에 홀려 무턱대고 좋은 사람일 거라 생각했는데, 이젠 서로 마주 보고 앉아 있는 것만으로도 불편해서 고개를 푹 처박고 숟가락만 휘젓는 고주운.

곱씹을수록 확신이 들었어. 일부러 곤란한 상황에 빠뜨린 거, 맞지? 텃세 같은 건가. 아님 신고식? 아직도 그런 유치한 짓을 하는 인간이 있다고? 애초에 첫 출근한 신입을 다짜고짜 현장에 밀어 넣은 것부터 이상했어. 백번 양보해서 이 업계 스타일이 원래 그렇다고 치자. 차에서 대기하고 있겠다던 사람이 하필 난투극이 일어난 타이밍에 딱 맞춰 유유자적 나타나는 게 말이 돼? 분명 어디선가 지켜보고 있던 게 틀림없어. 고주운이 호텔 복도에서의 기억을 되짚었어. 비상구 문은 닫혀 있었고, 엘리베이터도 파란 원피스가 올라오기 전까진 제자리였고, 복도에 창문이 없으니 밖에서 볼 수도 없고. 아니면 혹시, 도청인가? 갑자기 소름이 돋은 고주운이 가슴팍의 재킷 주머니에 손을 얹었어. 뚝배기에 코를 박고 있던 곽재영이 그 모습을 보더니 불쑥 팔을 뻗어서 주머니에 꽂혀 있던 카메라를 뽑아 갔어.

"촤흐댓찌? 때흐베르강사."

볼이 미어터져라 처먹고 있어서 정확하게 뭐라고 하는지는 모르겠지만 대충 촬영본을 가져가겠다는 소린 거 같았어. 큼지막한 고깃덩이가 목으로 넘어가느라 곽재영의 강마른 목울대가 꿀렁거려. 저길 콱, 손으로 갈기면 살인 미수인가? 아니지, 우발적이었으니까 폭행치사⋯⋯. 고주운이 하고 싶은 말을 꾹꾹 누르느라 애꿎은 콧김만 벌렁벌렁 내뱉는데, 곽재영은 도통 분위기를 못 읽는 건지 못 읽는 척하는 건지.

"덕분에 확실히 채증했네. 의뢰인이 고마워하겠어."

참지 못한 고주운이 대꾸했어.

"그 파란 원피스가요?"

"응? 아닌데. 오늘 본 두 여자 다 내연녀야. 들어는 봤나, 양다리 불륜."

곽재영이 손가락으로 브이를 만들어 신나게 흔들었어. 고주운은 너무 당황해서 말도 못 하고 입만 뻥긋댔어. 얻어맞은 눈두덩이가 돌연 불타오르듯이 아파 와. 분노와 억울함과 쪽팔림을 오가며 붉으락푸르락, 점차 다대기 양념의 RGB 값에 가까워지는 고주운의 얼굴을 향해 곽재영이 잘생긴 미소와 함께 결정타.

"왜, 똑땅해? 의뢰인인 줄 알고 참았는데, 사실은 불륜녀여서?"

맞네.

일부러 그런 거.

고주운이 벌떡 일어나 밖으로 나가자 곽재영이 쫓아와 소매를 붙들었어. 어림없지, 사람을 뭘로 보고.

"이거 놔요. 오늘 저 엿 먹으라고 그러신 거 맞죠?"

"그게 아니라."

"그게 아니면 뭐요?"

"숟가락은 두고 가셔야죠."

웃는 낯에 침 못 뱉는다는 말, 누가 만들었을까?

"저기요, 예쁜 손님. 절도 현행범이세요. 형편이 어려우면 말씀을 하시지 그랬어요. 제가 베풀어 드릴……."

그렇다면 침 대신 숟가락으로 하면 되지!

고주운이 방싯방싯 치솟은 곽재영의 광대를 향해 따악, 숟가락을 휘둘렀어.

5

다음 날 아침. 반쯤 감긴 눈으로 빅 사이즈 아메리카노
를 들고 사무실에 출근한 곽재영이 회의실 구석에 앉아 있
는 고주운을 발견하곤 미묘한 표정을 지었어. 화가 난 것 같
기도 하고 속상한 것도 같은. 고주운은 곽재영의 광대에 혹
시 흉터가 생기진 않았나 곁눈질하면서 애서 태연한 척을 했
어. 포천 국밥집에서 뛰쳐나와 혼자 시외버스에 탄 고주운은
고속도로 위에서 결심을 굳혔거든. 그만두기로. 사유는 직장
내 괴롭힘. 처음부터 느낌이 좋지 않았어. 신입 사원에 대한
교육도 배려도 없었잖아. 제대로 된 회사가 아닌 거지. 단기
알바라면 금방 구할 수 있으니까 급한 생활비부터 충당하고
취업 준비를 병행하면 돼. 처음부터 다시……. 괜찮아. 할 수
있어. 여긴 그만두자.

그렇게 마음먹었어. 터미널에서 지하철로 갈아타고 자취
방이 있는 개봉동에 도착해 터벅터벅 언덕을 올라가던 중에
걸려 온 전화만 아니었다면, 분명 그만뒀을 거야.

엄마에게서 걸려 온 그 전화만 아니었다면.

- 출근 잘 했어?

핸드폰 너머에서 익숙한 목소리가 들려오자 하루 동안의
서러움이 몰려오는 통에, 울컥 눈물이 고인 고주운은 쉽게

말을 잇지 못했어.

- 일은 어때?

"엄마."

- 김 사장님께 전화드렸어? 좋은 일자리 소개해 주셔서
고맙다고 인사해야지. 전에 했어도 또 해. 오늘 첫 출근했으
니까.

"응. 근데 엄마."

- 나는 네가 취직을 했다는 게 아직도 믿기지가 않아. 빼
빼 말라서는 밥 먹기 싫다고 식탁에서 고개만 숙이고 있던
애가 이렇게 어엿한 사회인으로다가 독립을 다 하고. 모두 주
님께서 내 기도를 들어주신 덕분이고. 은혜 가운데에서 김
사장님과 우리 가족이 하나님의 백성으로 서로 만난 덕분이
고.

"엄마, 근데 나 여기 잘 안 맞는 거 같아."

잠시 정적이 흘렀어.

- 응? 주운아. 크게 말해.

"지금 어딘데?"

- 너네 오빠 데리러 왔지.

고주운은 핸드폰을 켠 채로, 엄마의 목소리 뒤로 들려오
는 시끌벅적한 소음에 귀를 기울였어.

- 주운아. 이제 가 봐야 돼.

"응."

– 일 잘하고. 교회 빼먹지 말고. 늘 기도하고.

"응."

– 김 사장님께 까먹지 말고 전화해. 꼭.

"응."

고주운은 '응'이라는 대답만 하도록 프로그래밍된 로봇처럼 똑같은 말을 되풀이하다가, 핸드폰을 손에 쥐고 해가 질 때까지 경사로에 우두커니 서 있었어. 불과 일주일 전에 마련한 언덕 위의 집, 아니 언덕 위의 옥탑방으로 가는 길이 감당할 수 없을 만큼 가파르게 느껴져서.

사는 게 왜 이렇게 힘이 들까?

오르막길이 너무 많은 탓인가.

고주운은 창밖의 비스듬한 풍경에 시선을 고정하며 생각했어. 맞아. 모든 게 다 오르막길 때문이야. 그냥 걷기만 해도 지친다고.

오죽하면 자동차도 힘들어하겠어.

주행 거리가 최소 20만km는 될 것 같은 곽재영의 고물 자동차가 달달거리며 안양시 박달동의 골목길을 오르고 있어. 이로서 두 번째 탑승. 어제는 곽재영의 일방적인 질문 폭격에 대답하느라 몰랐는데, 오늘 대화가 없으니 알겠어. 곽재영은 차에서 음악을 틀지 않아. 불편한 고요가 흘렀어. 출발할 때만 해도 광대뼈에 금이 간 것 같다느니 뇌 CT를 찍어야 한다느니 갖은 엄살을 피우던 곽재영은 고주운의 한결같은 무시에 사기가 꺾인 건지 단지 졸린 건지 모르겠지만, 서울을 빠져나올 때쯤부터 부쩍 말수가 줄었어.

"주운쓰."

아파트 단지에 도착해 고주운을 부르는 곽재영의 얼굴이 좀 깔끄러워. 잘생긴 건 여전한데 살짝 피곤해 보여. 다행히 광대는 멀쩡하고. 뭐, 체력이 달리나 보지. 어제 나를 그렇게 조롱해 놓고 룰루랄라 술이라도 마셨나? 고주운은 이제 저 잘 짜인 얼굴에 나타나는 세세한 감정 변화에 휘둘리지 않기로 마음먹었어. 어차피 자기를 놀리거나 속이려는 속셈일 테니, 신경 쓰지 않아도 된다고, 월급만 생각하자고 다짐해. 시키는 일만 하다가 독립하자! 그나저나 저 빌어먹을 '주운쓰' 타령은 언제까지 들어 줘야 하지?

고주운은 곽재영의 아담한 머리 어드메에 오픈 레버가 달려 있다는 상상을 해 봐. 머리카락을 헤집어 레버를 당기면 뜨득, 하고 튕기듯이 머리 뚜껑이 열리는 거지. 뚜껑이 열린 사실을 모르는 곽재영이 '운전자들이 제일 싫어하는 춤은? 일단 멈춤!' 이런 깔깔유머에 여념이 없는 동안 뒤에서 전기인두를 들고 단어를 기억하는 뉴런을 하나씩 불태워 버리는 거야. 주, 지지직, 운, 지지직. 쓰, 지지직.

"여기야."

"지지직."

"응?"

"네?"

"타깃이 사는 곳이 여기라고."

이름 안경숙. 나이 75세. 전직 중학교 교장. 고주운이 할 일은 차 안에서 대기하면서 타깃의 일과를 기록하고 주변에 오가는 사람이 있는지 확인하는 것이었어.

"주로 집에만 있고, 어쩌다 나와도 가는 곳이 단지 안에 있는 스포츠 센터랑 마트 정도래. 맞는지 확인해 줘. 어울리는 사람이 있는지도 보고. 시간대랑 목적지 여기다 기록해."

"아파트에 계속 차 대고 있어도 돼요?"

곽재영이 갑자기 안전벨트를 풀더니 조수석에 앉은 고주운 쪽으로 몸을 숙였어. 반드러운 얼굴이 코앞에 다가오자 고주운은 순간적으로 숨을 참았어. 곽재영이 검지 끝자락에 매달린 진주알 같은 손톱으로 조수석 쪽 앞 유리 구석을 톡톡 두드려.

"중고 장터에서 샀지롱."

주차 스티커였어. 입주민 주차권을 판매하는 사람들이 있다는 얘긴 들었는데, 진짜구나. 충분히 무슨 소리인지 알아먹었는데 곽재영이 몸을 물리지 않고 고주운을 빤히 쳐다봐.

왜, 뭐, 내가 쫄 줄 알고. 덤빌 테면 덤벼라. 오기가 생긴 고주운이 부러 눈을 크게 떴어. 그렇게 눈싸움이 이어지는데 곽재영의 입술이 꽃봉오리 열리듯 사르르 벌어져.

"멍."

개소리를 하다 하다 이제 진짜 개 흉내를 내네.

"……들었네. 아프겠다."

아, 그 멍.

곽재영의 서늘한 손끝이 고주운의 미간과 왼쪽 눈두덩이에 난 멍의 가장자리를 따라 둥글게 원을 그렸어.

"눈꺼풀에 점이 있었구나."

멍 연고를 건네준 곽재영이 주변을 돌아보고 오겠다며 차에서 내렸어.

간신히, 고주운은 참았던 숨을 깊게 들이마셨어.

6

"좀 이상한 것 같아요."

에스컬레이터에 타려고 줄 서 있던 고주운이 진심을 내뱉고 서둘러 수습했어.

"아니, 회사가 이상한 건 아니고요. 그런 말이 아니라, 지금 제 교육 담당인 분이 좀, 또라, 어, 특이해요. 그래서 바꿔 달라고 말씀드리려고 사무실에 가는 중이거든요."

방심하는 사이 앞에 세 명이 끼어들었어. 더 이상 새치기를 못 하게 하려고 고주운이 앞사람 뒤로 바짝 붙어 섰어. 계속 현장으로 출근을 했으니까 사무실은 오랜만이야. 여전히 가산디지털단지역 출근길의 좀비 떼 같은 인파는 놀랍기만 해. 겨우 에스컬레이터에 발을 올린 고주운이 핸드폰을 쥐고 있던 손을 바꾸면서 말을 이어 갔어.

"절대 사장님이 소개해 주신 회사가 맘에 들지 않는 건 아니에요. 절대. 절대로요."

고주운이 김 사장을 처음 만난 건 중학생 때였어. 당시엔 꽤 교류가 있었지만 아무래도 사춘기였으니까, 어른과 잘 지내는 게 쉽지 않아서 고주운 쪽에서 점점 멀리했지. 그렇게 관계가 끊어진 줄만 알았는데 이번에 취직 건으로 오랜만에 연이 닿아 도움을 받은 거야. 전에 엄마랑 통화하면서 인사드리겠다 약속해 놓고 미루고 있었는데 먼저 연락이 와서. 소개해 준 곳이 괜찮은지 마음 쓰인다며. 적응은 잘 하고 있는지, 사람들은 어떤지, 일은 재밌는지를 물으시네. 이것 참, 대답하기 곤란하게 말이야. 제대로 된 일을 해 봤어야지 재미가 있는지 없는지 알지.

고주운은 그동안 매일 안양시 박달동에 갔어. 곽재영이 자기는 탐문을 맡을 테니 감시를 전담하라고 해서, 잔뜩 기합이 들어갔지. 그렇게 7일간 타깃을 관찰하다 보니 불현듯 의심이 싹튼 거야. 이게 정말 필요한 일이 맞아?

그도 그럴 것이 타깃의 일과는 아주 단조로웠어. 오전 9시쯤 아파트 단지 주변을 30분 정도 산책하고 집에 들어갔다가, 오후 2시쯤 스포츠 센터에서 운동을 하고 바로 옆에 있는 슈퍼마켓에서 장을 보고 귀가, 밤 10시 소등. 이 패턴이 똑같이 반복되는 거지. 곽재영에게 듣기로 타깃은 교통사고 피의자라고 했는데, 그렇다면 사건 현장을 뒤지거나 CCTV를 볼 일이지 저 은퇴자의 단조로운 삶을 감시해야 하는 이유가 뭐냔 말이지. 일주일째 차 안에서 점심으로 퍽퍽한 치즈 버거를 씹어 먹으며 고주운은 마침내 결론을 내렸어. 곽재영이 또다시 자길 괴롭히려고 쓸모없는 일을 시키고 있다고.

"네네, 감사해요. 또 연락드릴게요."

그래서 오늘 사무실로 출근하게 된 거야. 방금 통화를 마친 김 사장이 이곳 스마트탐정사무소 소장과 아는 사이라 자기를 넣어 준 거잖아? 그 빽에 한번 기대 보려는거지. 쩨쩨하다고 해도 어쩔 수 없어. 사수 바꿔 달라고 할 거야. 안 된다면 차라리 혼자 일하겠다고 할래.

사무실은 조용했어. 아무도 없는 줄 알았는데, 구석에서 누가 혼자 모니터를 들여다보고 있었어. 첫날 버섯처럼 모여 있던 남자들 중 한 명인 것 같아. 아직 소장은 오지 않았나 봐. 최대한 눈에 띄지 않으려고 살그머니 소파에 앉는데 낡은 가죽이 아래로 꺼지면서 바람 빠지는 소리가 났어. 그걸 듣고 모니터에 고개를 처박고 있던 남자가 고개를 들어. 이거 방귀 아닌데. 고주운이 다시 몸을 일으켜 엉덩이를 들었다 놨다 하며 소리를 냈어. 남자가 금세 시선을 거둬.

오해가 풀려서 참 다행이야.

소장은 언제 오는 걸까? 분명 9시에 보자고 했는데 벌써 10분이 지났네. 고주운이 주변을 둘러보다가 정수기를 발견했어. 물을 마시려다가 필터 관리가 안 됐을 것 같다는 생각에 멈칫했는데 옆면에 교체 날짜가 적혀 있는 걸 보고 마음을 놓았어. 이제 종이컵만 찾으면 되는데…….

"어?"

"뭐예요? 왜요? 뭐요? 뭔데? 무슨 일인데?"

남자가 벌떡 일어나 물었어.

"어, 아니, 그, 아무것도 아닌데요."

"아무것도 아닌 게 뭔데요?"

"그, 이게, 반가워서요. 잘 없는데. 제가 좋아해서."

고주운이 정수기 옆 선반에 놓인 '솔의 눈' 음료수를 가리키자 남자가 바람 빠지는 소리를 내며 주저앉았어.

"놀랐잖아요."

사과해야 하나? 상황 파악이 안 된 고주운이 소처럼 큰 눈을 끔뻑였어.

"새로 오신 분이죠? 제 앞에서 어? 하지 마세요."

"네?"

"금지예요, 금지. 제가 개발자 출신이거든요. 스트레스 호르몬 때문에 심장에서 에러가 발생한다고요. 이해하실지 모르겠지만."

이해하고 싶지 않다는 마음으로 고주운이 고개를 끄덕이자 남자가 자리에서 일어나 다가왔어. 너저분하게 널린 의자와 책상과 정체불명의 박스 사이를 요리조리 헤치면서. 통통한 체형에 어울리지 않는 민첩한 몸놀림이었지. 그래 놓고 기껏 하는 말이라는 게.

"솔의 눈 좋아하세요?"

"솔……"

"전 싫어했어요. 송충이도 아니고. 근데 제가 이커머스 쪽에서 일하면서 진짜 막 새벽까지 달리던 날에 이걸 딱, 마셨더니 정수리부터 발끝까지 수냉 쿨링이 쫙! 에너지 드링크보다 더 좋더라고요. 뭐, 그 생활도 허리 디스크가 터져서 끝났는데요. 1년 쉬었는데, 와이프가 전업 주부가 될 건지 다시 일을 할 건지 딱 정하라고 해서……. 지금 우리 쌍둥이 공주님들이 두 살인데 와이프 월급 하나로 어떻게 커버를 칩니까. 마침 여기 소장님이 제 큰아버지 직장 동료의 동생이신데, 쉬면서 몇 번 정보 보안 관련해서 상담해 드렸거든요. 처음엔 재취업할 때까지 알바 느낌으로 시작했는데 아예 눌러앉았어요. 생각보다 장점이 많아서요. 저는 현장은 웬만해선잘 안 나가니까 근무 시간도 규칙적이고. 인센티브 개념이라, 하는 만큼 나오는데 요즘엔 데스크 리서치가 어떤 의뢰든 다기본이거든요. 이더리움으로 치면 비탈릭 부테린이 가스비받는 식이랄까, 뭐 건건이 맞춰서 대응을 해 주는 거라 경우가 다르긴 한데, 드는 품에 비해서는 나름 쏠쏠하달까. 그치만 아무래도 탐정 일이라는 게 아직은 인지도랑 이미지 측면에서 좀 티어가 떨어지는 건 사실이니까. 그래서 와이프한테는 저기 판교 어디 다닌다고 둘러댔는데, 전에 저녁 먹다가판교 백화점에서 뭐 좀 사서 오라는 거야. 대한민국에서 딱거기에만 입점한 에그타르트래요. 그래서 내가 가산에서 판교까지 갔다가 또 상계동으로 퇴근 시간에 맞춰 가느라고 얼마나 고생을 고생을."

30초 남짓의 시간 동안 이름도 모르는 사람의 이직 사유와 결혼 여부, 자녀의 나이와 성별, 수익 구조와 비탈길 뭐시기와의 유사성 및 배우자의 성격을 알게 된 고주운이 집중호우처럼 쏟아지는 정보에 정신줄을 잡지 못하는 사이 남자가 또다시 질문을 던졌어.

"일은 할 만해요?"

"일⋯⋯."

"곽 실장님이 깔끔하게 잘해요. 경찰 출신이라고 다 유리하고 그런 건 아니거든요. 아무래도 이쪽은 권한이라는 게 하나도 없으니까, 환경이 아예 다르잖아요. 그래서 감 못 잡는 사람들도 많은데 곽 실장님은 완전 자리 잡았죠. 지금 큰건 하나 맡아서 바쁠 텐데, 신입이 여자라는 말 듣고 자기가 교육하겠다고 자원했다더라고요. 이 시장이 완전 남초라 처음에 힘들 수 있다고. 아, 제가 한 말 아닙니다. 성차별 발언 아니고요. 곽 실장님이 허튼사람도 아니고, 생각이 있어서 그랬겠죠. 근데 현장에선 여자라서 유리한 점도 있대요. 사람들이 경계를 덜 한다고."

"잠⋯⋯."

"지금 타이밍을 잘 잡으신 거예요. 여자 탐정을 선호하는 의뢰인들이 있어요. 근데 공급이 적으니까. 물론 곽 실장님은 처음에 되게 소장님한테 뭐라고 했어요. 당연히 경력직을 데려온 줄 알았는데 초짜라니까. 이쪽이 워낙 산전수전 다 겪은 고인물 밭이라 쌩 신입이 들어오는 경우가 별로 없어요. 아무래도 사회 초년생이라면 정규 분포상 중앙값에 가까운 직장을 구하는 게 낫죠. 아, 이 발언은 너무 꼰대스럽나. 근데 사람들이 많이 가는 길에 적당히 묻혀서 같이 가는 게 여러모로 편하긴 하니까. 여러 직업 거치고 나서 이쪽으로 흘러 들어 오는 건 뭐 자기 선택이라 쳐도 신입으로 시작하는 건 아무래도……. 하지만 그것도 타파해야 할 편견이지 않나 하는 생각이."

"잠깐. 저기."

"탐정 업무라는 게 기껏 음지에서 양지로 올라왔는데, 좀 더 자기 일에 자부심을 가질 필요가."

"어?"

"네? 왜요? 뭐죠? 무슨 일이에요? 왜?"

"죄송해요. 별일 아니에요. 잠깐만요. 저도 말 좀."

남자의 말을 어? 공격으로 끊어 낸 고주운이 겨우 발언권을 얻었어. 사회자 없는 100분 토론도 이보다 더 힘들지는 않을 거야. 듣기만 했을 뿐인데 에너지가 고갈된 고주운이 숨을 고르며 가장 먼저 확인하고 싶은 부분을 짚었지.

"곽재영 실장님이 저를 직접 교육하겠다고 했다고요?"

"네."

"그분은 절 내쫓으려고 하던데요."

"정말요? 뭐지? 너무 신입이라 다른 직장 알아보라고 그러나? 이상하네. 곽 실장님이 좀 실없는 농담을 많이 하긴 해도 그럴 사람은 아닌데."

"아무것도 모르는데 막 현장에 투입시켰어요. 또……."

미간을 찡그리며 아직 희미하게 남은 눈 주위 멍을 문지르는 고주운.

"계속 쓸데없는 일만 시켜요. 평범한 사람을 감시하라고 해서 하루 종일 차에서 대기하고만 있어요."

남자가 고개를 갸웃거려.

"대기하는 게 우리 일인데?"

남자, 나중에서야 자기를 박민성 실장이라고 소개한 사람의 말은 이랬어. 탐정은 경찰처럼 사람을 소환하거나 장소를 수색할 수가 없기 때문에, 현장 업무의 90%, 아니 95%는 숨어서 증거가 눈앞에 나타나길 기다리는 일이라는 거야. 게다가 정식 교육 과정이나 매뉴얼 없이 각자의 기량으로 성과가 나는 비즈니스라 조사 노하우가 누출되는 거에 다들 민감한데, 곽재영이 고주운을 현장에 직접 데리고 다니는 건 그걸 다 알려 주겠다는 뜻이래. 엄청 챙겨 주는 거라고.

"그게 바람직하다고 봐요. 교육이나 실습 같은 것도 좀 사람 바이 사람이 아니라 체계적으로 매뉴얼이 생겨야 된다고 보고요. 저도 처음에 혼자서 얼마나 고생했는데요. 진짜 개발자 출신들이 이쪽으로 들어와서 데스크 담당한다고 하면 잘 키워 줄 자신이 있는데. 후배들한테 말해도 듣질 않는 게 문제지. 얼마나 좋은데. 야근 없고, 야근 없고, 야근 없고…… 어, 소장님. 일찍 오셨네요."

"응. 고주운 씨도 있었네."

경량급 복서처럼 다부진 체격의 소장이 느긋하게 손을 흔들었어.

"할 말이 있다고 했지?"

고주운이 두 눈을 끔뻑, 끔뻑거렸어.

한 시간 뒤, 안양시 박달동의 아파트 단지에서 차 안에 앉아 모바일 퍼즐 게임을 하고 있던 곽재영이 기척을 느끼고 고개를 들었어. 창문을 두드리려고 팔을 올렸다가 문이 먼저 열려 머쓱해진 고주운이 양손을 바지 주머니에 찔러 넣고 조수석에 올라탔어.

"일찍 왔네?"

얌전히 _끄덕끄덕_.

"주변 좀 돌고 올 거야. 오는 길에 햄버거 사 올게."

"딴 거 먹으면 안 돼요?"

차에서 내리려던 곽재영이 뒤를 돌아봤어. 요 며칠 침묵

시위라도 하듯 말이 없던 고주운이었기에, 목소리가 반가웠나 봐.

"딴 거 뭐?"

"그냥, 떡볶이나."

"괜찮아?"

뜬금없는 질문에 고주운이 시선을 돌렸어. 손가락으로 제 입가를 톡톡 두드리는 곽재영.

"치과 갔다 왔다며. 매운 거 먹어도 괜찮냐고."

아. 맞다. 충치 치료하느라 늦는다고 둘러댔지.

고주운의 눈동자가 급격하게 흔들리기 시작했어. 워낙 흰자위가 넓은 눈이라, 동공이 도도록 도로록 굴러가는 소리가 들리는 것만 같아. 곽재영이 그런 고주운의 안구 무빙을 지켜보고 있어. 웃음을 참는 것 같기도 하고, 화가 난 것 같기도 한 미묘한 표정. 당황한 고주운이 허겁지겁 꺼낸 카드는 바로.

"치, 치과 의사들이 제일 싫어하는 아파트가 어딘지 아세요?"

어째서 아재 개그?

"이 편한 세상."

어째서 정답?

어깨를 으쓱이며 멀어지는 곽재영을 보며 고주운은 이를

악물었어. 경계하리라. 절대 저 저품질 개그에 오염되지 않으리라.

7

'안경 쓴 안경숙 씨는…… 안 경솔해.'

이미 심각하게 오염된 고주운이 빨간 안경테 너머로 보이는 안경숙의 날카로운 눈을 마주하며 침을 꿀꺽 삼켰어.

'경솔한 건 나.'

확실히 의욕이 앞섰어. 괴롭힘이라고 생각했던 곽재영의 행동에 나름의 의미가 있단 걸 알게 된 후로 말이야. 고주운은 상당한 열의에 차올랐어. 아마 살아오면서 그런 걸 많이 겪어 보지 못해서 그랬을 거야. 누가 자신을 위해 주고, 지원해 주는 경험. 게다가 하필이면 이날, 늘 슈퍼마켓에서만 장을 보던 안경숙이 도로변 좌판에서 사과를 살 건 뭐니. 수상하잖아. 무슨 일이지? 저 보라색 꽃무늬 바지를 입은 노점 주인과 모종의 검은 커넥션이 있나? 궁금해서 너무 가까이 다가가 버렸단 말이지. 분명 곽재영은 100미터 이상 떨어져서 동선만 파악하라고 했는데. 실수를 깨달았을 때는 이미 안경숙이 도깨비 같은 얼굴로 다가오고 있었어. 차를 돌리기에도 너무 늦어 버린 타이밍이었지. 머리가 새하얘져서 아무런 판단을 할 수가 없었던 고주운은 안경숙이 운전석을 두드리자 우스우리만치 순순히 창문을 내렸지.

카랑카랑한 안경숙의 목소리가 머리 위로 쏟아졌어.

"지금 뭐 하는 짓이에요? 왜 계속 따라다녀요?"

"네? 저요?"

"저 카메라는 뭡니까?"

안경숙의 노기는 대단했어. 단어 하나를 내뱉을 때마다 나뭇가지처럼 가느다란 몸통이 바르르 떨릴 정도였지. 그 와중에도 정중한 말투를 잃지 않는 게 대단하달까, 오히려 무섭달까. 조수석에 놓인 카메라를 가리키면서도 삿대질 대신 다섯 손가락을 점잖게 붙인 채였지. 여하튼 고주운 주변에서는 찾아보기 힘든 유형의 노인이란 점은 분명했어. 작은 체구에 어울리지 않는 괄괄한 기세에 눌려 고주운이 입만 벙긋벙긋하고 있는 사이 호리호리한 그림자가 다가왔어. 누군지는 다들 예상했을 거야.

"선생님, 안녕하세요?"

안경숙이 경계하며 물러나다가 사이드 미러에 부딪히자 곽재영이 팔을 뻗어 부드럽게 그를 부축했어. 하지만 안경숙이 질겁을 하며 몸을 빼냈지. 무안할 법도 한데, 곽재영은 마치 계획된 안무를 이어 나가는 것처럼 허공에 떠 버린 손을 사뿐히 앞으로 포갰어. 그리고 만면에 한껏 싹싹한 미소를 띄웠지.

"안경숙 선생님. 인사가 늦어 죄송합니다. 저는 곽재영이라고 합니다."

명함을 건네자 안경숙이 글자를 확인하기 위해 빨간 안경을 추켜올렸어. 나중에 알게 된 건데, 그 가짜 명함엔 GDR 스튜디오 피디라는 직함이 적혀 있었지. GDR은 곽곽디라라의 약자래. 전혀 궁금하지 않은데 자기 별명이라며, 곽재영이 한사코 일러 줬어.

"저희 스태프 때문에 놀라셨죠? 죄송해요. 인서트 컷 구도를 미리 잡아 보던 중이었거든요. 촬영은 하지 않았습니다. 현재 저희 스튜디오는 공중파 시사 고발 프로그램에 콘텐츠를 공급하고 있습니다. 선생님 사건을 정식으로 취재하기 위해 나왔습니다."

사건.

고주운으로서는 안경숙이 교통사고 피의자라고만 들었으니까, 자세한 경위는 몰랐어. 어째서 그 단어를 듣고 안경숙의 얼굴이 갑오징어처럼 창백해지는지, 왜 양팔로 가슴을 가리고 물러나며 무의식적으로 자신을 지키려는 방어 자세를 취하는지, 무슨 까닭으로 누진 다초점 렌즈 너머로 보이는 늘어진 눈꺼풀이 그토록 요란스레 경련하는지를 말이야. 나중에서야 곽재영의 설명을 듣고 이해했지.

자기가 손녀를 죽인 사건이니까.

고주운이 이렇게 표현한 걸 알면 곽재영은 틀림없이 호들갑을 떨며 문장을 고쳐 줄 거야.

자기가 손녀를 '죽게 만든' 사건이니까.

안경숙은 손녀와 둘이서 살았어. 이름 정해민, 나이는 17세, 근처 고등학교에 다니고 있었지. 미대 입시생이어서 매일 서울시 마포구 홍대 근처의 학원으로 하교했고, 수업이 끝나면 안경숙이 차로 픽업해서 집에 데려왔어. 그리고 올해 초, 안경숙이 몰던 경차가 홍대 미술학원 거리를 빠져나오면서 사거리 횡단보도에서 급가속하여 보행자를 치고 담벼락을 들이받는 사고가 일어나. 그 결과 뒷좌석에 탑승했던 손녀와 보행 중이던 대학생이 사망했어. 안경숙은 가벼운 타박상을 입고 당일 퇴원했고.

여기서 끝이었다면, 이 끔찍한 사고가 '사건'의 전부였다면, 그저 평범한 비극으로 남을 수 있었을 텐데.

안타깝게도, 안경숙의 사고가 '사건'이 되어 버린 건 한 유튜버의 역할이 컸어. 사회 이슈를 자극적으로 편집하여 돈벌이를 하던 그는 이 흔해 빠진 교통사고를 70대 노인이 두 청년의 목숨을 앗아간 세대 간 살인으로 탈바꿈시키며 자극적인 썸네일을 뽑았지. 그 노인이 단지 일찍 태어났다는 이유 하나만으로 재정이 위태로운 사학 연금을 따박따박 타 먹고 있는 교장 출신이라는 점도 강조하면서. 고령 운전자의 면허를 반납해야 한다는 주장으로 끝난 이 영상은 고질적인 세대 갈등에 편성해 조회 수를 올리려는 숱한 기사에 힘입어

갖가지 미디어에 퍼지며 엄청난 화제를 불러일으켰어.

그런데 말이야. 정말로 판이 커지려고 그랬는지, 하필 상대가 만만치가 않았던 거야. 안경숙은 결코 가만히 앉아서 당하고만 있을 위인이 아니었어. 변호사를 선임하고 정면 대응에 나섰지. 반격의 키워드는 급발진이었어. 운전 미숙이 원인이 아니고, 자동차 결함으로 발생한 급발진이 문제라고. 유튜버를 명예 훼손으로 고소하며 관련 자료를 언론에 공개했는데, 그 안에는 사건 당시의 차량 기록과 더불어 본인의 생체 건강 나이와 시각-운동 반응 속도가 50대 수준이라는 검사 결과도 포함되어 있었어. 그리고 지금까지 번번이 자동차의 자체 결함으로 추정되는 급발진 의심 사고가 일어났지만 단 한 건도 인정받지 못했다면서, 힘없는 개인이지만 포기하지 않고 끝까지 진실을 밝히겠다고 호소했지. 영리하지 않아? 보통이라면 자신에게 쏟아지는 비난과 혐오에 대응하기에 급급했을 텐데, 아예 프레임을 바꿔 버린 거야. 세대 간 갈등에서 기업과 소비자의 갈등으로. 여기에 기존 급발진 의심 사고 당사자들이 인터넷 커뮤니티와 소셜 미디어 등을 통해 속속 지지 의사를 표명하고, 교통사고 전문 유튜버들까지 참전하면서 여론이 흔들리기 시작했어. 결정적으로 몇 년 전부터 일부 언론에서 제기했던 자동차 회사와 특정 정치인 간선거 자금 의혹, 환경 영향 평가 특혜 의혹이 다시금 부각되면서 정치권으로까지 눈덩이처럼 이슈가 불어났지. 결국에는 국토교통부 주재로 급발진 사고 조사위가 출범하는 상황까지 이르게 된 거야.

여기까지 설명을 들은 고주운이 한숨을 쉬었어.

"그걸 지금……. 왜 처음부터 얘기해 주지 않은 거예요?"

"내가 얘기를 안 했나?"

앗 나의 실수!라면서 검지와 중지를 모아 경쾌하게 관자놀이를 두드리는 곽재영의 손모가지를 고주운이 그저 멍하게 바라봤어. 화낼 기력도 없었으니까.

사실 일부러 말하지 않은 거잖아. 동료로서 자신을 신뢰하지 않아서.

스마트탐정사무소에 의뢰를 넣은 것은 안경숙이 몰던 사고 자동차의 제조사 하일모터스였어. 국토부 조사와 법적 분쟁에 대응하기 위해서였지. 공식적으로 말고 비공식적으로. 안경숙과 합의를 하면 좋고, 그게 아니더라도 여론전에 사용할 만한 총알이 필요했던 거야. 상대의 약점. 급발진 사고와 관계가 있으면 좋고, 관계가 없어도 무관한, 사소한 것부터 치명적인 것까지 무엇이든. 기업 의뢰는 신뢰가 중요해서 여러 차례 굵직한 성과가 있는 곽재영에게 일이 떨어졌어. 그런데 안경숙이 자신들을 발견……. 그렇네. 신뢰를 떨어뜨린 건 바로 고주운 자신이었지.

"어쨌든 죄송해요. 아니, 어쨌든이 아니고요. 어쨌든 빼고요, 어, 그냥, 제가 죄송해요."

피디라고 둘러댔던 건 나름 괜찮은 기지였지만, 안경숙은 변호사를 통해 연락하라며 단호하게 등을 돌렸어. 한 번만 더 자기 눈에 띄면 신고하겠다는 경고도 함께.

"괜찮아. 원래 이쪽 일이 다 그래. 변수가 많아."

고주운은 이제부터 어떻게 할 거냐는 질문을 목구멍 아래로 꾹 눌렀어. 아무래도 염치라는 걸 알아서. 곽재영이 별거 아니라는 듯 고주운의 어깨를 손등으로 밀며 장난꾸러기처럼 웃었어.

"각오해, 주운쓰. 이제부터 작전 변경이야."

8

작전이라길래 무슨 대단한 계획이라도 있는 줄 알았네.

운전석에 앉아 폰을 보고 있는 곽재영을 보며 고주운이 한숨을 삼켰어. 심각한 표정이라 무슨 중요한 자료라도 검토하는 줄 알았지. 슬쩍 보니 게임이야. 오만가지 캔디를 부수는 퍼즐 게임. 잘 안 풀리는지 미간에 잔뜩 골이 나고 입술이 툭 튀어나온 꼴이, 좀만 있으면 액정이랑 뽀뽀라도 할 기세. 인중에 송송 돋아난 수염에 자꾸 눈이 가려는 걸 외면하며 고주운이 퉁명스레 말했어.

"소리 켜고 하세요."

"응?"

"게임이요. 소리 켜고 하셔도 된다고요."

"어어. 고마워. 사랑해."

대답에 영혼이 없었어. 여전히 무음 모드로 캔디 뽀개기에 초집중 상태였지. 고주운이 창밖으로 시선을 돌렸어. 아침부터 제법 굵은 빗줄기가 내리고 있는데, 차 안에서는 빗소리가 잘 느껴지지 않았어. 안경숙에게 들킨 후로 차종을 바꿨거든. SUV야. 사무실 차를 끌고 나왔대. 최근 모델이어서 그런지 방음도 잘 되는 것 같아. 곽재영이 소장을 졸라서 제일 좋은 걸로 받아 왔다며 어찌나 생색을 내던지. 고주운으로서는 차를 바꿔야 하는 상황을 만든 게 자신이었으니까 군말 없이 고개만 끄덕였지만.

곽재영의 작전이란 거, 그냥 안경숙을 감시하는 거였어. 도로 원점이었지.

어제는 하루 종일 차에 숨어 안경숙을 따라다니기만 했어. 점심으론 치즈버거를 먹었지. 저녁이 되어 고주운이 퇴근하려고 하니까 또 치즈버거를 사와 달라고 부탁을 해. 안쓰럽게도, 아마 치즈에게 큰 변을 당했던 것 같아. 복수심 때문에 세상에 있는 치즈를 다 먹어 없애 버리려고 하는 거지. 그런 게 아니고서야, 어째서 치킨버거와 불고기버거와 더블패티버거와 베이컨버거와 어니언버거 및 머쉬룸버거가 버젓이 우리 사회에 존재하는데 오로지 치즈만을.

그리고 오늘. 여전히 그저 기다리고만 있어. 사무실에서 박민성이라는 사람이 했던 말이 생각나. 이 일의 95%가 기다림이라고 그랬지? 99%로 올리는 게 좋겠어. 나머지 1%는, 통 맞지 않는 사람과 일해야만 하는 정신적 대미지에 할당하도록 하자. 고주운이 따분함을 이기지 못하고 다리를 들썩거렸어. 핸드폰으로 시간이나 때우면 좋겠는데 옆자리에 앉은 곽재영 때문에 그것도 좀. 전에 얼굴 인식으로 잠금을 푸는데 옆에서 빤히 들여다보고 있기에 얼마나 기겁을 했는지 몰라. 신입은 뭐, 사생활도 없나? 후다닥 폰을 숨기는 고주운을 향해 곽재영은 또 그 빌어먹을 윙크를 날리며 핸드폰 훔쳐보기는 조사의 기본이라는 둥 헛소리를 해 댔지. 자기가 심심했을 뿐이면서.

오랜 정적을 견디다 못 한 고주운이 소심하게 스트레칭을 시작했어. 비가 와서 그런지 몸이 쑤셔서. 좁은 조수석에서 아무리 목을 돌리고 팔을 뻗어 봤자였지만. 게다가 차 안이 너무 조용해서, 사부작대는 소리가 유난히 요란하게 느껴지니 영 민망하고 불편한 거야. 그렇게 한번 의식하니까 계속 신경이 쓰이는 거 있지? 자기 숨소리도 괜히 거칠게 느껴지고, 맥박이랑 심장 뛰는 소리가 쓸데없이 큰 것 같고, 발가락만 꼼지락대도 관절이 우드득거리는 소리가 들릴 것만 같고. 배경 음악이라도 있다면 좀 편하게 있겠는데.

"음악 틀어도 돼요?"

"어?"

"제 거랑 연결해서 틀게요."

"주운쓰, 노래 듣고 싶구나? 말을 하지."

곽재영이 폰 화면에서 눈을 떼지 않은 채로 준비 운동을 하듯 입을 쫙쫙 벌렸어.

"내가 불러 줄게."

아니. 그것만은.

그때 곽재영이 갑자기 눈빛을 갈아 끼웠어.

"왔다."

곧장 시동이 걸리고 차체가 천천히 움직이기 시작했어. 고주운은 한참 어리둥절하게 있다가 아파트 현관에 안경숙의 빨간 안경이 비치는 것을 발견했어. 선생님, 감사합니다, 나만의 명예 고막 지킴이. 우산을 든 꼿꼿한 뒷모습을 따라 곽재영이 조심스레 차를 몰아. 안경숙은 오늘 웬일로 아파트 단지를 벗어났어. 그가 도착한 곳은 삼거리 횡단보도 앞.

"뭐 하는 거 같아?"

"이상한데요. 파란불인데 건너지도 않고."

"택시를 잡으려는 거야."

안경숙은 택시 어플을 사용하지 않는 것 같았어. 나이를 생각하면 사용할 줄 모르는 쪽에 가까우려나. 비가 오는 데다가 애매한 오전 시간이라 통행량이 많지 않았고, 가끔 지나가는 택시도 전부 예약 표시등을 켜고 있었지. 처음에는 어떻게든 자신의 존재를 어필하려고 손을 휘두르던 안경숙도 지쳤는지 오도카니 서 있기만 했어. 바람이 거세지자 굵은 빗줄기가 옆으로 내리기 시작했고, 무용지물이 된 우산은 펄럭펄럭, 안경숙의 젓가락 같은 몸이 휘청휘청. 급기야 저 멀리서 굉음을 내며 달려온 화물차가 안경숙 앞에 고여 있던 빗물 웅덩이를 밟으며 물보라를 일으키고 말았지. 느닷없이 시작된 워터 밤, 구정물을 흠뻑 뒤집어쓴 안경숙, 그리고 그 앞에 멈춰 서는 두 사람의 SUV.

"선생님."

곽재영이 타이밍을 노리고 화물차 뒤에 붙었던 거야.

"타세요. 태워다 드릴게요."

마음이 약해져 있었겠지. 너무 오래 흠뻑 젖은 채로 떨었으니까. 곽재영의 선량한 외모가 주는 후광 효과도 있었을 테고. 명함도 받았잖아. 가짜지만 안경숙은 모르니까. 신분도 파악이 됐겠다, 젊은 여자들이라 경계심도 덜 하고. 그렇다고 하루아침에 대단한 오픈 마인드가 됐을 리는 없으니 잠깐 도움만 받고 모른 척하려는 생각이 아니었을까? 안경숙이 뒷좌석 문을 열고 들어오자 고주운이 얼른 글로브 박스에 있던 타월을 건넸어. 곽재영이 멀어지는 화물차 꽁무니를 보며 소리를 높였지.

"어휴, 운전 너무하네. 깡패가 따로 없어."

안경숙이 안경을 벗고 묵묵히 타월로 얼굴을 닦았어.

"선생님, 괜찮으세요? 히터 좀 틀까요?"

"……."

"저희는 인터뷰가 있어서 촬영하고 가는 길이거든요. 선생님 생각이 나서 잠깐 들른 건데. 만나서 다행이네요."

"……."

"어디서 내려 드리면 될까요?"

"이비인후과. 양명여고 맞은편에 있어요."

내비에 위치를 입력하고 곽재영이 물었지.

"멀리까지 가시네요. 병원은 근처에도 많은데."

"제대로 된 곳을 가야지."

안경숙이 타월을 접어 자기 가방에 넣었어.

"이건 내가 빨아서 돌려 드릴게요."

그 말에 곽재영의 입꼬리가 슬쩍 올라갔어.

이틀 후, 두 사람은 타월을 받는다는 핑계로 안경숙을 찾아가 일직동에 있는 한의원에 데려다줬어. 이번에는 귓갓길까지 책임졌지. 다음 날에는 관양동에 있는 안과, 사흘 후에는 평촌동의 정형외과, 토요일엔 비산동 신경외과로 목적지가 바뀌었어. 그동안 안경숙이 아파트 단지에서만 활동했던 건 자의가 아니었던 것 같아. 사고 이후에 운전을 할 수 없으니 멀리 나가질 못했던 거지.

신세를 지는 처지인데도 내내 무뚝뚝한 얼굴로 까탈스럽게 구는 안경숙에게 곽재영은 언제나 미소를 잃지 않았어. 물론 촬영 이야기는 전혀 꺼내지 않았고, 사건에 대해서는 더더욱 함구했지. 어떻게든 신뢰부터 얻으려는 작전이었던 거야. 고주운에게 수가 읽힐 정도면 안경숙은 진작 눈치를 챘겠지? 그래서인지 철벽은 여전했어. 그 와중에도 매번 운전 기사로 두 사람을 알차게 써먹으니 뭐랄까 좀, 고주운으로

서는 검은 속셈을 가지고 접근하는 처지에 이런 생각을 해도 되나 싶지만 솔직히 얄밉기도 하고 야속하기도 하고. 맥이 빠졌거든. 곽재영은 조금도 그런 기색이 없어 보였지만.

그날도 운전기사로서의 역할에 충실했어. 거기에 짐꾼 노릇까지 했지. 호계동에 있는 대형 마트에서 함께 장을 보고 돌아오던 길이었거든. 안경숙은 자기가 할 수 있다며 고집을 부렸지만, 누가 봐도 세탁 세제 두 통, 쌀 3kg, 휴지 24롤과 마른미역, 접이식 선반을 혼자 옮기는 건 무리였지. 짐을 바리바리 나눠 들고 셋이서 엘리베이터에 올랐는데, 그만 고주운이 무심코 8층 버튼을 누르려고 손가락을 뻗어 버렸지 뭐야. 바로 팔을 내렸는데 다행히 안경숙이 못 본 것 같아. 그가 직접 버튼을 누르기를 기다린 후 고주운이 티 나지 않게 한숨을 쉬었어. 집의 층수를 정확하게 알고 있단 걸 들키면 경계가 더 심해질 게 뻔하잖아. 이때 내린 뒤에도 그의 집이 802호라는 걸 모르는 척해야 한다고 스스로에게 주의를 줘. 계단식 아파트라 엘리베이터를 중심으로 양옆에 문이 있으니, 고개를 조금 두리번거리면서 안내해 주길 바란다는 듯이 얌전히 기다리면 되겠지. 좋았어. 실수하지 말자. 머지않아 엘리베이터가 8층에 도착했어. 하지만 고주운은 본인의 이 시뮬레이션을 실행할 수가 없었어. 저도 모르게 한쪽으로 시선을 빼앗겼거든.

안경숙의 집, 802호의 현관이 유인물로 뒤덮여 있었어.

A4용지에 검은 글씨가 빼곡해. 맨 아래 딱 한 줄만 색깔이 달랐지. 인쇄 도중에 잉크가 모자랐는지 낱장마다 붉은색, 분홍색, 희미한 주황색 등 다채로운 빛깔로 적힌 한 문장.

살인자는 박달포레스트타운을 떠나라.

당황한 곽재영과 고주운이 멈칫하는 사이 안경숙이 현관문 앞에 섰어. 유인물에는 눈길도 주지 않고 도어록에 비밀번호를 입력하기 시작했지. 곽재영과 고주운이 짐을 바닥에 내려놓고 서둘러 다가가 종이를 뜯었어. 계속 번호를 잘못 입력하는 바람에, 안경숙은 여전히 도어록에 붙어 있었어. 뒤에서 엘리베이터 문이 열리는 소리가 나.

"어머, 교장 선생님."

젊은 여자였어. 801호에 사는 사람인 것 같은데.

"에그머니나, 흉해라."

유인물을 보고 하는 말이었어. 곽재영이 초인종 위로 손을 뻗어 마지막 남은 한 장을 뜯어냈어.

"누가 저런 걸……."

여자는 자기 집으로 들어갈 생각이 없어 보였어. 옷차림 때문에 젊은 여자라고 생각했는데, 얼굴을 보니 아닌 것 같아. 40대 후반에서 50대 초반 사이? 눈이 반짝거렸어. 사냥감이라도 발견한 것처럼. 벌써 여섯 번째 비밀번호를 입력 중인 안경숙을 대신해서 곽재영이 인사를 건넸어.

"안녕하세요."

"누구세요?"

"저희는 선생님 제자들이에요."

"어머 그렇구나. 관서중학교 출신이세요?"

곽재영이 대답 대신 상큼한 미소를 날렸어.

"우리 딸도 거기 나왔는데. 물론 그땐 퇴임하신 후였지만요. 이사 와서 선생님이 옆집이라 너무 좋았거든요. 딸이 해민이랑 동갑이기도 해서. 근데 일이 그렇게 돼서 참……."

죽은 손녀의 이름이 들리자 안경숙의 몸이 흠칫, 떨렸어. 여자도 그걸 본 것 같아. 시선이 집요하게 그쪽을 향하고 있었거든.

"우리 딸도 충격을 많이 받았어요. 친구가 죽었으니까 당연하죠. 고3인데 공부에 방해될까 봐 걱정이에요."

"그러시구나. 그럼 잘 들어가세요."

곽재영이 대화를 마무리하려고 했지만 여자는 멈추지 않았어.

"남편이 화가 많이 났어요. 입주 대표회의 위원이거든요. 방송국에서 찍어 가서, 아파트 이미지 안 좋아졌다고. 근데 상식적으로 집값이 겨우 그런 걸로 떨어지겠어요? 요샌 어디든 하락장이라고 난리잖아요. 그치만 다 저처럼 생각하는 건 아닌가 봐요. 이런 것도 막 붙는 걸 보면. 세상에 한가한 사람들 참 많아. 그쵸? 나는 한국에서 제일 바쁘다는 고3 엄마라, 입에 밥이 들어가는지 흙이 들어가는지도 모르는데."

아주 우스운 농담을 했다는 듯이 여자가 소리 내어 웃었어. 마주 웃어 주는 사람은 아무도 없었지만 상관하지 않는 것 같았지. 이제 용건이 끝났다는 듯 살짝 고개를 숙인 뒤 문을 열고 들어가던 여자가 현관에 놓여 있던 택배 상자에 발이 걸려 비틀거렸어. 어깨에 걸려 있던 큼지막한 쇼퍼백이 요란한 소리를 내며 떨어지자 고주운이 다가가서 흩어진 물건들을 주워 담았어.

"어머. 고마워요."

도로 집으로 들어가려는 여자의 뒤통수에 대고 고주운이 말했어.

"이것도요."

고주운이 내민 건 유인물이었어. 여자가 '흉하다'라고 했던 바로 그것 말이야.

"방금 가방에서 떨어뜨리셨어요."

"뭔 소리야."

친절을 가장하던 여자의 목소리가 삽시간에 날카로워졌어. 고주운이 심드렁하게 말을 이었어.

"다시 가져가셔야죠."

"학생 지금 뭐 하자는 거야?"

"흘린 거 주워 드리는 건데요."

"어휴, 왜 그래, 주운아. 이게 왜 이분 가방에서 나와. 그럴 리가 없잖아."

곽재영이 굽신거리며 끼어들었어.

"이런 거 막 여기저기 붙이고 다니면 출판물에 의한 명예훼손으로 걸리는데 그런 일을 왜 하시겠어. 따님께서 수험생이라고 하시잖아. 고소당하고 벌금형 받고 전과 기록 남고 그런 걸 딸 고3 때 하는 엄마가 세상에 어디 있니."

곽재영이 고주운의 손에서 유인물을 빼앗아 들고는 꾸벅 허리를 접었어.

"제가 대신 사과드릴게요."

801호의 문이 쾅, 소리를 내며 닫혔어.

곽재영이 허리를 펴기도 전에 안경숙의 도어록에서 경쾌한 알림음이 울렸어. 세 사람이 장 본 물건들을 현관으로 집어넣기 시작했어. 마른 미역을 겨드랑이에 낀 채 안경숙이 물었어.

"학생 이름이 뭐지?"

쌀을 옮기던 고주운이 고개를 들었어.

"고, 고주운입니다."

안경숙이 현관문을 닫으며 말했어.

"내일 2시에 상가 1층 카페에서 봐요. 무슨 말을 준비해 왔는지 들어는 줄 테니."

안에서 안경숙이 들을까 봐 환호성을 지르진 못하고 두 사람이 발만 동동거렸어.

콤비 플레이, 성공.

고주운이 먼저였어. 아까 801호 여자가 가방을 떨어뜨렸을 때 말이야. 사실 유인물 같은 건 없었어. 핸드크림과 립글로스, 손때 묻은 카드 지갑, 꼬깃꼬깃한 영수증 몇 개가 전부였지. 연기한 거야. 유인물 중에 하나를 빼서 마치 가방에서 발견한 것처럼. 눈치 빠른 곽재영이 장단을 맞췄고.

"주운쓰. 완전 강심장이야. 그 여자가 한 게 아니었으면 어쩔 뻔했어?"

"그 여자 맞아요."

긴장했던 건지, 피로가 몰려온 고주운이 조수석에 몸을 깊이 파묻었어.

"프린트 글씨가 얼룩덜룩했잖아요. 인쇄 도중에 잉크가 부족해서 교체하다가 묻은 거죠."

무슨 말인지 모르겠다는 곽재영의 침묵에 고주운이 설명을 덧붙였어.

"그 여자 오른손 검지 손톱에 불그죽죽한 얼룩이 스며 있었어요. 빨간색 잉크를 교체했나 보죠."

"그게 보여?"

"그게 안 보여요?"

곽재영이 좌회전을 하며 중얼거렸어.

"그런 게 보인다고? 정말?"

9

고주운이 탐정 일을 시작한 지 어느덧 두 달. 이 일의 좋은 점이 뭔지는 모르겠고 나쁜 점 하나는 확실히 알겠어. 정해진 근무 시간이 없다는 거. 출퇴근도 때마다 다르고 평일과 주말의 구분도 없어. 이게 왜 단점인지 이전엔 몰랐지. 남들 쉴 때 같이 쉬지 못한다는 게 어떤 트러블을 일으키는지. 예컨대 연애 문제랄지. 또 연애 문제랄지. 그 밖에 연애 문제 등등.

불행 중 다행이랄까, 타깃인 안경숙이 일찍 자는 편이라 밤에 일할 필요는 없었어. 그래도 대개 저녁 무렵까진 남아서 곽재영과 함께 식사를 때우곤 했어. 그런데 바로 오늘 안경숙이 대전에 있는 여동생을 만나러 간 덕분에, 취직하고 처음으로 금요일 저녁에 시간이 생긴 거야. 곽재영과 치즈버거로부터의 해방에 내적 댄스를 추던 고주운은 지하철역까지 데려다주겠다는 제안도 마다하고 혼자 버스를 세 번 갈아타며 남자 친구 회사 근처 카페에 도착했어. 여기서 기다리다가 만나서 맛있는 거 먹으러 가려고. 미리 연락을 안 한 건, 나름 서프라이즈랄까? 메시지를 보냈는데 답장 대신 걸려 온 전화. 사무실인지 '어, 나야'라고 말하는 목소리가 조금 낮았는데, 평소에 들어 본 적 없는 톤이라 새삼 가슴이 두근거렸어. 그 뒤로 이어지는 말에는 다른 의미로 두근거리기 시작했지만.

– 오늘 야근인데 왜……. 지금 어디라고?

카페 이름을 대자 한숨 소리가 들렸어.

– 거기 회사 사람들이 얼마나 많이 가는 곳인데.

남자 친구가 정한 조금 더 먼 카페로 향하며 고주운은 자꾸만 추락하는 기분을 건져 올리려고 스스로를 설득했어. 야근하고 있는데 난데없이 찾아오면 누구든 당황스러울 거야. 내 생각이 짧았어. 목소리가 날카로웠던 건 아마 업무 스트레스 때문이겠지. 응. 틀림없어.

고주운의 남자 친구, 이성혁은 그로부터 한 시간 후에 나타났어. 저녁을 먹고 왔다며 아메리카노를 시켰지. 함께 맛집에 갈 생각으로 계속 빈속이었던 고주운이 배고픔을 참지 못하고 초코 머핀을 주문했는데, 급하게 해동한 빵 특유의 푸석푸석한 질감이 꼭 모래 같았지. 이거에 비하면 지난주 잠복 중에 먹은 클럽샌드위치는 파인 다이닝이야. 그러고 보니 곽재영 본인은 줄기차게 치즈버거만 먹으면서도 고주운한테는 비교적 여러 가지를 사다 줬네. 옆에서 계속 투덜대니까 어쩔 수 없었던 거라고 생각하지만, 치즈버거 말고도 치킨버거, 샌드위치, 유부초밥, 컵밥, 삼각김밥, 와플, 또……. 문득 고주운이 어깨를 부르르 떨었어. 모처럼 일찍 퇴근했는데 또 곽재영을 떠올리다니. 뭐에 씌기라도 했나. 빙의한 귀신을 떨쳐 내듯 또 한 번 몸을 부르르.

옆에서 이성혁이 얼음을 와그작와그작 씹는 소리에 고주운이 정신을 차리고 다시 남자 친구에게 집중해. 앞머리를 올린 헤어스타일이 예뻐. 회사엔 이렇게 하고 다니는구나…… 깔끔한 흰색 셔츠를 입었는데 소매 아래로 낯선 시계가 보여. 새로 샀나 봐. 몰랐는데.

"오늘은."

머리 위로 떨어지는 이성혁의 목소리에 반색하며 고주운이 번쩍 고개를 들었어.

"일이 일찍 끝난 거야?"

"어어. 진짜 오랜만에."

"다음부턴 미리 얘기하고 와. 나도 일이 있고 계획이 있는데 이렇게 너 시간 난다고…… 지금 야근하다가 나온 건데."

"응. 안 그럴게."

"그리고 이건 내가 걱정돼서 하는 말인데."

내려다보는 이성혁의 시선이 묘하게 차가웠어.

"지금 하는 일이 합법적이긴 한 거야?"

고주운이 애써 웃었어.

"아는 분이 소개해 준 거라고 했잖아."

"제대로 알아봤어? 그분도 속았을 수 있어. 취준생한테 사기치는 놈들이 얼마나 많은데."

"사무실도 크고, 직원들도 많아. 그리고 지금 하는 일은……."

말이 애매한 곳에서 끊기자 이성혁이 재촉하듯이 빨대로 얼음을 덜그럭덜그럭 저었어. 하지만 고주운은 안 그래도 큰 눈을 더욱 휘둥그레 뜬 상태로 정지 모드야. '하일모터스에서 맡긴 거야.'라는 말을 내뱉을 뻔했거든. 세상에, 나 지금 의뢰인 정보를 흘릴 뻔한 거야? 고주운의 머릿속에서 가상의 곽재영이 나타나 꿀밤을 콩콩 때렸어.

"……어떤 사람을, 조사하는 거야."

고심해서 고른 말에 피식, 웃는 소리가 들렸어.

"미행 같은 거?"

고주운은 쉽게 대답하지 못했어. 대외비니까 얼버무리고 다른 화제로 넘어가는 게 맞는데, 욕심이 생겼나 봐. 오랜만에 만난 남자 친구에게 속마음을 털어놓고 싶은 욕심.

속마음의 정체는 죄책감.

일이 잘 풀렸어. 유인물 사건 다음 날, 카페에서 만난 안경숙이 촬영을 허락했거든. 옆집 여자를 퇴치한 게 점수를 톡톡히 땄나 봐. 심지어 다른 취재에도 데려다 달래. 당신들이 어떻게 편집할 줄 알고 그걸 믿냐, 한두 번 당해 본 게 아니니 내 눈으로 직접 확인해야겠다며 쏘아붙이는데 그걸 들는 곽재영의 표정이 누가 봐도 '힝. 저 상처 입었어요'야. 애처롭게 눈꼬리를 내리고 턱을 끄덕끄덕. 베테랑 배우가 따로 없지. 반면 고주운의 고개는 자꾸만 밑으로, 밑으로 내려가. 표정을 꾸밀 자신이 없었거든. 30분 전까지 차 안에서 어떻게 안경숙의 철벽을 무너뜨릴지 회의를 하다 왔는데, 철벽은커녕 저쪽에서 제 발로 문을 열고 걸어 들어온 셈이잖아. 기뻐서 팔짝 뛰어도 모자랄 판에 곽재영은 어떻게 그런 감정을 완벽히 숨길 수 있는지. 신기하기도 하고 좀 징그럽기도 하고. 집에 가는 길에 꼭 이름을 검색해 봐야겠다고 생각했어. 배우 출신일지도? 어쩐지 얼굴이 범상치가 않다 했지. 반면 본인의 연기력은 발 연기라는 말도 부끄러운 수준. 발톱 연기 정도라면 어떨까. 아무래도 눈이 문제였어. 큼지막한 동공이 제멋대로 흔들리면서 속마음을 줄줄 흘리니까, 숨길 자신이 없을 땐 차라리 고개를 숙여 버리는 게 고주운의 최선.

그렇게 꺾은 고개를 좀처럼 펼 기회가 없었어. 지난 한 달 내내 말이야. 거짓 취재였으니까. 카메라를 설치하고 그저 바닥만 보고 있었지. 수완 좋은 곽재영이 진짜 급발진 사고의 피의자들을 섭외해 왔어. 시사 프로그램 촬영이라고 둘러대자 모두 간절한 표정으로 인터뷰 자리에 나왔지. 나이도, 성별도, 사는 곳도, 직업도 모두 제각각. 하지만 심정은 같았어. 분노. 억울함. 급발진을 인정하지 않는 자동차 회사와 사법부에 대한 울분. 질주하는 차에서 아무것도 할 수 없었다는 무력감과 공포심. 피해자에 대한 죄책감. 인터뷰를 마치고 나오면 안경숙의 눈가가 매번 어둑했어. 안에서 무언가가 활활 타오르고 재만 남은 것처럼.

"어떻게 생각해?"

고주운의 질문에 이성혁이 되물었어.

"뭐가?"

"얼마 전에 뉴스를 봤는데."

"뉴스도 봐?"

"유튜브에서 급발진 사고 영상이 나오는데 엄청 무섭더라. 댓글에서 다들 뭐라고 하던데. 회사가 무책임하다고."

이성혁이 손에 쥔 폰에서 눈을 떼지 않은 채로 웃었어. 그 폰은 고주운의 것이었어. 자기 건 배터리가 아슬아슬하다며 빌린 거야.

"한국에선 기업이 늘 죄인이지. 그래 놓고 취직은 하고 싶어 하고. 사람들 참 이상해."

고주운이 대답하지 않자 이성혁의 목소리가 방금보다 조금 높아져.

"그거 사고 낸 사람들 다 노인이잖아. 브레이크 대신 엑셀을 밟아 놓고 보상금 마련할 능력이 없으니까 우기는 거 아냐."

"다 노인은 아니던데."

고주운이 거짓 취재 과정에서 만난 여러 연령대의 피의자를 떠올리며 우물거렸어.

"일본이랑 미국에서 기술적으로 급발진이 불가능하다는 결과가 나온 게 이미 몇 년 전이야. 우리처럼 기술을 잘 아는 사람들은 급발진이란 단어만 들어도 어이가 없어."

입사 6개월 차인 이성혁은 벌써 자기네 회사 사람들에게 '우리'라는 단어를 거침없이 썼어. 중견 제조 기업의 유통 부문 자금팀에서 일하고 있으니 기술 쪽 사람들이랑은 만날 일이 없을 텐데, 마치 회사와 한 몸이 된 것처럼.

이성혁이 사무실로 들어가 봐야 한다고 일어났어. 오래 못 있어서 미안하다고, 사랑한다고, 다음 주에는 꼭 연락부터 하고 만나자며 신신당부를 하면서. 카페에 남은 고주운이 당혹스러움에 텅 빈 유리컵을 만지작거렸어. 그가 떠나자 일순간 긴장이 풀리면서 '편하다'는 느낌이 들었거든. 남자 친구인데. 제일 가까운 사람인데. 취직하고 자리 잡으면 결혼하자고 약속했는데.

그때 전화가 왔어. 두 번째로 가까운 사람으로부터.

"응. 엄마."

퇴근은 했냐, 저녁은 먹었냐고 묻는 고주운의 엄마, 나혜선의 목소리가 잔뜩 가라앉아 있었어. 고주운이 숨을 죽이고 통화에 집중했어. 감기인가? 아니면, 울었나?

　－ 주운아. 너 김 사장님한테…….

"연락했어. 감사하다고."

일자리 소개해 준 거 꼭 인사드리라며 나혜선이 몇 번이나 닦달했잖아. 이번에도 이것 때문에 전화한 걸까? 침묵이 길어졌어. 용건이 따로 있는 걸 직감하고 고주운이 폰을 고쳐 잡았어.

　－ 부탁 하나만 더 해 주면 안 될까? 김 사장님이 예전부터 특히 널 예뻐하셨잖니.

"무슨 부탁?"

　－ 너네 오빠 일자리.

고주운이 바로 전화를 끊었어.

꺼진 화면에 엄마로부터 도착한 메시지가 미리 보기로 떠올랐어. 고주운의 고개가 땅속으로 들어갈 것처럼 아래로, 아래로 떨어졌어.

10

승모근을 지그시 누르는 압력에 고주운이 퍼뜩 정신을 차렸어. 언제 봐도 참 쓸데없이 정성껏 빚어졌다 싶은 곽재영의 얼굴이 초점이 맞지 않을 만큼 가까운 거리에 있었어. 여전하네. 콧수염은. 인중을 보느라 고주운의 눈동자가 가운데로 모이자 곽재영이 어깨를 붙잡은 손아귀에 힘을 주면서 코를 찡긋거려. 왜 저래. 비염 있나.

"없지?"

"네? 비염이요?"

"주운이도 오늘 약속 없대요, 선생님."

두 사람을 지켜보던 안경숙이 몸을 돌렸어.

"그럼 들어와요."

엘리베이터에서 고주운이 곽재영을 열심히 곁눈질했어. 오늘은 옮겨 줄 짐도 없는데 왜 안경숙의 집으로 같이 올라가는지 상황 파악이 안 돼서. 추가 인터뷰인가 싶었는데 카메라도 두고 왔고. 정신이 잠시 딴 데 가 있는 사이에 무슨 대화가 오간 건지. 설명을 요구하는 고주운의 눈길에 곽재영이 입을 뻐끔거리며 손으로 배를 어루만졌어. 무슨 뜻이지? 입으로 뭘? 아랫배? 대장 내시경?

가정집에서?

대장도 소화 기관의 일부니까 얼추 들어맞았어. 어디까지나 고주운의 생각이야. 안경숙이 저녁을 차려 줬어. 흰 쌀밥에 미역국, 배추김치와 고등어구이.

곽재영이 김치를 집어 들며 호들갑을 떨었어.

"너무 맛있어요. 선생님 손맛 최고!"

"반찬 가게에서 산 거예요."

"선생님 안목 최고!"

정작 자신은 국만 몇 술 뜨고 수저를 놓은 안경숙이 사과를 꺼내 왔어. 껍질을 깎는데 누가 봐도 서툰 솜씨였지. 흡사 독립적인 자아를 가진 것처럼 제멋대로 춤을 추는 과도를 보고 곽재영이 손을 떨며 젓가락을 내려놓았어. 고주운은 아랑곳하지 않고 열심히 밥을 삼켰어. 허겁지겁 고등어구이를 발라냈지. 너무 오래 익혀서 딱딱해진 살을 애써 헤집으며.

"입에 좀 맞아요?"

껍질 깎기인지 사과 조각인지 모를 작업을 중단하고 안경숙이 젓가락으로 고등어 머리를 잡아 주며 물었어. 고주운이 대답하려다가 입에 음식물이 들어차 있는 걸 깨닫고 머리만 위아래로 붕붕 흔들었어.

"내가 일을 오래 해서. 요리는 잘 못해요."

고주운은 이런 사람을 한 명 더 알고 있었어. 평생 바깥일을 하느라 요리에 서툰 늙은 여자. 안경숙처럼 고상한 캐릭

터는 아니었지만. 일찍 세상을 떠난 남편 몫까지 일하며 남
대문 시장에서 안 해 본 장사가 없는 인물이지. 시계 부품 도
매업으로 자리를 잡나 싶었는데 핸드폰이 나오면서 파리가
날리더래. 이참에 가게를 접고 아예 쉬려고 했는데 딱 그 타
이밍에 하나밖에 없는 아들이 며느리와 사별하고 네 살짜리
손녀를 맡기는 거야. 아이를 키운 게 너무 오래 전의 일이라
뭘 해야 하는지 몰라서 처음에는 밥이랑 김만 줬대. 넙죽넙
죽 받아먹길래 괜찮은 줄 알았는데, 애가 비실비실해서 병원
에 데려갔더니 영양실조라고. 그때부터 늙은 여자는 생전 해
본 적 없는 요리를 시작했어. 그래 봤자 냉동 고기나 생선을
잔뜩 사 두고 끼니마다 구워서 먹이는 정도였지만.

　- 천천히 먹어라. 체할라.
　잘 먹는 어린 손녀가 기특해서 늙은 여자는 자주 아이의
뒤통수를 쓰다듬었어.
　- 잘 먹으니까 이쁘네. 우리 주운이.

　안경숙이 물을 가져다줬어. 고주운이 사례에 걸려 콜록거
렸거든. 영 서먹서먹하다 싶었는지 곽재영이 평소보다 두 음
정도 올라간 목소리로 분위기를 띄웠어.
　"담엔 저희가 밖에서 대접할게요. 선생님 몸보신시켜 드

려야지. 요즘 많이 피곤하시죠?"

파주까지 다녀온 길이었거든. 아무리 건강 상태가 좋다고 해도 나이를 생각하면 연이은 장시간 이동에 체력 소모가 클 거야. 물론 감정적으로도. 오늘 만난 인터뷰이는 사고를 낸 지 아직 한 달도 되지 않은 피의자였는데, 사고로 조수석에 앉아 있던 아내를 잃었거든. 인터뷰 내내 많이 울었어. 보는 사람도 괴로워질 만큼. 비슷한 경험을 한 안경숙에게는 아마도 심정적인 부담이 더 컸겠지. 부쩍 버석해진 안색이 그런 심경을 보여 주는 듯했어.

"그래도 혼자 있는 것보다는 낫지. 고마워요."

안경숙의 대답에 고주운이 잦아들었던 기침을 도로 터트리며 휴지를 찾았어. 곽재영마저도 이번에는 좀 당황했는지 미역국을 뜨던 손이 멎었지. 까칠하던 안경숙의 태도가 최근 눈에 띄게 유해졌다고는 느꼈지만, 이런 말을 들을 줄은 몰랐으니까.

안경숙이 고주운에게 티슈를 건네면서 말했어.

"우리 해민이도 사레가 잘 걸렸는데. 애가 성격이 급해서 밥도 빨리 먹었어."

티슈로 얼굴을 가리고 고주운이 한참을 쿨럭거렸어. 죄책감이 기도로 역류하는 바람에.

집에서 나와 엘리베이터를 타고 내려가는데 고주운의 승

모근 위로 다시 곽재영의 손이 올라왔어.

"너무 그러지 마."

물끄러미 쳐다보니 손바닥으로 고주운의 눈을 가리는 곽재영.

"착한 어린이는 못써. 주운쓰."

눈치가 빠른 사람이니 진작 알았겠지. 고주운이 안경숙에게 기울어지고 있다는 걸. 죄책감 때문에 온 마음이 휘청이고 있다는 사실을. 곽재영의 경고는 정확했어. 하지만 문제는 그런 조언을 귓등으로도 듣지 않는 고주운에게 있었지.

이틀 뒤, 안경숙이 내려오길 기다리고 있던 주차장. 조수석에 앉아 있던 고주운이 태블릿 PC를 내밀었어. 곽재영이 고개를 갸웃거리다가 손뼉을 쳤어.

"축하합니다."

"뭘요?"

"새로 산 거 아니야?"

"이거 4세대예요."

"오. 신상?"

대답할 가치를 느끼지 못하고 고주운이 화면을 터치했어.

"이쪽에 있는 숫자가요."

"숫자 안 가요."

"지난 3년 동안의 급발진 사고 의심 건을 그 이전이랑 비교한 거예요."

히죽이던 곽재영의 입꼬리가 수평이 됐어. 그가 다시 입을 열기 전에 고주운이 잽싸게 데이터를 가리키며 말을 이어갔어.

"급격하게 증가하고 있어요."

"그사이에 급발진이 크게 이슈가 됐잖아. 운전자가 자기 과실을 덮으려고 핑계를 대는 일이 늘어난 거 아냐?"

"연령대 쏠림 현상도 없어졌고요. 30대나 40대도 많아요."

"운전 미숙은 나이랑 상관없지."

"국도나 고속도로 비중이 줄고, 도심 사고가 확 늘었어요."

곽재영의 잘 빠진 눈썹이 꿈틀거렸어. 뭔가 마음에 걸리는 게 있다는 신호였지. 기회를 놓치지 않고 고주운이 화면을 터치해 숫자를 키웠어.

"3년 전까지만 해도 도심 사고 비중이 10%도 안 됐는데, 최근 3년 동안은 60%가 넘어요. 근 1년 사이 급발진 의심 사고는 다 도심에서 일어났다고 해도 과언이 아니고요. 안경숙 선생님 사건도 홍대 앞이었잖아요?"

"그렇네. 신기하네. 근데 왜 이걸 알아야 할까? 우리는 경찰이 아니야."

"경찰이 아니니까요. 의뢰인이 원하는 걸 만족시켜 줘야죠."

고주운의 주장은 이랬어. 하일모터스가 궁극적으로 원하는 것을 생각해 보자는 거야. 이 사건이 급발진이 아니라고 결론 나는 게 그들의 최종 목적이겠지. 안경숙의 약점을 캐는 건 이를 위한 변칙적인 수단일 뿐이고. 그러니까 아예 접근 방법을 바꿔서, 이 사건이 급발진 말고 다른 이유로 발생했다는 걸 증명하면 어찌 됐든 하일모터스의 니즈는 충족시켜 주는 거 아니냐는 거야. 왜 도심에서 급발진이 늘었는지 이상하지 않냐. 전파 방해라든가, 도로 환경이라든가, 생각지 못했던 다른 이유가 있을 수도 있지 않냐.

"없어요."

가능성이.

"영화를 너무 많이 보신 게 아닐는지."

박민성이 의자에서 일어나 두 사람 옆을 지나갔어. 책상엔 다 마신 솔의 눈 아홉 캔이 병풍처럼 늘어서 있었지. 스마트탐정사무소의 유일무이한 '리서치 실장' 박민성의 단언에 곽재영이 팔짱을 풀고 상체를 모니터 쪽으로 기울였어. 정수기 옆 선반에 더 이상 솔의 눈이 남아 있지 않은 걸 확인한 박민성이 대신 커피믹스 봉지를 집으며 고개를 절레절레 흔들었어.

"저도 어릴 때 영화 보고, 그런 거 있잖아요. 후드티 입은 해커가 막 검은 화면에 초록 글씨 띠리릭 띠리릭 입력하면 문이 팡 열리고 폭탄이 팡 터지고. 그래서 처음에 공부할 때는 일부러 배경 화면을 까만색으로 바꿨어요. 멋있어 보이려고. 눈만 아팠지. 시력 엄청 안 좋아지고. 우리 쌍둥이들한테도 이제 최대한 스마트폰은 늦게 보여 줘야지 생각하는 이유가 그거랄까."

커피 봉지가 잘 뜯기지 않았는지 박민성이 책상으로 돌아와 서랍에서 가위를 꺼내 들자 곽재영이 뒤로 물러서며 물었어.

"박 실장님, 그래서 의심 가는 점이 전혀 없다는 거예요?"

"제가 곽 실장님 전화 받고 하루 동안 찾아본 바로는, 의심이고 뭐고 간에 사건들끼리 공통점이 아예 없어요. 하일모터스만 있는 것도 아니라서 제조사랑 모델도 다 제각각이고, 시간대나 계절도 다르고. 지역으로 따지면 수도권이 많긴 해요. 근데 이건 어쩔 수 없죠. 사람이 많이 사니까. 지금 수도권 집중 현상이 진짜 심각한 문제잖아요. 지방에 사람이 없으니까 학교도 없어지고 병원도 없어지고. 아내가 가끔 애들 다 키우면 서울을 떠나자고 하거든요. 근데 인프라 때문에 막상 그때 가서 결정을 내리기가 쉽지 않을 것 같아요."

"그렇구나. 전파 때문에 오작동할 가능성은?"

"자동차에서 지원하는 통신은 기지국 이용하는 거라 폰이랑 똑같다고 보시면 되거든요. 우리나라처럼 시설이 탄탄한 곳에선 특별히 문제가 생길 여지가 없고, 자동차 운행에 영향을 미칠 가능성은 더더욱 낮죠. 한국인들이 잘 모르는 게 있는데 다른 나라들은 인터넷은커녕 전화도 잘 안 터지는 지역이 있어요. 땅덩어리가 클수록 그게 더 심해요. 대학생 때 혼자 캘리포니아에 갔을 때 생각나네. 인터넷이 안 터지는 데가 의외로 있어 가지고. 불편하긴 했는데, 오히려 그 덕에 눈앞에 보이는 풍경에만 더 집중할 수 있었으려나."

"좋았겠네. 그럼 가능성이 아예 없다고 알고 있으면 돼요?"

"굳이 굳이 굳이 굳이, 관련된 걸 찾자면 2010년대 중반부터 정부에서 지능형 교통 시스템을 추진하고 있는 게 있거든요. 그 주파수가 무선랜이나 다른 통신 수단이랑 대역폭이 겹쳐서 좀 이슈가 있긴 해요. 약간 혼선의 우려가 있는 정도? 하지만 요 지능형 교통 시스템이란 게, 도로의 교통관제 시스템이랑 자동차가 통신을 주고받는 개념인데 지금 단계에서는 전용 단말기가 설치된 차만 가능하단 말이죠. 시범 사업 중인 지역도 몇 개 없어요. 세종시 도담동이랑 서울시 잠실동. 참고로 이 지역에서는 지난 3년 동안 급발진 의심 사고가 일어난 적이 없습니다."

뒤이어 지능형 교통 시스템의 상용화에 대한 박민성의 회의적인 진단과, 시범 사업 지역인 잠실에서 결혼 전 와이프와 데이트했던 추억, 놀이공원 근처 베이글 맛집까지 추천받고 그가 말아 주는 믹스 커피를 각 한 잔씩을 들이킨 후 곽재영과 고주운은 겨우 사무실을 나올 수 있었어. 축 처진 고주운의 어깨를 곽재영이 토닥였지.

"광명 가서 이케아에서 점심 먹을래? 이케아 별로면 저케아도 좋고."

고주운이 엉뚱한 대답을 했지.

"그럼 피해자를 만나 보는 건 어때요?"

"피해자?"

곽재영이 멈춰 서서 고주운의 얼굴을 꼼꼼히 살폈어. 눈앞에 있는 인간의 어디가 어떻게 잘못됐는가를 가늠해 보려는 것처럼.

11

미친 짓이네.

운전을 하는 곽재영의 얼굴에 써 있었지.

이건 미친 짓이야. 왜 내가 여길 가고 있지.

급발진 사고 사망자의 유가족을 만나러 가는 길이었어.

셋이서.

조수석에 앉은 고주운이 뒷자리를 힐끔거렸어. 안경숙은 차창 밖에 시선을 고정하고 있었어. 입을 일자로 다물고 눈초리를 치켜올린 게 딱 화난 표정이었지. 그러니까 평소랑 똑같았다는 거야.

고주운은 아직도 얼떨떨했어. 이들이 왜 자신의 제안을 수락했는지.

반쯤은 충동이었어. 급발진 사고의 피의자가 아닌, 피해자를 인터뷰해 보자는 거 말야. 사고 데이터들을 긁어모아 회심의 분석을 내놓았더니 박민성은 특별할 게 없다고 하고, 그 말을 들은 곽재영이 '만족했니? 이제 할 일을 하자'라는 표정으로 물정 모르는 애 취급을 하고, 마침 그들이 섭외한 피의자 리스트는 다 떨어졌고, 요즘 급발진 의심 사고가 도심에서 주로 일어나다 보니 보행자가 사망하거나 크게 다치는 일이 많았는데 고주운이 그걸 용케 기억하고 있었고⋯⋯.

그래서 튀어나온 부추김. 단지 본인이 한 일이 무의미해지는 게 싫어서 그랬던 건데.

코웃음 치며 넘길 줄 알았는데, 의외로 곽재영이 진지한 얼굴로 물었어.

"접촉할 방법은?"

"사고나 범죄 피해자들을 지원하는 단체가 있어요. 교통사고 쪽으로 특화된 곳에 연락해 보면 돼요. 취재 목적이라고 하면 당사자에게 동의를 받고 정보를 건넬 거예요."

곽재영이 고주운의 터무니없는 제안을 진지하게 받아들인 이유는, 안경숙 때문이었어. 피의자 인터뷰가 끝나니 더이상 그와 접점을 유지할 핑계가 없었거든. 어떻게 얻은 신뢰인데, 이대로 물러날 순 없었어. 고지가 눈앞에 있었으니까.

타이밍이 딱 좋았어. 며칠 전 이동 중에 식당에 갔을 때였지. 여느 때처럼 안경숙은 국만 몇 술 뜨다가 두 사람이 먹는 걸 지켜보고 있었는데 광고 전화가 걸려 왔고, 이런 게 왜 자꾸 오는지 모르겠다고 투덜거리자 곽재영이 스팸 방지 어플을 깔아 준다며 몰래 미러링 프로그램을 설치해 뒀거든. 그날부터 안경숙 핸드폰의 모든 기록을 다 볼 수 있게 됐지. 뭘 발견한 줄 알아? 환절기 감기 조심하라는 안부 인사. 누구와? 현 경기도 교육감인 김근지.

박민성을 통해 입수한 정보에 따르면 안경숙과 김근지,

두 사람의 인연은 제법 깊었어. 전국교직원노동조합, 줄여서 '전교조'라고 불리는 교사 노동조합의 초창기 멤버였지. 김근지는 1980년대 후반 전교조가 탄압을 받을 때 잘렸다가 합법화된 이후 돌아와 교육감까지 올랐고, 안경숙은 쭉 교사로 일하다가 교장 자리에 오른 뒤 지금은 퇴직. 근데 교장이 된 시기가 오묘했어. 안경숙은 일반 승진으로 교장이 된 게 아니었거든. 공모형 교장이라고, 평교사라도 누구나 심사를 거쳐 교장이 될 수 있는 제도의 혜택을 봤는데, 교육감이 최종 임용 여부를 결정한단 말이야. 그게 김근지 경기도 교육감이었고. 음. 여기까지는 좀 약하지. 공식적인 절차를 따랐기 때문에 문제가 없어. 그럼 이 사실을 엮으면 어떨까? 현재 김근지가 다른 전교조 교사를 불법 채용한 혐의로 재판을 받고 있다는 거.

거의 다 왔어. 결정적인 증거 하나만 있으면 돼. 곽재영은 안경숙의 폰으로 김근지에게 대신 문자를 보내 그를 낚아 보려는 작정이었어. 대충 짜깁기하면 되니까. 뉘앙스를 풍길 수 있는 소스만 얻으면 되거든. 미러링 어플을 깔았으니 메시지 정도야 쉽게 보낼 수 있었지만 안경숙이 눈치채지 못하게 기록을 바로 지우려면 함께 있는 시간을 노려야 했지. 차량 제조사의 과실로 하나뿐인 손녀를 잃은 무고한 노인네를, 인맥으로 부당한 권력을 누린 '전교조 카르텔'로 변신시키려는 작전. 어, 그런데 급발진이랑 전교조가 무슨 상관이지?

"상관이 있어야 할까?"

영화 속에 등장하는 악당처럼 곽재영이 콧잔등을 찡그리며 말했어.

"이런 말이 있지요. 메시지를 반박할 수 없을 땐 메신저를 공격하라."

뭐, 그렇다고 치자. 하지만 안경숙은 왜 이 인터뷰에 동행을?

꽉 막힌 도로를 뚫고 도착한 곳은 서울시 공덕동의 한 빌라촌. 사망자는 군 제대 후 복학을 준비하던 20대 남성이었는데, 알바를 하고 돌아오는 길에 급발진 의심 차량에 치여 응급실로 이송되는 도중 숨졌대. 누나로 추정되는 여자가 문을 열었어. 집 안이 층층이 쌓인 종이 박스로 가득했지. 고주운이 카메라를 설치하자, 좀 더 나이가 든 여자가 기름진 머리를 넘기며 방에서 나와 의자에 앉았어. 곽재영이 PD라며 가짜 자기소개를 하고, 고주운을 촬영 스태프로, 안경숙을 급발진 사고 진상 규명 활동가로 소개한 후 인터뷰를 시작했어. 새로운 내용은 없었어. 사망자가 혼자 집에 돌아오는 길에 사고를 당했기 때문에 유가족들도 CCTV 영상으로 본 게 전부였으니까. 무의미한 자리였지만 그것이 곽재영이 의도한 것이었기 때문에, 성공적인 자리기도 했지.

현관에서 신발을 신으며 곽재영이 인사치레로 물었어.

"곧 이사하시나 봐요?"

어머니인지 누나인지 모를 여자가 고단한 목소리로 대답했어.

"집을 빼야 돼요. 형우 보험금만 나오면 숨통이 트일 텐데. 뭐가 판결이 나와야 된다 어쩐다 하면서 자꾸······. 방송 좀 잘해 주세요."

형우는 죽은 피해자의 이름이었어. 이 말을 듣는 안경숙의 마른 어깨가 눈에 띄게 움찔거렸지. 그때 고주운은 깨달았어. 안경숙이 이 어처구니없는 인터뷰에 동행하는 이유.

흔히 마음이 곧은 이들은 치명적인 맹점을 하나 갖기 마련인데, 그게 뭐냐면, 남들도 자기 같은 줄 알아. 분명 안경숙은 이 세상 사람 모두가 가족을 잃으면 밥도 제대로 못 뜨고 자기처럼 부서질 듯 말라 가는 줄 알았겠지. 차라리 죽는 게 나으리만치 고통스러워도 바득바득 병원 신세를 지며 분연히 두 발로 버티고 서서 온 세상에 억울함을 알리고 싶어 하는 줄 알았을 거야. 그의 머릿속에서는 모두가 같은 피해자였으니까. 원치 않게 살인자가 되어 버린 운전자도, 난데없이 유명을 달리한 보행자도, 차체 결함을 은폐하려는 거대한 권력의 희생양이라는 점에서는 같았으니까. 그래서 기대를 품었을지도 몰라. 아픔을 가진 사람들끼리 힘을 모으고, 서로를 위로하고, 함께 싸워 승리하는 미래를.

안됐어. 정말.

고주운이 홀로 고요히 혼란에 빠진 안경숙을 곁눈으로 관찰하는 동안 차를 빼러 주차장에 갔던 곽재영이 다시 나왔어.

"뒤에 차가 막고 있어서요. 전화했더니 곧 온대요. 잠깐 기다릴까요? 아, 주운아, 편의점에서 물 좀 사다 주라. 법카 있지?"

고주운이 군말 없이 뒤로 돌았어. '편의점'은 곽재영과 약속한 암호였어. 인터뷰를 한답시고 사람들 집에 드나들기 시작하면서 만들었지. 암호가 지시하는 건 우편함 털기. 처음엔 긴장해서 한쪽 팔과 다리가 동시에 나갔지만 반복하니 익숙해졌어. 우선 진짜로 편의점에 가서 생수 두 통을 사고 돌아와. 이쯤이면 곽재영과 안경숙은 이미 차에 타서 보이지 않지. 오케이. 빌라 현관으로 들어가. 아까 방문한 집이 202호였지. 우편함으로 가서 잡초처럼 꽂힌 우편물들을 뽑고 바닥에 붙어 있는 것까지 박박 긁어 준비한 에코백에 쑤셔 넣으면, 완료.

고주운이 조수석에 앉자 곽재영이 자연스레 손을 뻗었어. 에코백을 건네니 안을 뒤적여. 고주운이 뒷자리의 안경숙을 의식하며 생수통 뚜껑을 따서 건네는데 곽재영이 이상한 소리를 해.

"선생님, 저희 화장실 다녀올게요."

뭐지 그게. 화장실 이름인가. 개봉 사우나, 공덕 주차장, 저희 화장실.

언제가 마지막이었는지도 모르겠어. 누구랑 화장실을 함께 온 적이. 심지어 손목까지 붙들려 질질 끌려오다시피 도착했어. 정 마려우면 '저'만 다녀올 것이지 굳이 '저희'끼리 그다지 쾌적하지도 않은 공중화장실에 온 이유를 모르겠는데, 심지어 볼일이 급한 것도 아니었는지 곽재영은 대뜸 세면대의 물부터 틀었어.

"손. 일단 씻어. 깨끗이. 빡빡."

그러더니 비쩍 곯은 하늘색 비누를 주워서 반으로 뽀개더니 나눠 줘. 자기 손을 행주 빨듯 벅벅 닦고는 영문을 모르는 고주운이 미적대는 꼴이 못마땅했는지 가까이 다가와 우악스럽게 손을 잡았어.

"씻으라고 하면. 좀. 씻으라고요. 왜 말을 안 들어. 사춘기세요?"

비누를 마구 비벼 거품을 내더니 고주운의 손을 문지르기 시작하는 곽재영. 손등, 손바닥, 손가락 사이사이와 손톱 밑까지, 야무지기도 하지. 얼결에 손을 맡겨 버린 고주운이 뒤늦게 정신을 차리고 몸을 빼내려고 하자 아예 팔꿈치로 양

팔을 가둬서 꼼짝 못 하게 잡아 버렸어. 곽재영의 손가락은 가느다란 데에 비해 관절이 굵었어. 폭신한 비누 거품을 입은 미끄러운 손길 사이로 불거진 뼈마디가 살갗을 지그시 누를 때마다 고주운의 혈관에 가느다란 파동이 퍼져 나갔지. 초등학교를 졸업한 이후로 누가 씻겨 준 적이 없는 손을 세심하게 어루만지는 낯선 손길에 뇌인지 심장인지 모를 장기의 구석에서 뿌옇게 습기가 차올라. 녹슬어. 부식되어 가. 그리고, 허물어져.

"됐다. 가자."

흠뻑 부르트느라 그만 타이밍을 놓쳤어. 물기를 털며 밖으로 나가는 곽재영의 뒷모습을 고주운이 우두커니 바라봤어. 머릿속에서 동시다발적으로 물음표가 돋아나. 뭐였지? 왜? 갑자기? 손을? 뭐가 묻어 있었나? 감염병 예방? 습관? 종교 의식? 결벽증?

곽재영의 이상한 행동은 여기서 끝이 아니었어. 다음 날 이어진 두 번째 피해자 인터뷰. 사망자는 50대 여성이었고, 방송국에서 취재차 나왔다는 말에 노쇠한 아버지가 반색하며 그들을 맞이했지. 평범하게 대화를 나누던 곽재영이 돌발적인 행동을 했어. 사망자의 핸드폰을 보여 달라는 거야. 자료 화면으로 나갈 거라며. 아버지가 폰을 가져와서 사진첩을 보여 주다 딸의 모습을 보고 목 놓아 오열했고 곽재영은 비

통한 표정으로 폰을 받아서 화면을 넘겨 가며 사진을 찍었어. 옆에서 안경숙의 안색이 실시간으로 창백해지는 게, 적잖이 당황한 것 같았고.

나가면서 고주운이 속삭였어.

"왜 그래요? 놀랬잖아요."

"그걸 네 글자로 줄여 봐."

"네?"

"그.래.놀.라."

차에 탄 곽재영이 제 팔뚝을 쓸었어.

"왜 이렇게 춥지? 히터 틀까요?"

싸늘한 침묵 속에서 박달동 아파트에 도착한 일행. 차에서 내린 안경숙이 비틀거리자 두 사람이 양쪽에서 부축했어. 핼쑥한 얼굴로 말없이 집으로 들어가는 안경숙. 최근에는 헤어질 때마다 수고했다, 고맙다며 인사를 했었는데 말야.

아무래도 충격이었을 테지. 여태까지는 자신의 감정에 짓눌려 신경 쓰지 못했을지도 몰라. 그치만 교통사고라는 게, 무고한 피해자가 발생하기 마련이니까. 안경숙이 사고를 냈을 때도 건널목에서 신호를 기다리고 있던 대학생이 사망했지. 모르진 않았을 거야. 덮어놓고 싶었을 뿐. 하지만 핸드폰 속 딸의 얼굴을 보고 울먹이는 아버지 앞에서 더 이상 진실을 외면할 수 없어진 거지. 급발진 사고에 부당하게 연루되었다고 해서 모두가 동일한 피해자는 아니라는 거. 운전대를 잡고 있었던 자신과, 그저 길을 걷고 있었을 뿐인 사건의 '진짜' 피해자들은 근본적으로 다르다는 거. 스스로가 무슨 짓을 한 건지, 어떻게 평온한 일상을 살던 한 사람을 세상에서 지워 버렸고 주위의 삶을 돌이킬 수 없게 망가뜨렸는지, 부서진 그들을 다른 사람도 아닌 자신이 만난다는 게 얼마나 순진하고 어리석은 생각이었는지를.

하지만 곽재영은 기분이 좋아 보였어.

"이대로 지쳐서 포기해 주면 좋겠당."

울컥해서 받아치려는데 곽재영이 말을 이어 갔어.

"교육감 그런 거 터트릴 필요 없고 얼마나 좋아."

고주운의 따가운 시선을 무시하고 곽재영은 앞만 쳐다봤어. 언제부터 그렇게 전방 주시 의무에 충실했다고 저러는지 모르겠어. 또 언제부터 그렇게 안경숙의 처지에 마음을 썼다고 저러는지도. 알량한 죄의식인지, 연민인지, 정인지, 그게 고주운 본인이 안경숙에 대해 가지고 있는 감정과 얼마나 비슷한지 다른지도, 정말로 모르겠어, 전부 다.

안경숙을 감정적으로 흔들어서 단념하게 만든다는 곽재영의 바람은 세 번째 방문에서 한층 실현 가능성이 높아졌어. 사망자는 30대 초반 사회초년생 남성. 그들의 부모는 여러 가지 까다로운 조건을 걸고 인터뷰를 수락했지. 그리고 당일, 반쯤 열린 현관문 사이로 안경숙의 얼굴을 발견하더니 다짜고짜 멱살을 잡았어.

지금껏 이런 사태를 막으려고 안경숙을 급발진 사고 진상 규명 활동가라며 두루뭉술하게 소개했거든. 이번엔 겨를이 없었지. 바로 손이 튀어나왔으니까. 아마 뉴스나 유튜브 영상에서 안경숙을 보고 기억하고 있었던 것 같아. 화가 났겠지. 차로 사람을 죽여 놓고 남 탓을 하며 책임을 떠넘긴다고 여겼겠지. 자기 아들을 죽인 운전자와 겹쳐 보였을 거고. 건장한 중년 남성의 팔뚝에 안경숙이 대롱대롱 흔들렸어. 곽재영이 남자를 밀쳤고, 고주운이 안경숙을 끌어안았고, 남자의 고함이 아파트 복도에 쩌렁쩌렁 울려 퍼졌어.

"살인자가 어디서 뻔뻔스럽게 고개를 들고 다녀!"

한순간에 시야가 뒤죽박죽 바뀌었어. 고주운은 자기가 안경숙을 껴안은 채 계단을 반 층이나 굴러떨어졌다는 사실을 깨달았어. 가늘고 딱딱한 안경숙이 품 안에서 앓는 소리를 냈어. 몸을 일으키려는데 오른발이 아파서 쉽지가 않아. 고개를 들자 곽재영이 울면서 자기를 내려다보고 있었어. 엥? 운다고? 설마? 여기서? 눈을 깜빡이고 다시 보니 아니야. 착각했어. 그냥 너무, 절박한 얼굴이라서. 고주운은 혹시 자기가 넘어지면서 아파트에 금이라도 갔나 바닥을 확인했어. 그럴 리가 없지. 무슨 메갈로사우루스도 아니고.

하지만 저런 표정은, 세상이 무너졌을 때나 짓는 거 아닌가?

고주운이 쿠션이 돼 준 덕분에 안경숙은 큰 탈 없이 집으로 돌아갔어. 병원에서 고주운이 다친 발에 붕대를 감는 동안 곽재영이 줄곧 울 것 같은 표정으로 옆을 지켰어. 엄청 부담스럽긴 했는데, 솔직히 나쁘진 않았어. 오히려 좀 의기양양한 기분? 누가 자기를 그렇게까지 걱정해 준다는데.

상해 진단서 떼고, 일주일 정도 쉬어야 된다고 해서 휴가 내고, 부축을 받아 개봉동의 자취방까지 도착했어. 초라한 옥탑방이 부끄러워 지하철역에 내려 달랬는데 엄청 진지한 얼굴로 절대 그럴 순 없다고 해서.

"괜찮겠어? 필요한 거 없어?"

문 앞에서 곽재영이 안절부절못하면서 자꾸만 해 줄 게 없냐고 물었어.

"뭐든?"

"어. 뭐든. 부담 갖지 말고 말해 줘."

그날의 고주운은 비이성적으로 과감했어. 아마 우쭐해서 그랬을 거야. 언제나 느긋하다 못해 능글맞던 곽재영이 다른 누구도 아닌 자기 때문에 저렇게 초조해하니까 신이 났던 거지. 그래서 평소라면 꿈도 꾸지 못했을 행동을 했어.

"하게 해 주세요."

"어?"

코앞으로 손가락이 다가오자 곽재영이 반사적으로 고개를 물렀어. 아랑곳하지 않고 고주운이 검지로 그의 인중을 폭, 찍었어.

12

고주운이 침을 꼴깍 삼켰어.

이 순간을 얼마나 기다려 왔는지.

한 걸음 다가가자 곽재영이 한 걸음 물러섰어. 겁에 질린 눈. 하지만 소용없지. 이 정도로 포기할 거라면, 애초부터 시작하지도 않았어.

'반드시 끝내 주겠어.'

곽재영의 인중 수염 말야.

뭐든 들어준다고 하지 않았느냐며 간신히 화장실로 밀어 세수까지는 시켰는데, 고주운이 면도칼을 꺼내니까 슬슬 뒷걸음질을 쳤어. 그래 봤자 고양이 이마만 한 화장실 한쪽 벽에 매미처럼 붙어 있을 뿐이지만.

"피부에 상처 날까 봐요? 이거 비싼 면도칼이에요. 5중날이고 앞쪽에 윤활 밴드도 붙어 있어서 안전해요."

곽재영이 고개를 저었어.

"그럼 쉐이빙 폼도 쓸게요. 실장님 수염은 가늘어서 바로 밀어도 괜찮은데, 걱정하시는 것 같아서 해 드리는 거예요. 이것도 되게 좋은 거예요. 남친이 사 두고 간 거라 완전 전문 제품이거든요?"

도리도리.

"제가 못 미더워서 그러세요? 제가 늘 실수만 하고 도움이 되는 거라곤 하나도 없으니까, 면도도 잘 못할까 봐 불안해서 그러는 거죠? 맞네. 그거네. 나는 오늘 경숙 쌤 보호한다고 발목까지 다쳤는데, 여전히 못 믿고."

"해!"

곽재영이 눈을 질끈 감으며 소리쳤어.

"하라고!"

접수되셨습니다, 고갱님.

고주운이 씨익 웃으며 손바닥에 쉐이빙폼을 짰어. 거품을 동전만 하게 떠서 인중에 갖다 대는데 곽재영의 몸이 크게 움찔거려.

"아직 아네요."

작게 한숨을 쉬는 곽재영. 거품을 바르는 손끝을 통해 그의 떨림이 전해져 왔어. 왜 이렇게 오버를 하지? 늘 여유롭다 못해 뻔뻔스럽기까지 했던 '실장님'의 잔뜩 쫄아 버린 모습에 고주운은 신이 나. 왠지 자기가 우위에 서 있는 듯한 기분에 들떠. 그 와중에도 곽재영이 자꾸 미세하게 고개를 흔드는 통에 입술과 콧구멍까지 거품이 번졌어. 고주운이 엄하게 말했어.

"이제 면도할 건데 자꾸 움직이시면 안 돼요."

역효과였나 봐. 잘게 떠는 게 더 심해지길래 아예 왼손으로 턱을 잡아 고정시켰어. 그럴 리 없겠지만, 혹시라도 요 잘 빠진 얼굴에 상처를 입히면 큰일이잖아. 이런 얼굴은 공익을 위해 보호해야 한다고. 보드라운 살에 자국이라도 남을까 봐 턱뼈 아래로 손을 고쳐잡았어. 살이 별로 없어서 뼈의 윤곽이 고스란히 전해져. 매끄럽고 따뜻해서 계속 문질거리고 싶은 느낌이었지만, 빨리 끝내야겠지? 상대가 너무 얼어 있으니까 고주운도 살짝 긴장이 돼서, 숨을 한 번 크게 들이쉬고 면도칼을 고쳐잡았어. 곽재영의 진주알 같은 콧방울이 고주운의 앞머리에 닿을 듯, 닿지 않을 듯 가까워졌지.

싹

싹

싹

더 이상 면도칼이 다가오지 않자 곽재영이 눈을 떴어. 면도가 끝난 걸 확인하곤 서둘러 세수를 하고, 건네받은 로션을 바르는 둥 마는 둥 하다가 후다닥 화장실을 빠져나와. 발목 조심하라느니 돌아다니지 말라느니 하는 잔소리를 랩하 듯 쏟아붓곤 집 밖으로 나가 버리지.

면도칼과 쉐이빙폼을 제 자리에 꽂아 넣으면서 고주운은 어쩐지 머쓱한 기분이 들었어. 좀 심했나? 선 넘은 건가? 하지만 상대방이 괜찮다고 했으니까. 그러면서도 곽재영이 혹시나 이번 일로 자기를 미워하면 어쩌나 안절부절못하며 방

안을 서성이는 고주운. 그에게서 푹 쉬라는 메시지가 도착하자 비로소 안도의 한숨을 내쉬어.

긴장이 풀리니까 졸려. 침대에 누웠는데 천장에 곽재영 얼굴이 떠올랐어. 겁을 먹고 움찔대던 표정 말야. 외모만 보면 좀 쿨해 보이는 이미지라 몰랐는데, 땡글땡글한 눈과 야무진 코끝이 살짝 햄스터를 닮은 것 같아. 꼭 햄스터가 아니더라도 비슷한 애들 있잖아. 다람쥐, 친칠라, 마멋, 기니피그, 우는 토끼. 보드랍고 깜찍하고 잘 놀라는 애들.

아, 웃기고 귀엽다.

고주운이 피식거리며 이불을 다리 사이로 말아 넣었어.

그는 대략 1년하고도 한참 시간이 흐른 후에야 알게 돼. 면도날을 얼굴에 댄다는 게 곽재영에게 어떤 의미인지. 자그마한 가위나 과도에도 몸이 고장 나는 사람이 남이 든 칼에 자기를 내맡긴다는 게, 얼마나 큰 용기와 믿음이 필요한 일인지. 하지만 그걸 까맣게 모르는 어리석은 인간 고주운은, 곽재영이 남기고 간 따뜻한 것, 흔히 사람들이 애정이나 관심이라고 부르는 몽실몽실한 호의의 구름에 파묻혀 이내 깊은 잠에 빠져들었어. 인생에서 좀처럼 없었던, 두려움도 걱정도 없는 밤이었지.

그렇게 몇 번의 밤이 지났어. 첨엔 마냥 좋았지. 간만에 제대로 쉬게 된 거잖아. 하지만 점점 따분해지기 시작했어.

집 안에만 오도카니 있으려니 할 일도 없고. 다쳤다는 소식을 전했지만 남자 친구 이성혁은 걱정하는 이모티콘만 몇 개 보낼 뿐 코빼기도 비추지 않아. 알고리즘으로 뜨는 유튜브 영상만 하염없이 보다가 점심 때가 되어서 배달 앱을 뒤지고 있었는데 전화가 왔어. 엄마 나혜선. 신경 쓰이게 하기 싫어서 다쳤다는 얘길 안 했는데, 혹시 어딘가에서 듣고 걱정돼서 전화한 걸까? 기대감에 고주운이 핸드폰을 귀에 바짝 가져다 댔어.

"응. 엄마."

결과적으로 고주운의 기대는 실현되지 않았지. 늘 그랬듯이. 나혜선은 고주운의 안부에는 크게 관심이 없어 보였어. 잘 지내냐, 회사는 다닐 만하냐며 밀린 숙제처럼 근황을 묻더니 대뜸 본론을 꺼냈지.

– 네가 김 사장님한테 부탁한 오빠 일자리 말이야.

순간 현기증이 나서 고주운이 반쯤 일으켰던 몸을 도로 침대에 뉘었어.

– 소개해 준 데가 폐차장이었잖아. 너네 오빠가 처음부터 별로 안 좋아했거든. 근데 거기 사람들이랑 싸우고 지금 그만두겠다고 난리야. 그래서 말인데, 김 사장님한테 한 번만 더 부탁해 보면 안 될까? 다른 데로?

침묵이 흘렀어. 전화가 끊겼다고 생각했는지 나혜선이 목소리를 높였어.

– 주운아?

"응."

– 그래. 듣고 있지? 오빠 성격 알잖아. 네가 일부러 이런 일자리를 줬다고, 자기를 무시하는 거라고, 엄마한테……. 아니, 그건 됐고. 너무 걱정돼서 그래. 얘가 또 무슨……. 무슨 짓을 할지. 네가 너무 걱정돼서 그래. 내가 얼마나 기도를 하는지.

이제 화낼 기운도 없는 고주운이 애원했어.

"엄마. 김 사장님이 어떤 사람인지 몰라? 폐차장도 얼마나 어렵게……."

– 알지. 근데 예전 모임에서부터 널 특별하게 챙겨 주셨잖아. 딸 같다고. 그러니까…….

"엄마가 김 사장님이라면 오빠 같은 사람한테 일자리를 소개하고 싶겠어?"

– 왜 말을 그렇게 해.

"쓰레기한테?"

– 주운아.

통화 모드였던 화면에 불쑥 은행 어플이 떠올랐어. 눈물 때문에 뺨이 미끄러져서 다른 아이콘을 터치했나 봐.

– 그게 우리가 다 같이 사는 길이야.

나혜선의 목소리가 아주 멀리에서 들려오는 것처럼 느껴졌어.

"그렇다면 진작 죽는 게 나았을 텐데. 그때 아빠랑."

잠깐만, 이 마지막 말을 진짜 했던가?

고단한 꿈에서 깨어난 고주운이 천장을 바라보며 눈을 깜빡였어. 네모난 천장 등의 윤곽이 어슴푸레하게 보였어. 밤이네. 나혜선의 전화를 받았을 때가 배달 앱에서 점심 메뉴를 고를 때였으니까, 얼마나 잔 거지. 핸드폰을 보니 새벽 2시 24분.

예전부터 그랬어. 극도로 스트레스를 받으면 고주운은 기절한 것처럼 잠들었어. 도망칠 곳이 거기밖에 없었으니까.

불을 켜자 뒤죽박죽인 방이 보였어. 무너진 행거를 일으켜 세우고 바닥에 흩어진 물건들을 주워 들어. 잠들기 전에 고함을 지르며 엉망으로 만든 것 같은데, 정확히 기억이 나진 않지만 맞을 거야. 이것도 예전부터 늘, 그랬으니까.

정리를 마친 고주운이 책상에 앉아 노트북을 펼쳤어. 검색 사이트에 들어가 폐차장 이름을 입력했어. 오빠에게 소개해 준 그 회사 말이야. 혹시 진짜로 이상한 곳이었을지도 모르니까, 직원들 후기라도 찾아보려고. 그렇다면 자기가 잘못한 거니까 엄마가 나쁜 게 아니잖아. 자기를 사랑하지 않는 게 아니잖아.

나혜선은 고주운의 새엄마야. 친엄마가 암으로 일찍 세상을 떠나자 아빠는 본인의 어머니, 그러니까 고주운의 할머니에게 네 살배기 딸을 맡겼지. 할머니는 얼마 후 돌아가셨고, 아빠마저도 재혼을 하곤 오래 지나지 않아 할머니 곁으로 떠났어. 그렇게 해서 고주운의 옆에는 나혜선만 남았어. 그가 흘리는 한 줌의 사랑에 매달려 살아야 했어. 무너져 가는 둥지에서 혼자 아기 새처럼 입을 벌리고 하염없이 기다렸어. 사랑이 떨어지길. 잇몸과 혓바닥이 바싹 마를 때까지 기다리고, 기다리고, 또 기다리고.

흔한 얘기야. 애정 결핍이지 뭐. 이런 애들은 연애할 때도 문제야. 상대가 나빠도 자기가 잘못했다고 빌면서 못 벗어나. 지금도 봐. 폐차장 직원 후기를 찾아보려고 구인 구직 사이트를 뒤지다가 직장인이 많이 쓰는 익명 커뮤니티까지 흘러갔는데, 그만 남자 친구 이성혁의 계정으로 접속이 됐단 말이지? 지난번에 놀러 와서는 노트북을 쓰는 것 같더니만 자동 로그인을 걸어 뒀나 봐. 쪽지함에 알림이 뜨길래 눌러 봤는데 여러 계정과 야한 얘기를 하며 만날 약속을 잡는 내용이었어. 이걸 보고 고주운의 반응이 어땠는 줄 알아? 큰일 났다. 날 버리면 어떡해?

회사를 관둬야겠다는 생각까지 들었어. 자기가 남들 쉴 때 쉬지를 못하니까, 자주 만나질 못하니까, 외로워서 다른 여자를 찾는 거잖아. 그렇다면 상황이 안 좋은 거지, 자기를 사랑하지 않는 게 아니잖아. 소장에게 퇴사하겠다고 말하려고 폰을 들었는데, 먼저 이성혁에게 연락을 하는 편이 나을 것 같아서 전화를 걸었다가, 바로 끊었어. 다리를 달달 떨면서 눈썹을 뽑다가, 역시 만나서, 만나서 이야기를 해야겠다는 생각에 야심한 새벽인 것도 까먹고 슬리퍼를 꿰차고 밖으로 나섰어.

그러곤 문고리에 걸린 커다란 봉투를 발견했지.

즉석 밥이랑 생수, 팩으로 포장된 김치와 미역국, 전자렌지용 자반고등어가 들어 있는 장바구니였어. 내용물을 확인하며 고주운의 얼굴이 점점 일그러졌어. 울고 싶은지 웃고 싶은지 본인도 알 수 없었어. 전부 다, 몇 주 전에 안경숙이 차려 줬던 저녁 식사 메뉴였으니까. 이런 짓을 할 사람은 세상에 단 한 명밖에 없었어. 돌아가신 할머니 생각이 나서 와구와구 밥을 밀어 넣던 그날의 고주운을 옆에서 지켜본 사람 말야. 안경숙을 동정하는 마음을 알아채고 에둘러 경고한 사람, 그래 놓고 자기도 신경이 쓰여 어떻게든 상처를 적게 주는 방법을 고민하던 맘 여린 사람, 잘생기고 예쁘고 인중에 수염이 난, 이상하고 알쏭달쏭한데 자꾸 생각나는 그런 사람은, 지구상에 오직 단 한 명밖에는.

수염. 다시 났으려나?

무서운 기세로 허기가 몰려왔어. 아침도 거르고 점심부터 계속 잤으니 배고플 만도 했지. 비닐봉지를 들고 터덜터덜 집으로 들어간 고주운. 즉석 밥과 자반고등어를 전자레인지에 돌리고, 미역국을 냄비에 끓이고, 김치를 뜯었어. 자취방에서는 보기 힘든 야무진 한 상 차림이 완성됐어. 이윽고 식탁에 앉은 고주운이 숟가락을 들고 아기 새처럼 커다랗게 입을 벌렸어.

13

인중엔 다시 수염이 촘촘하게 나 있었어. 그걸 보고 고주운이 실소하자 곽재영이 핸들을 틀어 갓길에 차를 대고는 걱정스레 물었어.

"괜찮은 거 맞아? 아직 아픈 거 아니야?"

"다 나았는데요."

애초에 발목 인대가 조금 늘어난 정도라, 일주일 쉬는 걸로 충분히 회복했는걸. 하지만 여전히 곽재영은 근심 가득한 표정.

"내가 방금 차가 놀라면 카놀라유, 이랬는데 주운쓰가 웃잖아. 걱정이 돼, 안 돼?"

"빨리 가요. 시간 없어요."

파리 쫓듯이 고주운이 손을 내젓자 곽재영이 이내 운전을 시작했어.

그들은 지금 네 번째로 급발진 사고 피해자를 만나러 가는 중이야. 유가족이 아니라 '피해자'를 직접 말이야. 급발진 차량은 가속이 엄청나서 보행자가 치일 경우 목숨을 잃는 경우가 많았는데, 곽재영이 집요하게 수소문을 해서 생존 피해자와 연락이 닿았거든. 안경숙은 같이 가기로 했다가 취소해서 두 사람만 가는 중. 아무래도 지난 유가족 방문 때 충격이 컸겠지.

사실 고주운은 이 스케줄이 좀 어리둥절했어. 인터뷰의 목적 자체가 안경숙과의 접촉을 늘려서 약점을 잡으려던 거였잖아? 근데 안경숙이 빠졌는데도 곽재영이 굳이 차를 끌고 나서는 게 이해가 안 되는 거지. 생존자를 기어코 찾아낸 것도 그렇고, 마치 다른 목적이 있는 것처럼 굴잖아. 물어봤더니 자꾸 말을 돌리는 것까지 수상해. 물론 곽재영이라는 인간의 알 수 없는 행동이 한두 가지는 아니었지만서도.

응. 저런 거. 신호 대기 중에 곽재영이 뜬금없이 윙크를 날리자 주운이 칼같이 외면하곤 허벅지에 올린 검지를 꼼지락거리며 생각했어. 팝업 창 같은 거 뜨면 좋겠다. 오늘 하루 저딴 윙크 보지 않기. 클릭. 일주일 보지 않기. 클릭. 한 달 보지 않기. 클릭.

[ㅇ ㅏ ㄴ ㅣ ㅇ ㅗ]

클릭 소리에 맞춰 모니터에 자음과 모음이 떠올랐어.

고주운이 커다란 눈을 끔뻑였어.

두 사람이 한 시간을 달려 도착한 곳은 경기도 광주시의 한 요양 병원.

생명 유지 장치의 기계음이 가득한 입원실에 컨트롤러 누르는 소리가 선명하게 울렸어. 볼륨이 꽤 컸거든. 의도적으로 사운드 효과를 설정한 거겠지. 환자가 얘기하고 있다는 걸 주변에서 알아차려야 하니까.

피해자는 17세 여성. 전신 마비로 눈동자와 오른손 검지만 움직일 수 있었어. 손가락에 컨트롤러를 부착하고 모니터의 자판을 클릭하면서 의사 표현을 하는 중.

[ㅁㅗㄹㄹㅏㅇㅛ]

'생존' 피해자라고 하길래 평범하게 당사자와 대화할 것을 생각하고 온 고주운은 당황스러움을 숨기지 못하고 곽재영이 던지는 질문과 모니터에 떠오르는 대답만 귀와 눈으로 쫓아가고 있었어.

옆에 있던 피해자의 아버지가 말을 얹었어.

"가해자는 미국에서 공부를 하다가 들어와서 부모 차를 몰았다고 하데요. 한남동 어디에 산다는데. 우리랑은 행여나 지나가면서 스칠 일도 없다니까요."

혹시 피의자와 안면이 있는지에 대한 답이었어. 예민하게 받아들일 수도 있는 질문이었는데 보호자는 그저 피곤한 말투였어. 진상을 알리고 싶다는 호소에 흔쾌히 취재를 수락했다고 들었는데, 그냥 지쳐서 받아 준 게 아닐까 싶을 만큼. 주머니가 많이 달린 조끼를 입고 목에 헤드셋을 걸친 그는 특이하게도 왼쪽 얼굴이 오른쪽 얼굴보다 훨씬 더 까맸어. 그러데이션으로 컬러를 입힌 것 같았지. 잠시 모니터 속 딸의 답변을 지켜보고 있다가 속이 답답해졌는지 탁자에 올려 둔 담배를 집어 들고 밖으로 나갔어.

부담이 되지 않게 곽재영은 일부러 질문을 예, 아니오로 대답할 수 있게 준비해 온 것 같았어. 부들부들 떨면서 컨트롤러를 클릭하는 피해자의 검지를 멍하니 바라보다가 고주운은 그 손끝에 불그스름한 흉이 있는 걸 포착했어. 자주 눌러서 짓물렀나. 그러기엔 좀, 화상 흉터 같기도 하고.

"뜨거워요?"

병실에 들어와서 처음으로 꺼낸 말이었어. 곽재영과 피해자의 눈동자가 고주운에게 쏠렸어.

"클릭하는 부분이 뜨거운가요?"

"무슨 말이야?"

"손끝에 화상 흉터 같은 게 있어서요. 발열 때문인가 해서."

환자가 불편을 겪고 있으면 개선해 주려는 고주운 나름의 배려였는데, 곽재영의 눈빛이 순식간에 날카로워졌어. 뭐지? 화났나? 괜히 끼어들었나? 말실수했나?

"죄송-"

"팔았죠? 아니, 만들었나. 둘 다?"

한국어가 맞긴 맞는데, 문장을 이해할 수 없어서 고주운이 사과하려던 입을 잠자코 다물었어. 클릭 소리가 들리지 않아. 곽재영이 피해자의 팔꿈치에 조심스레 손을 올렸어.

"괜찮아요. 어디 가서 말 안 해요. 잘잘못을 따지려는 게 아니고요. 더 이상 다치는 사람 없게 하려는 거예요. 도와주세요."

피해자의 눈동자가 갈피를 잡지 못하고 흔들렸어.

"대답해 줬으면 좋겠어요. 약, 만들어서 팔았죠?"

호흡 보조 장치에서 나오는 규칙적인 소음이 그들 사이의 침묵을 채웠어.

이윽고 들려오는 클릭 소리.

[○○]

병실을 나오며 곽재영이 물었어.

"내가 알고 있는 '○○'이 '응응' 말고 다른 뜻도 있나?"

고주운이 고개를 저었어.

곽재영이 모은 퍼즐은 총 세 조각.

첫 번째 조각은 그들이 처음 방문했던 피해자의 집에서 나왔어. 피해자의 엄마와 누나가 이사 준비로 바빴던 바로 그 집 말이야. 고주운이 우편함을 뒤져서 갖다줬더니 곽재영이 헐레벌떡 화장실로 데려가서 손을 씻겼잖아. 우편물 중에 필로폰이 있었데. 납작한 모양으로 비닐 백에 포장되어 종이 봉투에 담긴. 낮은 확률이지만 포장지에 묻은 미량의 성분이 손을 통해 입이나 코에 들어갈 수도 있으니까 그렇게 벅벅 씻겼던 거지.

105

"'던지기'라고 해. 마약 거래에서 흔한 수법이야. 판매자가 물건을 두고 떠난 다음에 텔레그램으로 구매자한테 위치를 알려 주는 거야. 서로 얼굴을 보면 위험하니까."

고주운은 곽재영이 그 필로폰을 어떻게 처리했는지 궁금했지만 모르는 게 나을 것 같아서 묻지 않기로 했어.

두 번째 조각은 바로 그 텔레그램. 다음 유가족의 집에서 곽재영이 뜬금없이 피해자의 핸드폰을 보여 달라고 했던 게 이걸 확인하기 위해서였대. 마약 거래에서 가장 많이 사용되는 메신저인 텔레그램과, 가장 많이 사용되는 결제 수단인 코인 거래소가 깔려 있는지 보려고.

"하지만 코인 거래소 앱은 저도 있는데요. 텔레그램은 없지만 궁금해서 가입했던 적이 있어요."

"그치. 이 두 앱을 깐 사람이 다 마약 거래를 한다고 치면 말이 안 되지. 이건 확률이야. 다른 거랑 맞아떨어져야 의미가 있는."

그리고 결정적인 세 번째 조각이 방금 요양 병원에서 나왔어. 피해자 손끝의 화상 자국. 보통 국내에서 유통되는 필로폰은 안에 붕소를 넣어서 양을 불리는데, 이걸 배합하는 과정에서 맨손으로 붕소를 자주 만지면 화상이랑 비슷한 피부염이 발생한다는 거야. 그 미묘한 흔적을 고주운이 발견했고, 곽재영이 냉큼 받아서 승부수를 던진 거지.

급격히 안색이 어두워진 고주운에게 곽재영이 짐짓 장난스러운 투로 말을 걸었어.

"주운쓰, 혹시 의심하는 건 아니지? 난 약쟁이 아님. 마약 사건을 옆에서 좀 지켜본 적이 있어서 아는 거."

"안경숙 쌤 사고는요? 그 피해자도 관련이 있어요?"

곽재영이 잠시 시간을 끌었어. 말을 할지 말지 망설이는 것 같아 보여. 고주운이 끈기 있게 기다렸어. 곽재영이 곧 짧게 한숨을 쉬더니 자기 핸드폰을 보여 줬어.

"이거, 두 번째 피해자 텔레그램 채팅방 사진. 맨 아래 크리스탈 구한다는 아이디 보이지? 크리스탈은 필로폰의 은어고. 이 아이디를 구글에 쳐 봤더니 모바일 게임 이벤트 당첨자 게시글이 뜨더라. 이름은 황○희. 안경숙 선생님 사건 피해자 이름, 황찬희."

고주운이 천천히 눈을 끔뻑였어.

서로 아무런 공통점이 없어 보이던 급발진 사고의 보행 피해자들이, 실은 마약 거래에 연루되어 있다고.

아니 근데 진짜, 자동차 사고가 특정 사람들을 피해자로 타깃팅하는 게 가능한 일이야?

"이론적으로는."

가산동의 스마트탐정사무소.

박민성 실장이 첫 단어를 꺼내고 한참을 망설였어.

고주운으로서는 이 박민성이라는 사람을 만난 이후로 입을 다물고 있는 모습을 본 게 처음이야. 곽재영이 답답했는지 옆에서 채근했어.

"그니까 된다는 거예요, 안 된다는 거예요?"

"저도 자동차 쪽은 잘 몰라요. 근데."

"근데?"

"이론적으로는."

"대체 그 이론이 뭔데요."

뭔가를 말하려던 박민성이 눈앞의 두 사람, 곽재영과 고주운을 보고 물어.

"두 분 분야가 어디죠? 학교 다닐 때."

"전공? 철학과. 왜요?"

와. 진짜 세상에서 제일 안 어울린다. 고주운이 커진 눈으로 쳐다보자 곽재영이 어깨를 으쓱 치켜올렸어.

"저는 행정학과요."

"음. 그럼 완전 쉽게 설명을 해 드려야겠네. 자율 주행이라는 말 들어 보셨죠? 자동차가 알아서 운전하는 거요. 이게 대단한 기술처럼 보이는데 사실 차선 변경이나 거리 유지같이 간단한 건 반세기 전부터 있었거든요. 원리가 뭐냐면요, 차에 카메라를 달아서 주변을 감지해서 저절로 움직이는 거예요. 이게 되려면 데이터를 왕창 넣어서 차한테 주변 사물들을 구분하라고 공부를 시켜야 됩니다. 저렇게 생긴 건 자동차, 저렇게 생긴 건 건물, 저렇게 생긴 건 사람, 이렇게 알아서 분류를 하라고. 그러고 나서 행동을 시키는 거죠. 앞에 자동차가 있으면 간격을 유지해야 한다, 건물이 있으면 돌아가야 한다, 사람이 있으면 멈춰야 한다. 여기까지 오케이?"

두 고개가 까닥였어.

"그래서 이론적으로는 가능하다는 거예요. 특정 대상, 이 경우엔 마약 거래에 엮인 사람들을 따로 차한테 학습을 시켜서 그쪽으로 급가속하라고 출력할 수가 있다는 거죠."

"잠깐만. 그 마우스 딸깍거리는 것 좀 그만해 주시면 안 될까요? 집중이 안 돼서요. 네. 어, 그러니까, 주변을 인식하는 게 카메라라고 했죠?"

"레이더나 라이다도 쓰는데. 암튼 그런 종류요."

"마약 거래를 한 사람을 카메라로 어떻게 구분하죠? 얼굴에 써 붙여 다니는 것도 아니고."

이마에 마약이라고 글씨를 붙인 사람들을 생각했는지 박민성이 피식 웃었어.

"그건 비전 인식이 아니라 V2X, 어, 그러니까, 차와 다른 기계들이 통신하는 기술과 관련이 있어요. 예를 들면 차와 신호등이 통신한다거나, 차와 자전거가 통신한다거나, 차와 스마트폰이 통신을 한다거나 하는 기술이거든요. 그랬을 때

마약 거래하는 사람들이 텔레그램 채팅방으로 연결되어 있었다고 하면, 누군가가 악성 코드를 뿌려서 조직원들의 폰을 좀비로 만들 수 있고, 그래서 좀비 폰들이 특정 신호를 발신하면 차가 그걸 받아서, 설계된 알고리즘대로 급가속하는 거죠. 짱."

박민성이 왼손 손바닥에 오른손 주먹을 픽, 부딪혔어.

"하지만 어디까지나 이론적인 얘기일 뿐, 이게 진짜 가능하려면 해결할 게 엄청 많아요. 신호 송수신은 어떻게 하며, 통신 프로토콜도 맞아야 되고, 오차 범위나 정확도 이슈는 말해 뭐해, 전송 속도랑 대역폭은 또⋯⋯."

알아듣기 힘든 기술 용어들을 나열하는 박민성을 뒤로하고 고주운이 곽재영을 바라봤어. 자기랑 똑같은 생각을 하고 있는가 해서. 곽재영의 뽀얀 얼굴이 핏기 없이 질린 걸 보면 맞는 것 같아.

이 사건이 사고가 아니라 연쇄 살인일지도 모른다는 거.

"⋯⋯그래서 이 복잡한 걸 누가 하느냐. 하일모터스랑 정부가 손을 잡았다면 모를까."

말도 안 된다며 낄낄거리던 박민성이 마치 귀신이라도 본 것처럼 제 쪽을 바라보는 곽재영과 고주운의 시선에 저도 모르게 목을 움츠렸어.

14

이즈음의 일을 돌이킬 때마다 종종 궁금해져.

곽재영에게 고주운은 뭐였을까?

도와주고 챙겨 주고 싶은데 터놓고 의지하기는 힘든 존재. 그렇다면 반려동물이나 나이 차가 많이 나는 동생 같은 건가?

아니, 그보다는 좀 더, 불투명하고 미묘한…….

어쨌든 이런 궁금증을 갖게 된 이유는 곽재영이 고주운에게 단 한 번도 100%를 내보인 적이 없어서야. 아무 일 없는 척하다가 결론이 나올 때쯤 다 해결됐으니 걱정 마, 하며 보여 주는 게 그의 방식이었지. 이번 일도 그래. 피해자 측을 인터뷰하며 하나둘 퍼즐 조각이 완성되어 가는데도 힌트조차 흘리지 않았잖아. 뭐, 그 사람 나름대로 상대를 불안하게 만들지 않으려는 노력인지도 모르지. 당하는 사람 입장에서는 꽤나 빡치지만.

그래서 지금부터 들려줄 몇 가지 일들은 훗날 곽재영이 고주운에게 털어놓은 이야기야. 거기에 상상력과 살을 붙여서 재구성한 거지. 실제와 다를 수 있다는 걸 알아 달라고.

어디서부터 얘길 하지?

좋아. 곽재영이 하일모터스에 쳐들어간 것부터 시작하자.

그는 평판 좋은 조사원이었기 때문에 안경숙 건 말고도 여러 의뢰를 동시에 진행하고 있었어. 바로 그 점을 이용해서 고주운에게는 다른 용무라고 둘러대고 혼자 움직이기 시작한 거지.

양재동 하일모터스 본사.

곽재영이 집무실에 들어가니 뭉툭한 코에 눈썹이 짙은 남자가 손 인사를 했어. 하일모터스 대외협력본부장 이동선. 안경숙 사건의 의뢰인이지.

이동선은 곽재영으로부터 그간의 조사에서 나온 정황, 그러니까 피해자들이 범죄에 연루되어 있다는 의혹을 듣더니 껄껄 웃음을 터트렸어.

"상상력이 풍부하시네요. 근데 그거요, 약쟁이나 찾으라고 드린 돈이 아닌데."

노골적으로 신경을 긁는 말에도 곽재영의 표정에는 흐트러짐이 없었지. 이동선이 입맛을 다시더니 책상 위를 뒤적이기 시작했어. 그 바람에 가족사진을 담은 액자 몇 개가 무너지자 조심스레 일으켜 세웠지. 이내 서랍에서 에너지바 몇 개를 찾아내곤 점심을 걸렀다며 입에 욱여넣으면서 이야기를 시작해.

"사람들이 잘 몰라요. 우리가 품질 관리를, 어, 얼마나, 어, 독하게 하는데. 일반적인 제품은 불량이 나면, 고객이 불편,

불편하잖아요? 우리 제품은 불량이 나면? 죽어요. 얼마나 많은, 테스트와 검증을 거치는지 상상도, 아주 내부에서 치를 떨어요. 지금 말한, 운전 보조 장치, 양산 10년 걸린, 기술적으로는 애저녁에, 근데 수십만 번 테스트만 했다고, 무슨 말인지, 알겠어요?"

몇몇 부분에서 에너지바를 씹느라 문장이 끊기긴 했지만 그의 요지는 본인들의 제품에는 어떤 결함도 없으며 곽재영의 가설은 망상이라는 얘기였어. 안경숙 약점을 잡아 오랬더니, 이딴 쓸데없는 소리나 할 거면 위약금이나 준비해 두라는 엄포를 들으며 쫓겨난 곽재영. 문 앞에 비서가 대기하고 있어. 내부 정책상 보안 게이트를 나갈 때까지 임직원이 반드시 동행해야 했거든.

로비로 나가면서 곽재영이 물었어.

"오늘 행사가 있어서 그런가. 다들 바쁘시네요."

아까 들어올 때 무슨 미디어 데이를 개최한다는 플래카드가 걸려 있는 걸 봤거든. 곽재영과 동행한 비서가 기계적으로 대답했어.

"그러게요."

"본부장님도 저기 가시는 것 때문에 식사도 못 하신 것 같던데."

"그러게요."

자연스럽게 이동선의 오후 스케줄을 확인한 곽재영이 지나가는 투로 물었어.

"고양이 좋아하시나 봐요?"

"네?"

비서의 핸드폰에 달린 고양이 발바닥 모양의 키링을 보고 하는 말.

"아, 이건, 받은 거라."

"그렇구나. 근데 그거 위치 추적기인 건 알고 계세요?"

앞만 보고 걷던 비서가 처음으로 고개를 돌렸어. 표정이 딱딱하게 굳어 있었어.

"필요하면 연락 주세요."

그만의 치트키인 '공동 인증서 비밀번호도 알려 줄 수 있을 것 같은 믿음직스러운 미소'를 발사하며 곽재영이 비서에게 스마트탐정사무소 주소가 적힌 명함을 건넸지.

보안 게이트를 나간 곽재영이 곧바로 지하 주차장으로 내려갔어. 차에 들어갔다 나오는데, 옷차림이 말쑥한 비즈니스 캐주얼로 바뀌어 있어. 얼굴엔 안경, 어깨에는 카메라, 손에는 노트북 가방까지. 영락없는 취재 기자야. 그 모습으로 로비로 올라가더니 리셉션 데스크에 모여 있는 사람들 틈에 섞여 이름표를 하나 집어 들어. 매거진테크 손선일 기자님. 느낌이 좋으시네요. 왠지 늦게 오거나 아예 안 오실 것 같아요.

무슨 동의서에 서명을 하라기에 하고 노트북 정보를 달라기에 적으면서 대기업 행사는 요구하는 것도 많다며 속으로 툴툴대다가 스태프의 안내에 따라 콘퍼런스 홀로 향하는 곽재영. 입구에 들어서자마자 반사적으로 인상을 찌푸렸어. 거대한 홀에 갖가지 소음이 가득했거든.

핀 조명 수십 개가 길을 안내하듯이 장내를 밝히고 있었어. 가장자리를 따라 늘어선 부스에선 하일모터스와 협업하는 스타트업들이 나와 데모 시연에 한창이었어. 각종 기계음과 사람들의 목소리, 카메라 셔터음, 홀을 쩌렁쩌렁 울리는 힘찬 배경 음악까지, 귀가 아프고 머리가 지끈거릴 지경이었지. 곽재영은 서둘러 중앙에 마련된 기자석으로 향했어. 이름이 붙은 지정석을 찾으니 관계자석 바로 뒤편이네. 운이 좋아. 이동선을 관찰하기에 딱인 위치. 여기서 그가 누구와 이야기를 하고 무엇을 보고 어디로 가는지, 사소한 행동을 모두 다 관찰할 거야.

애초부터 이동선이 도움이 되는 얘길 해 줄 거라는 기대는 없었어. 그럼 왜 왔냐고? 사이즈를 좀 보려고. 누가 어디까지 연루되어 있는지 알아야 대응을 하든 말든 할 거 아니야. 감은 있었어. 상당히 묵직해. 아마도 B+ 이상, 잘하면 A급까지. 근거가 뭐냐고? 아까 이동선이 그랬잖아. 약쟁이들이나 찾으라고 준 돈 아니라고. 근데 곽재영은 분명, 텔레그램으로 연결된 범죄 조직이라고만 했지, 마약의 'ㅁ'도 안 꺼냈거든.

도대체 뭘 숨기고 계신 걸까나.

이동선이 관계자석으로 들어오자 곽재영이 노트북에 고개를 파묻고 아무 말이나 두드렸어. 얼른 고구마 딱딱해 아이 시려워어어어어. 곁눈질로 보니 옷에 마이크를 설치하고 큐시트를 받아 드는 폼이 사회자로 연단에 서는 것 같았어. 곽재영이 빠르게 리셉션 데스크에서 받아온 팸플릿을 훑었어. 오픈 이노베이션 미디어 데이. 하일모터스가 투자한 스타트업이나 연구 기관들과 합동으로 기술적 성과를 발표하는 자리인 것 같아. 이동선이 대외협력본부장이니까 얼굴마담으로 나서는 듯했고.

곧 행사가 시작되니 착석하라는 안내가 나왔어. 조명이 어두워지고 오프닝 영상이 나온 뒤 무대에 이동선이 나타났지. 옆에서 기자들이 총 쏘듯이 키보드를 두드리기에 곽재영도 한 줄 적었어. 이동선 본부장 메이크업함. 쿨톤인데 웜톤 컬러를 쓴 것이 패착으로 보임.

집무실에서보다 두 음 정도 높은 목소리로 이동선은 하일모터스가 1년 동안 개발한 새로운 기술들을 소개했어. 감정에 반응하는 모니터링 센서라든가 저청력 운전자를 위한 주행 보조 기술, 멀미를 없애는 인체 공학적 시트 등등. 그러더니 이건 시작일 뿐이래. 지금부터 하일모터스는 완전히 다른 기업이 될 거래. 바로 오늘 새로운 비전을 발표하겠다네?

그리고 암전.

기자들이 붙들고 있는 노트북 화면만이 별처럼 하얗게 반짝였어. 배경 음악마저 꺼진 채 한참이나 시간이 흐르자 장내에 웅성거림이 번져 갔어. 곽재영도 혹시 진행 사고인가 싶어서 주위를 두리번거리던 그때.

머리 꼭대기에서 빛이 폭발했어. 디스플레이라고 생각하지 못했던 홀의 둥근 천장 전체가 일제히 밝아지더니 쏟아질 것 같은 빛의 덩어리가 청어 떼처럼 펄럭이기 시작했어. 사람들이 홀린 듯이 고개를 쳐들었어. 이윽고 빛무리 너머로 새로운 세상이 나타났어. 그래. 그건 또 다른 '세상'이라고 밖에는 설명할 수 없는 어떤 광경. 미디어 데이가 열리고 있는 콘퍼런스 홀의 모습이 그대로 복제된 세상이었지. 곽재영은 정확히 같은 자리에서 이쪽 편을 내려다보고 있는 자기 자신을 발견하고 눈을 치켜떴어. 설마. 처음엔 현장을 카메라로 찍어서 비춰 주는 건가 싶었지만, 또 다른 곽재영이 홀연히 자리에서 일어나 움직이기 시작하는 것을 보고 깨달았지. 저것이 다른 존재라는 걸.

웰컴 투 더 리얼 타임 버추얼 트윈.

내레이션이 들려오자 천장을 채우고 있던 '다른 존재'들이 일어나 홀을 빠져나가기 시작했어. 몇몇 인물들은 나가기 전에 세이브 버튼을 누르고 노트북을 챙기는 센스까지 보여 줬지. 홀에 앉아 있던 '진짜 존재'들이 '다른 존재'들의 행방을 휘둘러 살피는데 그들의 눈앞에 놓인 노트북에 팝업창이 떠올랐어.

29일 하일모터스는 리얼 타임 버추얼 트윈 컴퍼니로 거듭나겠다는 새로운 비전을 발표했다. 이동선 대외협력본부장은 이날 열린 오픈 이노베이션 미디어 데이에서 정밀 지도 기술을 기반으로 현실 세계와 가상 세계를 연결하는······.

'다른 존재'들이 버추얼 트윈에서 완성한 원고였어.

언론사별 스타일, 개인의 문체까지 반영한 디테일에 기자들이 감탄사를 내뱉었어. 곽재영도 입을 헤벌린 채 노트북을 바라보았지. 누군가 시작한 박수가 파도처럼 번져 나가는 차에 다시금 조명이 꺼지더니 무대의 디스플레이가 밝아지며 방금까지 천장에 있었던 '다른 존재'들, 버추얼 휴먼들이 재차 등장했어. 이번에는 배경이 달랐지. 서울 어느 번화가를 그대로 옮겨 온 것 같은 풍경이었어. 그중 구석에서 신호등이 바뀌길 기다리던 단발머리 여자가 돌연 정면을 응시하며 앞으로 걸어오기 시작했어. 정교한 그래픽과 대화면 디스플레이의 몰입감 때문인지, 정말 살아 있는 존재가 그들에게 다가

오는 것처럼 느껴졌지. 그리고 그 거리가 아주, 아주 가까워져서 단발머리 여자가 마치 괴물처럼 거대하게 느껴질 무렵, 디스플레이가 반으로 갈라지더니 그 사이에서 방금까지 그들과 눈을 맞추고 있던 버추얼 휴먼이 진짜 인간의 모습으로 걸어 나왔어.

한 편의 쇼 같은 연출에 청중들이 홀린 듯 환호성을 질렀어. 타이밍에 맞춰 이동선이 소리쳤지.

"이번 버추얼 트윈 프로젝트를 함께 진행한, 유스티티아 지나 킴 대표를 소개합니다!"

단발머리 여자가 마이크를 쥔 채 눈이 부신 듯 청중을 바라봤어. 소란스러웠던 장내가 점차 조용해졌어. 모두가 그의 첫마디를 기다리며 숨을 죽였어.

15

곽재영은 저 여자를 만난 적이 있었어.

아니, 더 정확히 표현하자면 '들은' 적이 있었어.

가느다란 미성과 날카로운 쇳소리가 섞여 마치 두 명이 동시에 말하는 듯한 특이한 톤. 저런 목소리를 다른 사람과 헷갈릴 리가 없지.

어디였지. 어디였을까. 분명 어딘가에서…….

그때 지나 킴이 화면을 가리키며 조명의 가장자리로 물러났어. 광대가 발달하고 턱이 긴 얼굴에 올록볼록한 음영이 드리워졌지. 그러자 물풍선이 터지듯 갑작스레 곽재영의 머릿속에서 오랜 기억이 튀어 올랐어.

아. 거기.

다음 날. 서울시 동작경찰서 인근의 한 카페.

아이스라테 한 잔을 앞에 두고 곽재영이 핸드폰을 들여다보고 있었어. 시간이 난 김에 지나 킴이 운영하는 회사 유스티티아에 대해 찾아보는 중. 핵심 사업 분야는 데이터 센터 운영 및 관리, 최근 가상 현실 분야 신사업 진출……. 미간에 주름을 잔뜩 만든 채로 스크롤을 내리던 곽재영이 돌연 자리에서 일어나 꾸벅 허리를 숙였어.

"어서오십쇼, 경위님. 고생이 많으십니다."

뒤에 서 있던 여자가 손사래를 쳤어.

"오버 하지 마. 퇴근했으니까 그렇게 부르지 말아 줄래?"

"아니 제가 감히 어떻게."

"나는 너랑 일할 때부터 너무 신기했어. 어떻게 발소리만 듣고 누군지 알아?"

이름 최수진. 현재 동작경찰서 정보과 소속이고 직급은 경위. 곽재영과는 16년 전 강남경찰서 여성청소년과에서 함께 일했어. 그곳이 곽재영의 첫 발령지이자 마지막 근무지였기 때문에, 당시에 직속 선배였던 최수진과는 상당히 특별한 인연이 이어지고 있었지. 오늘은 곽재영이 부탁한 게 있어서 만나게 된 건데…….

주문한 아이스 아메리카노를 한 모금 마신 최수진이 입을 뗐어.

"그거 안 된다고 말해 주려고 나온 거야."

"힝. 너무해. 재영이 슬포."

"까불지 마. 요즘 개인 정보 관리가 얼마나 엄격한지 모르지? 너 일할 때랑은 차원이 달라."

단호한 최수진의 말에 곽재영이 잘생긴 눈썹을 더욱 아래로 늘어뜨렸어.

"얼굴 공격 금지. 씨알도 안 먹혀."

제법 강경한 어조에 곽재영이 민망한 듯 웃으며 화제를

돌렸어.

"알았어요. 윤형이는 잘 지내죠?"

"몰라. 자기 방에서 안 나와."

"사춘기라 그렇지 뭐."

"피곤해 죽겠다 진짜. 어제도 아빠가 자기 콜라 마셨다고 한바탕했다니까? 그 콜라 누구 돈으로 샀니? 우리 돈으로 샀지."

심각한 최수진과는 달리 곽재영은 연신 싱글벙글.

"형부도 잘 있나 보네."

"요즘 살 엄청 쪘어."

"진짜? 전엔 말랐던 것 같은데."

"나잇살이지."

"그때 생각난다. 언니 연애 시작하고 형부 첫 생일이었을 때. 나한테 야간 근무 바꿔 달라고 했던 거 기억나?"

최수진이 빨대로 들이키던 음료를 다시 컵 안으로 쏟아 내는 동안 곽재영은 여전히 웃음기 어린 목소리로 말을 이어 나갔어.

"난 기억 나는데. 가끔 상상해 보거든."

"뭐, 뭘?"

"만약 내가 그날 언니 부탁을 거절했다면, 그래서 그 현장에 출동하지 않았더라면, 박 순경이 그렇게 죽지 않았다면, 내 삶이 지금과 얼마나 달라졌을까."

"야."

최수진의 목소리가 떨렸어.

"미안."

곽재영의 목소리는 떨리지 않았어.

며칠 후 최수진이 보낸 우편물이 도착했어. 곽재영이 부탁했던, 16년 전 강남경찰서에서 다뤘던 아동 학대 치사 사건에 대한 수사 기록. 피해자는 네 살 여아. 사인은 압사. 가해자는 아버지였는데 수사 중에 스스로 목숨을 끊어 공소권 없음으로 종결됐지. 아이의 어머니는 사건 당시 미국에서 파견 근무 중이었어. 급하게 귀국해서 참고인 자격으로 강남경찰서로 온 여자가 짐승처럼 울부짖던 소리가 곽재영의 귀에 선명해. 쇳소리가 섞인 무척 독특한 음색이었지.

그런 목소리를 다른 사람과 헷갈릴 리가 없지.

역시, 지나 킴이었어.

기록을 찬찬히 읽어 나가다가 곽재영이 어느 대목에서 시선을 멈췄어.

가해자는 필로폰을 흡입한 후 환각 상태에서
아이를 벌레로 착각했다고 진술함.

16

"있어요."

가능성이.

"어떻게 이런 영화 같은 일이 일어날 수가?"

박민성이 의자를 돌리며 고개를 들었어. 곽재영이 빽빽이 늘어선 솔의 눈 캔을 넘어뜨리지 않으려고 조심스레 책상을 짚으며 모니터를 노려봤어.

"볼 것도 없어요. 하일모터스는 물론이고 독일계 여섯 곳이랑 미국계 세 곳, 일본계 두 곳까지. 전부 유스티티아예요. 이래서 안 된다니까. 독과점이 이래서 안 돼."

곽재영이 요청한 건 최근 3년 동안의 급발진 의심 사고 중에서 보행 피해자가 발생한 차량의 데이터 처리 업체가 어딘지 봐 달라는 거였어. 근데 굳이 사고 차량을 따로 볼 것도 없었대. 현재 한국에서 사업을 하고 있는 거의 모든 자동차 회사가 유스티티아와 일하고 있었거든. 자동차 쪽이 최근 데이터 처리 비중이 커지고 있는 유망 분야라 유스티티아가 공격적으로 영업을 한 것 같다고.

박민성이 다리를 달달 떨며 말했어.

"이제 어떻게 하지? 유스티티아 지나 킴 대표가 자기들이 가지고 있는 데이터 센터 쪽 루트를 통해 자동차 자율 주행 알고리즘을 조작한 거면?”

“박 실장님.”

“그걸로 급발진 사고를 가장해서 마약 거래하는 사람들을 죽이고 다닌 거잖아요? 자기 딸 죽게 한 남편 같은 마약 중독자들을 세상에서 박멸하겠다고? 와씨. 어마어마하네, 이거. 당장 신고해야 돼.”

“진정해요. 왜 그런 무서운 얘길 함부로 해요. 다 정황뿐인데 경찰이 잘도 받아 주겠네.”

냉정한 곽재영의 말에 박민성이 억울하다는 듯이 마우스를 바삐 움직였어.

“그럼 이거는요.”

박민성이 보여 준 건 특허 정보 시스템에서 찾은 특허였어. 출원자는 유스티티아. 내용은 V2X, 그러니까 박민성이 예전에도 설명한 적이 있는 차와 기계를 연결하는 기술이었는데, 이 특허는 구체적으로 자동차와 모바일 폰 간의 통신을 별도의 단말기나 앱 설치 없이 셀룰러 데이터만으로 가능하게 하는 기술이었어. 박민성이 명세서에 기재된 기대 효과를 소리 내어 읽었어.

“보행자가 소지한 모바일 기기와 차량 간 통신을 통해 보행 중 교통사고 감소를 기대할 수 있다.”

그러더니 제 양팔을 손바닥으로 마구 비벼 댔어.

"소오오오오오름."

보행자를 보호하는 기술은, 보행자를 공격할 수도 있다는 게 그의 주장이었어.

"요거 말고도 많아요. 3년 전에 무더기로 출원했더라고요. 이거 보세요."

"아니."

"여기 시트를 보면."

"안 보여요."

"예? 여기 B열을 보시라고요."

"우와아아아아아 하나도 안 보인다아아아."

곽재영이 손바닥으로 눈을 덮었다 열었다 하며 어린애처럼 떼를 쓰기 시작했어. 박민성이 잠시 얼이 빠져 있다가 더 크게 소리쳤어.

"여기 보이는데 보이는데 다 보이는데에에에에 눈 뜨고 있는 거 다아는데에에에에."

"박 실장님."

"네."

"못 본 걸로 할게요."

"아니, 곽 실장님이 먼저 그러셔 놓고는."

"유스티티아 자료, 특허, 다 못 본 걸로 해요."

곽재영이 책상 위의 솔의 눈 중에서 뜨지 않은 새 걸 찾아 박민성의 손에 쥐여 줬어.

　"아무것도 모르는 거예요. 우리."

　여기까지가, 나중에 고주운이 전해 들은 요약본. 섣불리 덤벼들 일이 아니라는 판단에 곽재영 선에서 끝내려고 했던 비밀.

　몇 개월도 채 지나지 않아 비밀이 아니게 되어 버리고 말았지만.

17

초조하거나 당황했을 때 나오는 고주운의 나쁜 버릇은 자기 눈썹을 뽑는 거였어. 중고등학생 땐 거의 모나리자 같은 얼굴로 지냈지. 성인이 되고 알바비를 모아 눈썹 문신을 받은 덕에 이제는 아무래도 그런 비주얼까지는 안 가지만.

아얏.

살이 당겨지며 찌릿한 통증이 스치는 그 짧은 순간엔.

아얏.

어떤 고민거리도 다 잊히는 것 같았거든.

그렇게 고주운이 제 오른편 눈썹을 절반이나 솎아내고 있는 이곳은 가산동의 스마트탐정사무소. 발목 다친 것도 괜찮아졌겠다, 안경숙 건도 뭔가 낌새를 잡았겠다, 본격적으로 달려 보려고 마음먹었더니 웬걸, 2주째 사무실에 앉아 서류만 들여다보고 있어. 지난 몇 년간 쌓인 조사 기록을 정리하는 작업. 이런 걸 왜 해야 하는지 모르겠는데, 진짜 모르겠는 건 따로 있었지. 곽재영이라는 사람. 한동안 다른 의뢰로 바쁘다며 밖을 나돌던 그가 돌아와서는 갑작스레 안경숙 사건을 종결시켰거든.

"왜요?"

고주운은 고작 이 한마디밖에는 할 수가 없었고.

"그럼 영원히 조사하려고 했어? 포-레-버?"

성과는 명확했어. 지난주에 미러링 중인 안경숙의 핸드폰에 이메일 로그인 기록이 잡혔거든. 10년간 쌓인 메일을 뒤져 경기도 교육감과 오고 간 대화를 전부 찾아냈지. 그 대화라는 게 평범한 명절 인사, 선거 캠프 인사 추천, 교육청 주관 프로그램 섭외 등 비리와는 거리가 먼 내용이었지만 일개 교장과 교육감이 주고받기에는 유난히 친밀해 보였고, 어떻게 짜깁기하느냐에 따라 충분히 의미심장할 자료가 될 잠재력이 있기에, 정리해서 하일모터스 이동선 측에 넘겼지.

"처음에 내가 얘기했지. 조사 기간은 2주를 기준으로 플러스 마이너스 한다고. 근데 이거 몇 달 걸렸어? 기업 의뢰라 단가가 커서 이 정도 해 준 거지, 개인 의뢰였어 봐. 최저 시급도 안 나와."

굳어 있는 고주운의 어깨에 곽재영이 손을 올렸어.

"봉사 활동은 딴 데 가서 합시다."

때마침 고주운의 수습 기간도 끝났겠다, 새로운 의뢰 들어가기 전에 사무실에서 문서 작업이나 하라고 지시가 난 거야. 그동안 쌓인 조사 기록에는 곽재영의 이름이 참 많았어. 수완이 좋은 건지 워커홀릭인 건지, 혼자서 되게 많은 일을 처리하는 것 같아. 며칠 안 보이더니 오늘은 느지막이 사무실에 들어와 박민성과 다른 사건 얘기 중. 자기한테는 인사를 하는 둥 마는 둥 하더니, 박 실장님하고는 아주 침이 마르게 수다를 떠시는구만. 절친이 따로 없네. 저럴 바엔 둘이 나가서 따로 회사 차리든가. 흥.

갈피를 잡지 못한 마음이 뾰족해져. 계좌에 찍힌 인센티브를 봐도 기쁘지가 않았어. 자꾸만 생각나서. 요양원에서 전신마비 피해자가 손끝을 움직여 마약 거래를 했다고 대답하던 장면이. 그들이 활동하던 텔레그램 채팅방 리스트가. 우편함에 들어 있던 하얀 덩어리가. 안경숙의 핸드폰 배경 화면에서 웃고 있는 죽은 손녀의 얼굴이, 자꾸만, 자꾸만.

이렇게 넘어가자고?

하지만 언젠가 곽재영이 그랬지.

– 우리는 경찰이 아니야.

오른편 눈썹을 얼추 수확한 고주운이 이제 왼편을 공략하려는데 노크 소리가 들렸어. 같은 공간에 있던 세 사람, 고주운과 곽재영, 그리고 박민성이 서로를 어리둥절하게 마주 봤지. 보통 고객이 찾아오면 데스크에서 담당을 하지, 여기에 노크를 하면서까지 들어올 만한 사람이 없었거든.

제일 가까이에 있던 박민성이 문을 열었어.

"어, 안경숙 선생님?"

초면인 남자가 이름을 부르는데도 안경숙은 놀라는 낌새도 없이 척척 사무실 안으로 들어와 곽재영 앞에 섰어.

딱.

따귀를 때리는 소리치고는 좀 퍽퍽했지. 가시처럼 마른 안경숙의 손과 살집 없이 갸름한 곽재영의 뺨이 만난 결과야. 드라마나 영화에 나오는 찰진 마찰음과는 거리가 멀 수밖에. 그 강퍅한 손찌검이 몇 번이고 날아드는 동안 곽재영은 신음 하나 없이 견디기만 했어. 옆에서 박민성이 말려 보겠다고 안경숙의 어깨를 잡았다가 화들짝 물러섰지. 나중에 얘기해 줬는데, 쥐기만 해도 부러질 것 같아서 놀랐대. 마지막으로 봤을 때도 이미 뼈만 남은 듯한 상태였는데 그새 더 여윈 것 같아. 안경숙이 목소리를 게우듯이 소리쳤어.

"너 같이 남 등쳐 먹는 쓰레기 때문에."

언론에서 안경숙과 경기도 교육감의 관계를 보도한 것이 이틀 전 아침. 여기까지 배후를 추적하기가 쉽지 않았을 텐데, 그가 인터넷 사용에 능숙하지 않다는 점을 고려하면 놀라운 속도야. 얼마나 화가 났으면 그랬을까. 얼마나.

"너 같이 남 등쳐 먹는 쓰레기 때문에 이 사회가 썩어 가는 거야."

바들바들 떨리는 목소리로 간신히 말을 마친 안경숙이 사무실을 빠져나갔어. 박민성이 그 뒤를 쫓았지. 우두커니 선 곽재영에게 고주운이 다가가 팔을 잡았어.

"병원 가요. 진단서 떼야죠."

잡힌 팔을 빼내며 곽재영이 웃었어.

"오. 우리 주운쓰, 잘 배웠네. 조사원 다 됐어?"

"핸드폰이랑 카드 어디 있어요?"

"됐어. 기껏해야 2주밖에 안 나올걸. 요즘엔 이 정도로는 인정 잘 안 해 줘."

티슈를 뽑아 입술 끝에 맺힌 피를 꾹꾹 눌러 닦으며 곽재영이 히죽거렸어.

"진짜 웃겨. 있잖아, 노인네가 늘 차고 다니던 반지 말이야. 퇴직할 때 선생님들이 해 줬다는 금반지. 오늘 안 차고 왔더라? 싸다구 날리려고 온 주제에 또 심하게 다칠까 봐 반지는 빼고. 이건 뭐 욕하라는 거야, 고마워하라는 거야, 뭐야. 따뜻한 아이스 아메리카노야, 뭐야."

화려하면서 심플한 디자인, 열림교회 닫힘, 미국산 한우, 손으로 직접 뽑은 기계 냉면. 또 어물쩍 농담으로 상황을 넘기려고 하는 곽재영의 말을 고주운이 단호하게 끊었어.

"왜 못된 사람인 척해요?"

답답해서 그랬어. 곽재영은 이 사건이 꽤나 위험하다는, 어쩌면 연쇄 살인일지도 모른다는 걸 알고 안경숙을 보호하려는 거잖아. 그 보호의 방식이 비록 그의 명예와 자존심을 사정없이 짓밟는 일이라 해도, 더 이상 얽히지 않았으면 해서, 그냥 자기가 나쁜 사람이 되고 끝내려는 거잖아. 알겠어.

자기 나름대로 신경 써 주는 건 알겠는데, 당하는 사람 입장에서는 영문도 모른 채 뒤통수 맞은 거밖에는 더 되냐고.

"솔직하게 말하면 안 돼요? 우리가 발견한 거, 이대로 묻어 버리면 안 되는 거잖아요. 경찰에 신고하기가 아직 애매하면 안경숙 쌤한테 털어놓고 증거를 더 모을 수도 있고."

"앗! 뜨거."

곽재영이 갑자기 뭔가에 덴 것처럼 펄쩍대자 당황한 고주운이 가까이 다가갔어. 미간을 찡그린 채 괴로워하는 표정을 보니 머릿속이 새하얘져서 아무 말도 못 하겠어. 뒤이어 발간 입술에서 새어 나오는 낮은 한탄.

"하. 주운쓰의 열정이 너무 뜨거워."

핫 뜨거 핫 뜨거를 연발하며 사마귀처럼 제자리에서 뛰는 곽재영. 고주운은 생각했어. 이미 따귀를 잔뜩 맞은 사람을 또 패는 건 인간으로서 할 짓이 아니니까, 대신 곽재영이 가장 상처받을 말을 고르고 골라 때려야겠다고.

할 말은 이미 정해져 있지. 가장 깊은 흉터를 후벼 파면 되니까.

"언제까지 이럴 거예요? 당신은 도망치는 게 습관이죠? 그래서 경찰도 그만둔 거잖아요."

이윽고 자신을 쳐다보는 눈빛에 찬물을 뒤집어쓴 것처럼 놀란 고주운이 뒤로 물러섰어.

아.

아.

내가 지금.

무슨.

고주운은 곽재영이 왜 경찰을 그만뒀는지 알고 있었어. 검색해 봤거든. 연기를 하도 천연덕스럽게 하길래, 외모도 범상치 않고, 진짜 배우라도 했나 싶어서 검색 사이트에 이름을 입력했던 거야. 곽, 재, 영. 오래 뒤질 것도 없었어. 10년 전, 가정 폭력 신고에 경찰 두 명이 방문했고, 가해자가 칼을 휘두르자 한 명은 도망치고 한 명이 혼자 진압하다가 순직한 사건. 도망간 경찰이 여성이었고 죽은 경찰이 남성이었기 때문에, 성별 갈등으로 비화되어 엄청난 이슈를 불러일으켰고 도망간 여경의 신상이 유출되어 살해 협박을 받는 일까지 벌어졌지.

곽재영은 도망친 그 여경이었어.

고주운은 무너지려는 몸을 가까스로 추슬러 버텼어. 처음 보는, 곽재영의 웃음기 없는 얼굴에 오금이 저렸거든. 맞아. 그건 명백한 공포였어. 기어코 제 손으로 모든 걸 망쳐 버렸다는 절망, 자기를 향하던 따뜻한 손길과 눈빛과 미소가 이제 신기루처럼 사라져 버릴 거라는 상실, 결과적으로 또다시 버림받을 거라는 분노에 가까운, 공포.

버림받기 전에 먼저 떠나려 고주운이 사무실을 빠져나갔어. 여전히 공사 중인 엘리베이터를 지나 비상구를 내려갔지. 밋밋하게 구획된 가산디지털단지의 거리로 아무렇게나 발을 내딛는데 곽재영의 목소리가 들려와서 눈물을 꾹 참고 뒤를 돌아본 순간.

차 한 대가 인도로 올라와 고주운을 들이받았어.

18

눈을 뜨고 처음 본 것은 하얀 천장이었어.

누가 말을 걸길래 대답했더니 얼마 후에 침대가 움직이고 어딘가로 실려 갔어. 거기서도 멍하니 하얀 천장을 보고 있었는데 곽재영이 나타났어. 두 눈에 눈물이 그렁그렁 차오른 예쁘고 미운 얼굴.

고주운이 가장 궁금했던 것부터 물었어.

"급발진이었어요?"

목구멍이 모래로 덮인 것처럼 뻑뻑해서 말이 잘 나오지 않았어. 곽재영이 고개를 젓는 걸 보고 눈을 감으려는데 뺨에 선뜩한 게 닿았어. 곽재영의 손. 근데 왜 이렇게 차갑지.

"자면 안 돼."

"왜요?"

"무서우니까."

"왜요?"

"또 세상에서 사라질까 봐."

"왜요?"

마취 기운이 가실 때까지 잠들지 못하게 하려고 곽재영이 계속 말을 걸었어. 심호흡을 하라느니 가래를 뱉으라느니 하며 몇 시간이나 시달린 후에 고주운은 간신히 곯아떨어질 수 있었어. 일어났더니 여전히 곽재영이 옆에 있길래 다시 물었어.

"뭐였어요?"

"뭐가 뭐야."

"사고, 뭐였어요?"

"운전 미숙."

또 자다가 일어났는데 아직도 곽재영이 옆에 있었어. 긴 목을 기린처럼 구부리고 꾸벅꾸벅 조는 중. 물끄러미 보고 있으니 눈꺼풀이 벌어지고 촉촉한 눈동자가 드러났어. 미처 잠을 떨치지 못해 뿌연 시선이 고주운의 얼굴을 훑었어.

"목마르지? 이제 물 먹어도 된대."

몇 모금 넘기지도 못하고 고주운이 고개를 뗐어. 진통제를 많이 넣어 줬다고 하는데도 몸 위에서 화물차들이 양방향 군집 주행이라도 하는 것처럼 고통스러웠거든. 오른쪽 발등부터 발목까지가 된통 바스러졌대. 찰나의 순간에 고주운이 반걸음 물러선 덕에 자동차와 정면으로 부딪치는 걸 피해서 이 정도였다고. 의사 말로는 거의 기적이었다는데.

"사건 처리는 어머니가 알아서 하신다고 하니까, 회복에만 집중하자."

"엄마요?"

"먼저 가시라고 했어. 간병인 한 명만 있을 수 있다고 해서."

"엄마가 여기 왔어요?"

"미인이시더라. 주운쓰랑 완전 똑같던데."

"진짜요?"

"가짜요."

자고 깨고 밥 먹고 아프다고 울고 부축받아 화장실을 오가며 며칠을 보냈어. 퇴원 전날엔 좀 살 만하길래 곽재영이 새로 사 준 스마트폰을 세팅했지. 전에 쓰던 건 차 밑에 깔려서 유심도 못 건졌대. 번호가 바뀌었다고 메시지를 넣었는데 엄마에겐 네 시간 후에 답장이 왔고 남자 친구는 읽씹. 한참 폰만 들여다보고 있으니까 곽재영이 이만 자라며 불을 끄고 옆에서 간이침대를 꺼내 누워. 꺼진 폰 화면에 곽재영의 실루엣이 비치자 고주운이 몰래 손끝으로 액정을 쓰다듬었어.

소중하고 두려워서.

그렇게 심한 말을 해 놓고도 사고를 핑계로 유야무야 사과도 하지 않았는데, 가족이나 연인조차도 들여다보지 않는 제 옆을 지키고 핸드폰까지 사 주며 온갖 응석을 받아 주는 곽재영이라는 존재가 고주운에게 너무 깊어서, 깊어서 무서웠어. 외톨이는 말이야, 이래서 문제야. 한 방울의 호의에도 마치 바다에라도 빠진 것처럼 푹 잠겨 버린다고. 숨 쉬는 법을 잊어버린단 말이야. 그래서 가벼운 마음으로 손을 내민 상대에게 죽을 각오로 매달려 버려. 그럼 상대는 질려 버리고, 결국 다시 혼자가 돼 버리고, 그러다가 우연히 한 방울 호의가 떨어지면 마치 바다에라도 빠진 것처럼…… 의 반복.

고주운이 천장을 바라보며 심호흡을 했어. 숨쉬기 연습이라도 하는 것처럼.

옆에 있는 곽재영이 자지 않고 깨어서 그 모습을 보고 있던 건 몰랐지.

살뜰한 간병 덕분인지 고주운은 휠체어 없이 목발에 의지한 채 퇴원할 수 있었어. 개봉동 옥탑방에 데려다 놓고 차마 발이 떨어지지가 않는지 어정거리는 곽재영의 등을 억지로 떠밀었어. 더 붙잡고 있다간 금세 짐이 되어 미움받을까 봐 겁이 났거든. 잠깐 눈을 붙이고 일어나 약을 챙겨 먹는데 도어록 누르는 소리가 났어. 비번을 알려 준 사람은 세상에서 단둘, 엄마와 남자 친구뿐. 해바라기처럼 환해진 얼굴로 고주운이 현관을 바라보고 있으니 그리운 얼굴이 나타났어. 근데 잔뜩 짜증이 난 표정이네. 한 걸음도 들어가기 싫다는 듯이 밖에서 도어 스토퍼까지 내리고 고주운을 노려보는 이성혁.

"폰 내놔."

"응? 연락했어? 지금 일하는 시간 아니야? 연차 냈어?"

"지금 바빠. 바로 가야 돼. 폰 어딨냐고."

고주운의 시선이 식탁 위로 향하자 신발도 벗지 않고 성큼성큼 들어온 이성혁이 핸드폰을 확인하곤 바닥에 내팽개쳤어.

"이거 말고 전에 쓰던 거."

"사고 났을 때 부서졌어."

"미치겠네 진짜. 너는 왜, 아니다. 어디서 샀어? 환불하러 가자."

"아니, 회사 선배, 아니, 회사에서 준 건데."

"내가 더 좋은 걸로 사줄게."

"괜찮아."

이성혁이 고주운의 어깨를 눌러 의자에 앉혔어.

"주운아."

급작스레 움직이는 통에 깁스한 다리에서 찌르르 통증이 올라왔어.

"나는 내 여자가 남이 사 준 핸드폰 쓰는 게 싫어."

이성혁은 이목구비가 또렷하고 눈매가 서글서글했어. 호감형 외모였지. 고주운은 기본적으로 얼빠니까. 아니 근데 지금 그게 중요한 게 아니고, 이 잘생긴 얼굴이 지금 무슨 말을 하고 있는지 이해가 잘 안 가서. 오도카니 눈만 끔뻑이던 고주운이 뭐가 됐든 곽재영이 준 폰을 뺏기면 안 된다는 생각에 팔을 뻗는데 이성혁이 바로 눈치를 챘어.

"바꿔 준다잖아. 왜 갑자기 말을 안 들어!"

고주운이 의자에서 내려와 폰을 깔고 누웠어. 이성혁이 일으키려다가 안 되니까 발로 몸을 밀었고 그 바람에 깁스한 다리가 식탁에 부딪혔어. 무시무시한 통증에 고주운이 소리 쳤어.

"악!"

"으아, 악, 아아, 아아악!"

다리가 아픈 건 맞는데, 지금 들려오는 비명은 자기 입에서 나오는 게 아니야. 고개를 돌리자 이성혁이 팔을 뒤로 젖힌 채 펄떡이는 모습이 보였어. 그 뒤에 서 있는 사람은, 곽재영. 이성혁이 발버둥 치면서 휘두른 팔에 어깨 언저리를 맞고는 씨익 웃어.

"오키도키 쌍방 폭행."

그러고는 주머니에서 뭔가를 꺼내 이성혁의 코에 대고 뿌려 대. 멀찍이 바닥에 앉아 있는 고주운에게도 독한 냄새가 느껴지는 게 호신용 스프레이인 듯. 요란하게 기침을 하며 오징어처럼 허우적대는 이성혁을 밖으로 몰아내고 보조 자물쇠까지 야무지게 잠근 곽재영이 현관문에 대고 크게 외쳤어.

"경찰서죠? 빨리 좀 와 주세요. 데이트 폭력이요."

진짜 신고를 한 건 아니었지만, 이성혁이 제 발로 사라지게 만드는 효과는 확실했지.

고주운은 자기가 울고 있는지도 몰랐어. 곽재영이 끙차, 소리를 내며 안아 올려 침대에 앉혀 주고 수건을 뺨에 대니까 그때야 알았대. 멍청이가 따로 없지.

"집에 가자."

곽재영의 매초롬한 콧대를 쳐다보며 고주운은 멍하니 생각했어.

여기가 집인데 어떻게 집에 가요?

19

곽재영의 집은 좀 이상했어. 근데 왜 이상한지를 분명하게 짚어 낼 수가 없다는 점이 가장 이상했지. 서울시 관악구 낙성대동의 주거 지역에 위치한 빌라의 꼭대기 층, 거실과 부엌이 가운데 있고 양옆에 방이 있는 흔한 구조, 베이지색으로 통일된 벽과 천장, 무난한 형태의 가구. 그야말로 평범한 집인데 뭔가 위화감이 들어서 두리번두리번. 그러다 곽재영이 환기를 하겠다며 창문을 열고 나서야 알았지. 오토바이가 지나가는 소리, 사람들이 낄낄대는 소리, 나뭇잎이 서걱거리는 소리, 이 모든 게 한꺼번에 쏟아져 들어왔거든.

찬찬히 살펴보니까 천장과 벽, 바닥이 유난히 두툼한 게 방음재를 쓴 것 같아. 창틀도 볼록하게 튀어나온 것이 꽤나 밀폐가 잘 될 것 같고. 그 덕에 바깥 소리가 전혀 들리지 않아 어색했던 거지. 곽재영이 도로 창문을 닫자 순식간에 소리가 사라졌어. 예전에 학교 도서관에 있던 녹음 스튜디오에 들어갔을 때랑 비슷한 기분. 아늑하고 고요하고 약간 멍한 느낌. 아이스크림 스쿱으로 푹 떠서 우주 한가운데에 버려진 듯한.

"피곤해? 잘래? 시간이 좀 이른가? 뭐 먹을래? 책 볼래?"

거실의 1인용 소파에 고주운을 앉히고는 곽재영이 안절

143

부절못하며 자꾸 뭔가를 갖다줬어. 먹을 기분도 읽을 기분도 아니었지만 준 걸 마다하기도 그래서 아몬드 초콜릿을 집어 먹으며 소설책을 펼치는데 곽재영이 의자를 끌어다가 앉더니 빤히 쳐다봐.

"왜요?"

"주운쓰는 눈이 정말 크구나."

"불만이에요?"

"아니이, 부러워서 그르치. 예뻐서."

"먼지 들어가서 귀찮아요."

"초콜릿 맛있어? 많이 먹어. 젤리 갖다줄까?"

"아니요."

"그 소설 재밌지. 고구려, 백제, 신라, 삼국시대가 21세기까지 이어진다는 설정인데."

"아직 안 읽었는데요."

"그럼 영화 볼까?"

읽을 시간도 안 줘 놓고, 곽재영이 또 멋대로 빔 프로젝터를 연결하더니 영화를 재생해. 왜 저렇게 들떴대? 그래도 틀어 줬으니까 보기로 해. 이티래. 그거. 외계인이 인간한테 삿대질하다가 함께 자전거 타는 영화. 곽재영이 아월 비 라잇 히어인지 히히인지 하는 명대사를 읊었던. 처음에는 심드렁하다가 저도 모르게 시선을 뺏겨 열심히 보고 있었는데 시작한 지 한참이 되도록 소리가 안 나와. 첨엔 무성 영화인가 싶었는데 아무래도 아닌 것 같아서.

"소리가 꺼진 거 같은데요."

"응? 아. 어."

어리바리한 소리를 내고 일어나더니 허둥지둥 기기를 만지는 곽재영. 어디서 볼륨을 올리는지 모르는 건가? 늘 무음으로 보나 봐. 집요하게 방음 처리가 된 집도 그렇고, 예전부터 차를 몰거나 폰을 쓸 때 항상 소리를 끄고 있는 걸 보면 청각이 되게 예민한 타입인가 싶은데.

그럼 지금 이 소리도 들었겠네.

고주운이 '망했다' 하는 표정을 짓고 있으니 곽재영이 호들갑을 떨면서 일어났어.

"미안. 배고프지? 내가 정신이 없어서."

진짜 작았거든. 어제 태어난 캥거루 새끼가 엄마 주머니 속에서 트림하는 정도로 희미했다고. 그런 꼬르륵 소리를 듣고 밥상을 차려 주겠다며 부엌에서 야단법석을 피우고 있는 거야. 민망해서 고주운의 고개가 푹푹 아래로 떨어졌어. 맘껏 숨도 못 쉬겠네 이거. 근데 뭘 먹긴 해야 하니까.

"그냥 배달시켜요."

"아냐. 아까 주운쓰 갖다주려고 장 봐 둔 거 있어. 고등어 구이랑 감자채볶음이랑……"

"저 그거 안 좋아해요."

"어어어? 뭘? 왜?"

"둘 다요. 고등어는 비려서 싫고, 감자채도 식감이 별로여서 잘 안 먹는다고요."

"충격. 배신. 좌절. 슬픔."

곽재영을 겨우 설득해서 김밥이랑 어묵탕을 배달시켜 먹었어. 머리를 감겨 주겠다길래 가만히 내맡겼고, 수건이랑 드라이어로 말려 주길래 지그시 눈을 감았지. 부드러운 잠옷을 꺼내 주고 침대에 눕혀서 뽀송한 이불도 덮어 주고, 그러니까 정말로 아기 주머니 속 캥거루 새끼가 된 것처럼 노곤노곤해져서, 초저녁부터 자 버렸지 뭐야.

다음 날 일어나서 침대 아래로 발을 내리는데 물컹한 게 닿아서 깜짝 놀랐어. 바닥에 곽재영이 이불도 없이 잠들어 있네? 방금 깁스한 발로 옆구리를 누른 것 같은데, 아랑곳하지 않고 새근새근. 커튼을 치지 않은 창문으로 햇살이 가득 들어와. 자연광 아래의 곽재영은 막 삶은 달걀처럼 따끈해 보였어. 그 모습을 한참 지켜보던 고주운이 배터리가 얼마 남지 않은 폰을 들어 '내꺼♥'라고 저장되어 있는 이성혁의 번호를 차단했어.

집세를 내겠다고 했지만 곽재영이 마다했어. 본인도 믿기지 않는다는 표정으로, 고주운이 오고 나서 잠을 잘 자게 됐대. 원래 작은 소리에도 잘 깨서 불면증이 심했는데 너무 고맙다네? 글쎄. 이 집에 온 이후로 드렁드렁 곯아떨어진 모습 밖에 못 봐서 진짜인가 의심스럽긴 하지만, 찬밥 더운밥 가릴 처지가 아니라서 알겠다고 했어. 휴직 상태라 수익이 없으니까. 치료비는 엄마가 합의금 받은 걸로 내 준다고 했는데 생활비까지 달라고 하면 안 될 것 같았거든. 얼마 뒤엔 곽재영이 고주운이 살던 방의 계약을 해지해 줬어. 대체 집주인을 뭘 어떻게 구워삶았는지 미스터리인데 저 얼굴이라면 뭐든 납득이 갈 것 같기도 하고. 돌려받은 보증금을 확인하며 고주운은 입술을 잘근잘근 씹었어. 묻고 싶은 걸 꾹꾹 참느라. 왜 이렇게 잘해 줘요? 왜 나 같은 거한테, 이렇게.

그렇게 두 사람의 동거가 시작됐어. 곽재영이 일하러 나가면 고주운이 종일 집을 지키는 생활. 깁스를 풀 때까진 밖을 나가기가 쉽지 않았지. 유튜브도 더 이상 볼 게 없고 모바일 게임도 지루해. 요리라도 해 볼까 해서 주방에 가면 아무것도 없어. 그 흔한 식칼 하나 보이지 않는 걸 보니 전혀 음식을 해 먹지 않는 모양이야. 남의 살림에 제멋대로 조리 도구를 사들이는 것도 겸연쩍은 일이라 배달로 대충 배를 채우고 도로 누우면 자꾸 생각만 많아지고.

곽재영이 집에 있는 거 마음대로 쓰라고 해서 빔 프로젝터를 연결해 봤는데 DVD는 온통 옛날 영화에 OTT 사이트에는 끌리는 게 없어. 재밌다며 추천해 준 소설책을 읽기 시작했는데 마지막 장을 덮어도 고작 한 시간밖에 안 지났네? 하릴없이 누워 천장 방음재의 무늬를 세고 있는데 들려오는 현관문 열리는 소리.

"짜잔."

곽재영이 내민 쇼핑백에는 닌텐도가 들어 있었어.

"박 실장이 주래. 중고로 팔려고 내놨다가 너 심심할 거 같다고. 본인은 최신 버전으로 구입하셨단다."

함께 들어 있는 게임팩은 '별의 커비'랑 '동물의 숲' 시리즈였어.

"울어?"

"아니요."

"우는데."

"눈에 먼지 들어갔어요."

빔 프로젝터에 연결해 환경을 세팅하고 조이스틱을 만지작거리는 고주운. 한두 번 해 본 솜씨가 아니야. 별의 커비를 본격적으로 플레이하려다가 문득 사과를 해.

"아. 죄송해요. 아까 뭐 본다고 소리를 켜 놔서. 얼른 끌게요."

"너랑 있을 땐 괜찮아."

이번에야말로 비상이야, 비상. 눈에 들어온 먼지가 사실

은 돌덩이였나 봐. 도대체 저 사람은 왜 저러는 걸까? 자기가
아무 생각 없이 던진 말이 타인에게 어떤 오해와 희망을 불
러일으키는지를 정말 모르는 건가? 고주운이 애써 시선을 화
면에 고정하고 온 신경을 게임에 집중시켰어. 비록 렌즈 보관
통에 심장을 욱여넣은 것처럼 가슴팍이 콱 조여 왔지만.

턱을 괴고 지켜보던 곽재영이 물어.

"잘하네. 많이 해 봤어?"

"어릴 때요. 버전이 다르지만."

커비가 핑크색 입을 벌려 자동차를 머금더니 질주하기 시
작했어. 어느새 게임에 빠져든 고주운의 입이 헤벌어졌어. 내
친 김에 벽까지 부수고 쌩쌩 달려 나가려는데 옆에서 자꾸
말을 시키니까 좀, 귀찮아서. 눈은 커비에게 고정한 채 대충
대답하는 고주운.

"언제 해 봤어?"

"중학교 때."

"엄마가 사 주심?"

"아는 분이요."

"아는 분. 친척?"

"진짜 말 그대로 아는 분이요. 사업하는 분이라 가끔 이
것저것 사 줬어요. 엄마는 그런 걸 사 줄 여유가 없었고."

화면 속의 커비는 능력을 강화해 주는 스톤을 먹고 펄쩍

펄쩍 환호하고 있었어. 반짝거리는 그래픽만큼 고주운의 얼굴도 환해졌어.

"사고 합의금 얼마인지 안 궁금해?"

대답이 없자 효과음 때문에 못 들었다고 생각했는지 곽재영이 조금 목소리를 높였어.

"합의금 말이야. 어머니께 다 드려도 괜찮아?"

다음 스테이지는 쇼핑몰 센터처럼 생긴 맵이었어. 에스컬레이터를 폴짝폴짝 뛰어 올라가다가 망치를 휘두르는 빨간 원숭이와 마주쳤어. 고주운이 신중하게 커비의 위치를 조정하며 대답했어.

"새엄마거든요. 재혼 가정이라."

"응."

"재혼하고 얼마 안 돼서 아빠가 돌아가셔가지고, 제가 집을 나왔어요."

"친엄마께 간 거야?"

"친엄마는 저 애기 때 돌아가셨어요. 그냥 가출이죠. 서울역에 고아원이 있을 줄 알았는데 없어가지고. 막 돌아다니고 있는데 엄마가, 그러니까 새엄마가, 울면서 찾아와서."

"찾아와서."

"우리는 계속 가족이라고."

빨간 원숭이가 휘두른 망치를 커비가 가까스로 피했어.

고주운이 한숨을 쉬며 굳은 어깨를 뒤로 젖혔어.

"피 한 방울 안 섞인 남남이잖아요. 아마 그때가 만난 지 2년도 안 됐을 땐데. 다짜고짜 가족이래. 참나. 그러고는 혼자 일하면서 저 키워 줬어요. 그 보답…… 이라고 하면 이상하지만. 합의금이 얼마인지는 몰라도 그거라도 드릴 수 있으면 다행이고."

스테이지를 깬 뒤 자랑하려고 몸을 돌렸더니 곽재영의 표정이 예사롭지가 않아.

뭐지.

저렇게 무시무시한 얼굴로 굳어서 쳐다보는 이유는?

1번. 엄마 이야기에 감동해서 얼어 버렸다. 2번. 재채기 하기 직전. 3번. 장 트러블. 4번. 자기도 게임하고 싶은데 못 해서 삐침.

3번을 고르려다가 4번으로 맘을 돌린 고주운이 슬그머니 조이스틱을 내미는데 거기엔 눈길도 주지 않은 곽재영이 렉 걸린 캐릭터처럼 버벅거리며 말했어.

"그때, 그, 매, 매미 소리 엄청 시끄러웠지? 새엄마랑 용산역, 아니 서울, 서울역에서 만났을 때."

"매미요?"

"스스스스스스피욧스피욧스피욧스피욧피오스피오스피오스."

"갑자기?"

"아니, 잘 좀 생각해 봐."

"그런 걸 어떻게 기억해요. 여름이었으니까 들렸을 수도 있겠네요."

"혹시 기차 지나갔어? 전철 아니고 KTX."

"KTX요?"

"모워워워워워처커처커좌잇찌르좌잇찌르좌잇찌르찌르."

"왜 그러시죠?"

곽재영이 괴로운 듯 머리를 쥐어뜯으며 방방 뛰다가 심호흡을 하며 자리에 앉았어.

"딱딱딱따라딱닥?"

"이러시는 이유가?"

"가방에서 소리 났어?"

"가방에서 왜 소리가 나요?"

"흔들릴 때."

"키링 부딪히는 소리 말씀하시는 거예요?

"키링?"

"아크릴 키링이요. 그때 유행이라 많이 달고 다녔어요."

곽재영이 화면 속 커비를 한 번, 고주운을 한 번 번갈아 쳐다봤어.

"언제라고?"

"중학생 때요."

"그럼……. 10년 전?"

"어. 그러네요. 딱 10년 전이네. 세월 참 빠르다. 나도 많이 늙었네."

마지막 말은 고주운 기준 농담인데 곽재영은 웃기는커녕 울 것 같은 표정을 지었어. 까만 젤리 같은 눈동자가 금방이라도 흘러넘칠 듯이 그렁그렁하는데, 당황스러워서 뭘 어떻게 해야 할지 모르겠어. 혹시 저 나이가 되면 늙었다는 말만 들어도 눈물이 차오르나? 대단히 마음이 여려지는 거야? 상처받았나? 역시 스피오스피오 처커처커짜잇짜잇 따라딱딱하거릴 때 예의상 잘한다고 한마디라도 했어야 했던 거지? 칭찬은 고래도 춤추게 한다던데 자기가 고래도 아니면서?

이날의 모든 물음표에 대한 답은 이틀 후에 밝혀져. 한 사람은 침대에, 한 사람은 바닥에 누워 잠을 청하는, 고주운이 하루 중 가장 사랑하는 시간에 말이야. 곽재영이 잔뜩 가라앉은 목소리로 느릿느릿 얘기해 줬어. 고주운도 알고 있는 그 사건, 경찰 시절 동료가 순직했던 일에 대해. 인터넷에는 검색되지 않는 후일담을.

응급실로 이송된 박 순경이 사망하고 사건 현장의 CCTV가 보도된 후. 곽재영의 하루하루는 지옥으로 변했어. 집 앞으로 기자들이 몰려들고, 우편물로 흉기와 독극물이

날아들고, 편의점에만 갔다 와도 옷자락이 행인들이 뱉은 침으로 더러워졌대. 그보다 더 그를 괴롭게 만든 건 죄책감. 아무것도 하지 못하고 도망친 스스로에 대한 육중한 혐오. 그래서 그 무렵의 곽재영은 새벽부터 밤까지 뛰어내릴 빌딩을 찾아 돌아다니는 일밖에는 하지 못했대. 그날 발길 닿는 대로 간 곳이 서울역 주변이었고, 멍하게 걷다가 아이를 찾는 엄마의 애타는 목소리를 들은 거야. 아이의 인상착의, 평소 행동 등의 정보를 토대로 곽재영이 수색을 도왔고, 결국 역사 뒤편의 주차장에서 모녀가 상봉하는 장면을 마주한 거지.

"그날 매미가 울었고, KTX가 지나갔고, 키링이 달그락거렸어요?"

어둠 속에서도 고주운은 알겠어. 곽재영이 소리 없이 웃고 있다는 걸.

"응."

"세상에나."

"곧바로 그만뒀어. 죽을 빌딩 찾아다니는 거. 돌아와서 이사 갈 집이랑 탐정 일을 알아보기 시작했고."

침대 끝에 달랑달랑 걸쳐 있던 고주운의 팔에 곽재영의 차가운 손끝이 닿았어.

"네가 한 거야."

고주운이 조심스레 말을 골랐어.

"인생 최대 업적이네."

곽재영이 마침내 소리 내어 웃었어.

20

깁스를 푼 날엔 둘이서 외식을 했어. 곽재영이 맛집이라며 끌고 간 곳이 미국에서 갓 들어온 버거 프랜차이즈 매장이라는 걸 알고 고주운은 허탈하게 웃었지. 그 와중에 곽재영은 치즈가 세 종류나 들어간 버거 세트를 골랐어. 세계보건기구에 치즈 중독이 질병으로 분류되어 있는지 검색해 봐야겠다고 생각하는 사이에 질문이 들어왔어.

"뭐 할 거야?"

병가를 넉넉하게 냈기 때문에 출근까지는 2주가 남았어. 감자튀김을 깨작깨작 씹으며 고주운이 대답했어.

"놀 거예요."

하지만 고주운은 열여덟 살 이후로 늘 남자 친구가 있었기 때문에 혼자 노는 법을 몰랐고 금세 심심해지고 말았지.

그래서 따라 나왔어. 곽재영은 내키지 않아 하면서도 무리하지 말라는 엄포를 놓은 뒤 동행을 허락했어. 그가 지금 맡은 사건의 의뢰인은 지하철 불법 촬영 피해자. 증거가 부족해서 무고죄로 역고소를 당할 처지에 놓였대. 그래서 곽재영이 며칠째 가해자의 지하철 출퇴근길을 따라다니는 중이었어. 불법 촬영은 상습범이 많으니 혹시 범죄를 현장에서 발각하면 결정적인 증거로 삼을 수 있으니까. 그런데 이 가해자도 몸을 사리는지 통 수상한 기미가 안 보였고, 더구나 만원 지하철이라 접근이 어려워 애를 먹고 있었던 거야. 보는 눈이 둘이면 아무래도 수월할 테니 고주운의 도움이 필요한 거지.

가해자가 타는 역으로 가기 위해 지하철에 오른 두 사람. 문득 고주운은 차창에 비친 자기 얼굴이 낯설어 한참을 생각하다가, 눈썹 때문이라는 걸 깨달았어. 한동안 뽑지 않아 숱이 무성했거든. 오랜만에 보는 온전한 눈썹이 어색해 일부러 결의 반대 방향으로 쓸어 보는 고주운.

"근데요."

"근대 된장국 먹고 싶당."

"사무실에 사람 없어요? 왜 혼자 해요?"

고주운은 자기가 병가를 내는 바람에 일할 사람이 부족해진 건 아닌지 걱정돼서 한 말이었거든. 곽재영이 대답이 없었어. 뭘 보는지 모르겠는데 핸드폰에만 정신이 팔려 있어. 고주운의 것과 같은 모델. 사줄 때 자기도 바꿨나 봐. 커플 폰이네, 하고 무심결에 생각했다가 혼자 민망해서 헛기침만 큼큼. 계속 모른 척하는 게 얄미워서 팔꿈치로 옆구리를 밀었더니 툭 대답이 돌아와.

"사무실로 들어온 일 아니야. 그냥 개인적인 거."

설명을 피하려는 곽재영을 졸라서 알아낸 사실은, 이 조사가 여성 단체로부터 들어온 성범죄 피해자를 돕는 공익 활동이라는 거. 당연히 보수는 없고, 업무 외에 굳이 시간을 내서 일종의 봉사 개념으로 하는 중.

물끄러미 보는 시선이 부담스러웠는지 곽재영이 손바닥으로 고주운의 눈가를 가렸어.

"반했어? 반했으면 얼른 신고해. 허가제 아니고 신고제야. 좋지?"

고주운이 주먹을 꼬옥 말아 쥐었어. 때리려는 게 아니라, 뭐 양심에 비추어 봤을 때 그런 욕구가 한치도 없었다고 하긴 어려운데, 핵심은 마음을 조그맣게 구기려는 목적이었지. 봉사 활동은 딴 데서 하라는 둥 우리는 경찰이 아니라는 둥, 앞에서는 닳고 닳은 사회인인 양 갖은 위악을 떨어 놓고 정작 뒤에선 선한 일에 제 시간과 정성을 쏟는 이 어설픈 이중인격자를 향한 연민이 모락모락 불거지는 걸 막으려고 말이야. 누가 알아준다고 그걸. 안경숙 쌤한테 당한 것처럼 욕먹고 언어맞기나 하지. 바보. 멍청이. 말미잘. 손가락 사이로 이미 커진 마음이 푹푹 삐져나와 둥글게 둥글게 부풀고 있는 것은 모르고, 새까만 지하철 차창에 비치는 자신의 웃는 것도 아니고 우는 것도 아닌 어정쩡한 얼굴을 보면서 주먹을 몇 번이나 잼잼, 잼잼.

불법 촬영 가해자는 서울 지하철 4호선 삼각지역에서 탑승했어. 야상 점퍼에 청바지, 백팩을 멘 평범한 인상의 남자였지. 곽재영과 고주운이 좌우로 나누어 포위하듯이 뒤를 따랐어. 남자는 사당역에서 내려 에스컬레이터를 탔어. 환승 구간이라 한꺼번에 사람이 몰려 따라잡기가 쉽지 않았는데, 고주운이 잽싸게 몸을 누벼 남자의 뒷자리에 올랐지. 그리곤 남자가 오른팔을 호주머니에 찔러넣은 각도가 미묘하게 비틀려 있다는 점을 포착했어. 힘을 빼서 완만한 곡선을 그리는 왼팔과 달리, 오른팔은 팔꿈치가 바깥쪽으로 들리면서 어깨가 비대칭으로 솟아 있었거든. 그 품새가 마치, 호주머니 아래 쪽에 구멍을 뚫고 폰을 넣은 채로 불법 촬영을 하는 현행범의 모습 같달까.

고주운이 에스컬레이터가 끝나는 지점에서 남자의 오른팔을 낚아챈 뒤 크게 외쳤어.

"여기요! 신고해 주세요! 도촬이에요!"

예상대로 그의 손에는 동영상 촬영 중인 폰이 쥐어져 있었어. 남자가 고주운을 떨쳐 내려고 했지만 올라오는 인파에 밀려 쉽지 않았지. 지하철 경찰대가 도착한 후에는 속전속결. 고주운이 사무실에서 사건을 진술하고 증거를 제출하고 나오니 러시아워를 갓 넘겨 한산한 지하철이 아까와는 딴 세상 같았어. 문 앞에서 기다리고 있던 곽재영이 팔짱을 풀지 않은 채로 다가왔지.

"위험한 행동이었고 반성합니다. 앞으로는 하지 않겠습니다.”

선제적으로 잔소리를 차단하는 고주운을 보며 곽재영이 한숨을 쉬었어.

“근데요.”

“근대는 18세기부터고.”

“제가 해결했는데 상 없나요?”

순간 고주운은 곽재영의 구겨지는 얼굴에서 ‘빠직’이라는 효과음이 들리는 것 같은 착각이 들었어.

하지만 굴하지 않고 그 위에 기린 머리띠를 씌워 줬지.

두 사람은 지금 잠실의 놀이공원에 왔어.

왜 돈을 내고 줄을 서 가며 이런 걸 타는지 이해할 수가 없다며 툴툴대던 곽재영은 롤러코스터를 타고 내려오더니 볼이 발갛게 달아올랐어. 꼭대기까지 올라가 단숨에 떨어지는 놀이기구를 두 번 연이어 타고 바이킹 끝자리를 세 번 올랐지. 영혼이 반쯤 석촌호수로 배출된 고주운이 제발 쉬자며 곽재영을 벤치로 데려가 구슬 아이스크림을 나눠 먹었어. 여기는 고주운에게 특별한 곳이었어. 흔하디흔한 얘기지만, 아빠가 살아 계실 때 함께 놀러 왔던 추억의 장소 뭐 그런 거. 그래서 곽재영과 오고 싶었다나 봐. 이곳이라면 정말로 행복한 하루를 보낼 수 있을 것 같았거든. 그리고 오늘의 중요한 할 일이 하나 더 있는데……

자꾸 타이밍을 놓쳤어. 곽재영이 정말로 쉼 없이 놀이기구를 타니까. 비명이 시끄러울까 봐 걱정했는데 괜찮대. 여기는 공식적으로 모두가 소리 지르는 곳이라 오히려 마음이 놓인다나. 곽재영이 즐거워하는 모습을 보니 고주운도 좋아. 좋거든. 좋았다. 좋았었다……. 근데 점심도 대충 때우고 오후 내내 뺑뺑이를 돌고 있으니까 사람이 점점 종이 인형이 되어가. 깁스를 푼 다리도 아직 완전히 컨디션이 돌아온 게 아니라서 이만저만 휘달리는 게 아니야. 제발 나가자고 매달려서 밖에 나왔어. 잠실 어디에 또 정통 아메리칸 버거 맛집이 있다면서 핸드폰에 코를 박고 걷는 곽재영을 곁눈질하며 고주운이 없는 기력을 끌어모으려 애썼어. 아무리 피곤해도 마음먹은 일은 마쳐야 할 것 아니야. 오늘 꼭 하려고 했던 얘기가 있다고.

'고마워요.'

몇 번이나 마음속으로 연습한 문장들.

'날 떠나지 않고 곁에 있어 줘서 정말 고마워요.'

오늘만큼은 꼭.

고주운이 걸음을 멈추자 곽재영이 핸드폰에서 고개를 들었어.

"왜 그렇게 봐?"

웃으며 손바닥으로 고주운의 눈을 가리는 곽재영.

"그러지 마. 너가 그런 눈으로 쳐다보면 진짜 통장이라도 내주고 싶다니까."

오케이, 지금이야. 타이밍을 잡은 고주운이 살그머니 다가가서 그의 손을 잡았어. 여전히 차가워. 수족냉증 그런 건가. 마른 입술을 축이며 자신보다 한 뼘쯤 위에 있는 고운 얼굴을 올려다봤어. 근데 그 예쁜 눈은 이쪽을 보고 있지 않아.

어딜 보고 있지. 시선을 쫓아간 순간.

사위가 흔들렸어. 곽재영이 자기 쪽으로 몸을 던져서 두 사람이 거의 날아가다시피 바닥에 넘겨졌다는 사실을 고주운이 파악하기까지, 수 초의 시간이 필요했어. 서로의 눈이 마주쳤어. '왜?'라고 물으려고 고주운이 입술을 떼는데 요란한 굉음과 함께 뒤에서 무언가가 깨지는 소리가 들려왔어.

21

곽재영이 멱살을 잡고 당기는 통에 고주운이 겨우 일어나 걸음을 옮겼어. 고개를 돌리자 상가 유리창을 들이받은 자동차 한 대가 보여. 지금 그 사이를 빠져나온 거, 맞지? 흰색 세단에서 운전자가 기어 나왔어.

"괜찮아?"

애써 끄덕이는데 곽재영의 표정이 다시 일그러져. 왜 그러냐고 묻기도 전에 몸이 붕 떠올랐어. 명치가 눌린 고주운이 켁켁거리는데도 곽재영이 아랑곳하지 않고 어깨에 그를 들쳐업은 채 뛰기 시작했어. 튀어나온 보도블록에 걸려 넘어지고 입간판에 부딪혀 쓰러지고 가로수에 박치기를 해 가며 구르고 기고 뛰고 넘어지며 지하철 입구로 내려간 후에야 가까스로 곽재영은 고주운을 놓아 줬어. 몸이 너무 흔들려서 구토감이 올라온 고주운이 한참 가슴팍을 두드려 속을 진정시킨 후에 곽재영에게 물었어.

"왜 그래요?"

"또 소리가 들려서."

"무슨 소리요?"

곽재영이 헐떡이느라 대답을 하지 못했어. 통로의 양쪽 벽에 몸을 기댄 두 사람 사이로 지하철에서 막 쏟아져 나온 인파가 우르르 지나갔어. 그게 세 차례나 반복될 동안 누구 하나 쉽게 입을 떼지 못했어.

어떤 얘기든 섣불리 내뱉었다간 진짜가 되어 버릴 것 같 아서.

"아무래도 급발진 살인의 타깃이 된 모양인데요."

박민성이 살벌하게 자기를 노려보는 두 여자를 힐끔 쳐다 보곤 모니터로 눈을 돌렸어.

"근데 상처 하나 없이 살아남았다? 뭐지, 이 사람들."

사고로부터 이틀 후, 가산디지털단지의 스마트탐정사무 소 사무실.

"얘기했잖아요. 급가속 직전에 나는 엔진 소리를 듣고 피 할 수 있었다고."

"소오오오오름. 그게 가능하다고? 소머즈인가. 그 정도 청 력을 가지고서 사설탐정을 하는 건 국가적 손실인 거 같은데 요. 이럴 땐 어디에 알려야 하지? 역시 국정원."

"독백은 속으로 하시고요. 그래서 왜 이런 일이 벌어진 건 데요."

곽재영이 답지 않게 초조해하며 다리를 달달 떨었어. 박 민성이 키보드 옆에 둔 솔의 눈을 마시려다가 빈 캔인 걸 깨 닫고 새 걸 집어 오며 말했어.

"지능형 교통 시스템 때문인 듯?"

"지능형 교통 시스템."

"전에 물어보셨잖아요. 도심에서 급발진이 늘었는데 전파 방해 같은 거일 확률은 없냐고. 그때 지능형 교통 시스템 시범 사업이 아주 매우 조금 희박하게나마 관련이 있을 수도 있다고 말씀드렸죠."

전혀 모르겠다는 표정의 두 사람. 박민성이 절레절레 고개를 저으며 음료를 꼴깍꼴깍 마셨어.

"2010년대 중반부터 정부에서 추진하고 있는 사업이고요. 도로의 교통관제 시스템이랑 자동차가 통신을 주고받아서 교통 체증도 줄이고 사고도 줄이고 뭐 그런. 문제는 차량에 전용 단말기를 달아야 해서 여태 확산이 안 됐다고 말씀드렸잖아요. 기억 안 나셔도 말한 건 한 거예요. 근데 이게, 지난달부터 TA시스템즈가 스마트 CCTV를 업그레이드해서요, 단말기 없이도 자동차에 기본 탑재된 모듈로 가능해졌거든요. 시범 운영 지역이 잠실이고."

"그게, 그러니까, 그래서, 음······. 우리가 받은 급발진 공격이랑 무슨 상관?"

"안면 인식으로 타깃 선정이 된 게 아닌가 싶은데요."

여전히 알아듣지 못하는 두 사람을 보고 박민성이 찬찬히 설명을 시작했어. 예전에 급발진 피해자들이 텔레그램을 통해 만난 마약 조직원들이란 걸 알았을 때, 어떻게 특정 보행자가 차량의 타깃이 될 수 있는가를 얘기해 준 적이 있는데 그건 기억나냐면서. 조직원들의 핸드폰에 깔린 스파이웨어가 V2X 기술로 차량에 신호를 보내 사고를 일으켰을 거라고 설명했었지. 이게 진화했다는 거야. 우선 스파이웨어가 타깃의 핸드폰에 깔리는 것까지는 똑같아. 그리고 나서 사용자의 얼굴 이미지를 쏙 빼 가는 거지. 그럼 타깃의 얼굴이 특정되고, 그렇게 표적이 된 얼굴을 스마트 CCTV가 발견하면 차량에 가속 신호를 보내는 방식. 이렇게 하면 폰에 깔린 스파이웨어가 삭제되더라도, 혹은 폰을 안 가지고 다니거나 교체하더라도 얼굴만으로 타깃팅이 가능하니까, 훨씬 더 광범위하게 타깃팅이 되는 거지.

"코로나19 거치면서 안면 인식 기술이 상상도 못 할 정도로 발전했거든요. 마스크나 모자를 써도 눈가 주름으로만 구분이 될 정도니까."

"진지하게 가능성이 얼마나 된다고 생각해요?"

"솔직히 하나하나 따로 보면 말도 안 돼요. 너무 어려워. 근데 마음에 걸리는 게, 지능형 교통 시스템 운영사인 TA시스템즈가 올해 초부터 데이터 센터 유지 관리를 외주로 돌렸거든요. 거기가, 유스티티아여서."

"미쳤네."

"미쳤죠."

"일단 확인부터 해야겠는데."

곽재영의 말에 박민성이 고주운 쪽으로 고개를 돌렸어. 대화를 따라가지 못해 잔뜩 인상만 쓰고 있던 고주운이 뜻밖의 아이 콘택트에 당황하는 사이, 박민성이 도움을 구하듯이 도로 곽재영을 쳐다봤어.

"보여 줘요. 내가 잘 설명할 테니까."

달래는 듯한 목소리에 용기를 얻었는지 박민성이 열었어. 꺼낸 물건은 핸드폰. 충전 케이블에 연결하고 전원을 켜니 잠금 화면이 떴는데, 고주운의 눈이 휘둥그레 커졌어. 배경 사진이 자기랑 전남친 이성혁이 제주도 여행에서 함께 찍은 셀카였으니까.

고주운은 잠깐 고민했어. 혹시 자기가 저 셀카를 박 실장님에게 보낸 적이 있나? 왜, 인간은 엄청 술을 많이 마셨다거나 몸이 안 좋다거나 해서 의식이 흐려진 상태에서 스스로 이해하지도 기억하지도 못하는 돌발 행동을 하기도 하잖아. 그렇게 해서 실수로 사진을 전송했는데 우연의 일치로 마침 박민성도 비슷한 인사불성 상태였던 거지. 그 결과 남의 커플 셀카를 자기 폰 잠금 화면의 배경 사진으로 지정하기에 이르고…….

음.

저건 그냥 고주운이 쓰던 폰이었어. 분명 곽재영이 망가졌다고 했는데. 사무실 앞에서 차 사고 났을 때 말야. 완전히 부서져서 유심도 못 건졌다며 새 폰까지 사다 줬잖아. 지금 그게 여기에 왜? 심지어 흠집 하나 없이 멀쩡하네?

박민성과 시선을 교환한 곽재영이 조심스럽게 말했어.

"주운쓰가 전에 쓰던 폰에 문제가 좀 있어서 내가 박 실장님한테 따로 부탁을 드렸어. 그때 병원에선, 괜히 신경 쓰이게 할 것 같아서 말을 못 했는데."

고주운의 얼굴이 파랗게 질렸어. 모난 생각들이 쿵쾅쿵쾅 심장을 짓밟으며 혈액 순환을 방해했거든. 예를 들면 이런 것들. 나를 속였어? 저 사람에게는 얘기하면서 나에게 비밀을 만든 이유가 뭐야? 내가 그렇게 못 미더웠어? 당신에게 내가 그렇게까지 중요한 사람은 아니었던 거지?

대체 나는 당신에게 어떤 의미야?

"전 남자 친구가 이 폰에 뭘 심어 놓은 거 같아서, 확인이 필요하거든. 패턴 열어 줄 수 있어?"

"제대로."

목소리가 물에 잠긴 것처럼 축축했어.

"제대로 설명해 주면, 생각해 볼게요."

고주운은 꼭 애걸하는 것처럼 말했어.

평소의 자신이었다면 속지 않았을 거야. 곽재영의 얘기를 다 듣고 나서 고주운이 내린 결론이었어. 우선 이 모든 사달은 한 달 전 고주운이 사무실 앞에서 당한 교통사고에서 비롯됐어. 안경숙 건과 정확히 동일한 급발진 사고였대. 그런데 곽재영이 운전 미숙으로 인한 교통사고라며 고주운을 속인 거야. 거기에 홀랑 넘어간 게 문제였지. 경찰에 연락해서 확인만 했어도, 하다못해 엄마에게 물어보기만 했어도 간단히 알 수 있었을 텐데. 평소의 자신이 아니었으니까, 나약해질 대로 나약해진 상태였으니까, 곽재영이 자기를 돌봐 주는 게 너무 좋아서 외면하고 싶었던 거지.

폰이 문제였어. 더 정확하게 말하자면 고주운의 전 남자친구 이성혁이 원흉이었고. 사고 차량의 운전자가 급발진을 주장한다는 얘길 듣고 곽재영이 가장 먼저 한 게 폰 검사였다고 해. 병상에서 진통제에 취해 잠든 고주운의 손가락을 쥐고 지문 인식으로 잠금을 풀어서 안을 살펴봤대.

겉으로는 지극히 평범해 보였지만 설정에 들어가 '숨기기' 처리가 되어 있는 앱 리스트를 확인하자 실체가 드러났어. 홈 화면에 있던 메시지 앱은 가짜였고 진짜 메시지 앱은 감춰져 있더래. 곽재영이 활성화를 시키자 수많은 보이스 피싱 사기 문자들이 실시간으로 송출되고 있는 화면이 떴어. 중국에 있는 보이스 피싱 조직에서 고주운의 폰을 원격으로 조종하는 현장이었지. 국제 번호로 사기를 치면 잘 안 속으니까, 국내에서 쓰는 폰을 매수해서 번호를 바꾸는 게 최근 수법이었거든. 업계 용어로 '변작 중계기'라고 한다지. 불법 도박으로 돈이 필요했던 전남친 이성혁이 고주운의 폰을 업체에 제공해서 수익을 얻고 있었던 거야.

이걸 확인하고 곽재영은 눈앞이 아찔해졌대. 급발진 차량이 마약 거래뿐만 아니라 보이스 피싱까지 타깃으로 삼고 살인을 저질렀다는 뜻이잖아. 그럼 또 어떤 범죄 조직들이 공격의 대상이 되고 있는지 모르는 일이니까. 아니, 범죄 조직만 대상으로 하는 게 맞긴 한 걸까? 어디까지 뻗쳐 있는 거야? 도무지 가늠이 되지 않는 이 엄청난 규모의 연쇄 살인에 혹시라도 제동을 걸 수 있을까 해서 곽재영은 몇 번이나 유스티티아 본사를 찾아갔었대. 협박이든 회유든 해 보려고. 하지만 내부 경비와 보안이 너무 철저해서 뭘 해 보지도 못하고 물러나야 했다고.

그래서 결심했대. 모른 척하자. 고주운 폰의 유심을 꺼내 박살 내 버리고 새 걸 사서 선물했어. 그러면서 기도했대. 자신도, 고주운도, 이 사건에서 완전히 멀어지기를. 유스티티아도, 지나 킴도, 안경숙도, 급발진도, 마약을 거래하다 차에 치인 젊은이들과 지금도 죽어 나가고 있을지 모르는 보이스 피싱 일당들도, 모두 잊을 수 있기를. 이 사건, 절대 개인이 감당할 수 있는 덩치가 아니었거든. 곽재영은 그게 고주운을 보호하는 제일 좋은 방법이라고 생각했나 봐. 안경숙에게 그랬듯이 말야.

"일단 알겠어요. 알겠고."

고주운이 박민성에게서 폰을 빼앗아 주머니에 넣었어.

"제 일이니까, 제가 알아서……."

"아니 근데, 주운쓰만의 일이 아닌 것 같아서 말이야."

확신이 없는 말투로 곽재영이 말했어. 잠실에서 자동차가 달려들던 방향이, 미묘하게 자기 쪽을 향했던 것 같다고. 고주운이 쓰던 폰이 보이스 피싱에 사용되어 타깃이 된 거라면 곽재영이 인식될 이유는 없는데 말이야.

"혹시 이 핸드폰 얼굴 인식에 찍힌 적 있어요?"

박민성의 질문에 곽재영과 고주운 두 사람이 동시에 눈을 맞췄어. 같은 기억이 스쳐 지나간 거야. 안경숙을 탐문 수사하던 시기, 고주운이 핸드폰을 보려고 하면 곽재영이 자꾸만 얼굴을 들이밀어 화면을 훔쳐본답시고 장난을 걸었던 일들. 대충 상황 파악이 된 박민성이 한숨을 쉬었어. 사용자 얼굴을 어디서 가져갔겠어. 갤러리는 너무 잡다한 이미지들이 많으니, 잠금 해제를 할 때 쓰는 얼굴 인식 데이터를 가져오는 게 가장 정확도가 높겠지. 근데 하필 곽재영의 얼굴이 거기에 찍혀 버렸고.

울기 직전인 고주운과 망연히 손가락만 꼼지락대는 곽재영에게 박민성이 카운터펀치를 날렸어.

"이 스마트 CCTV 말이에요. 다음 달까지 서울에, 올해 말까지 전국에 설치된다는데요."

녹다운.

우두커니 서 있는 두 사람 사이로 박민성 혼자 고장 난 태엽 인형처럼 빙글빙글 배회하기 시작했어. 이대로는 큰일 난다, 경찰에 신고하자, 인터넷에 올리고 언론사에 알려야 한다며 열변을 토하는 박민성을 곽재영이 진정시켜. 과거에 경찰이었으니까 대충 어떻게 흘러갈지 예상이 됐겠지. 미친 사람 취급당하기 십상이고, 만에 하나 사건으로 접수된다 치더라도 정황밖에 없으니 기껏해야 내사 단계에서 흐지부지. 오히려 고주운의 폰이 변작 중계기로 사용된 게 발각되면 보이스 피싱 공범으로 처벌받을 가능성이 높았고.

답답한 박민성이 그럼 하일모터스 쪽에 얘기를 해 보자니까 이번에도 곽재영이 고개를 저었어. 거기도 한통속일 거라며. 아무래도 이동선이 유스티티아 지나 킴 대표의 만행을 이미 알고 있는 것 같아서 따로 찾아봤대. 두 사람이 6년 전, 어느 행사에 같이 참석했던 사진이 나온 거야. 폰을 뒤져서 증거를 보여 주는 곽재영. 지금보다 조금 앳된 얼굴의 지나 킴과 뭉툭한 코에 짙은 눈썹을 지닌 남자, 이동선이 나란히 테이블에 앉아 있었지. 살인 피해자 유가족에 대한 지원책 입법을 촉구하는 행사였다고 해.

사진을 보며 잔뜩 인상을 쓰던 고주운이 곽재영의 말을 끊었어.

"아까부터 유스티티아가 자꾸 언급되는데, 그게 뭐죠?"

곽재영이 아차 싶은 표정을 지었어.

"아, 그, 박 실장님하고는 얘기를 했었는데."

고주운의 표정은 점점 험악해지고 곽재영은 그답지 않게 말을 더듬어.

"그, 일부러, 숨기려고 한 게 아니라. 아까 전부, 말한다는 걸 깜빡해서."

박민성이 거들고 나섰어.

"유스티티아는 지금까지 보행자 사고가 난 모든 급발진 의심 차량의 데이터를 담당하는 회사예요. 저랑 곽 실장님은 대표인 지나 킴을 의심하고 있는 상황이고요. 차량의 자율주행 알고리즘을 조작해서 일을 벌였을 확률이 있어요. 범행 동기는 추정컨대 넓은 의미의 복수. 마약 중독자인 남편한테 아이를 잃은 과거가 있어서, 그런 유의 범죄 집단에 대한 적개심이 있는 게 아닌가 싶은데요. 근데 그 사람이 이동선이랑 어디서 사진을 찍었다고요?"

"살인 피해자 유가족 모임."

"이동선은 후원자인가?"

"아니. 당사자인 것 같아. 전에 찾아봤을 때 이동선이 8년 전에 아내상과 자식상을 당했다는 부고를 발견했어. 같은 시기에 어머니가 중학생 아들을 죽인 후 스스로 목숨을 끊은 사건이 있는데 언론에 아버지가 대기업 임원이라고 나왔거든. 아무래도 같은 사건이 아닌가 싶네."

"와. 미친. 뭐지. 이동선도 한패라는 거?"

"아직 몰라."

"정부 쪽에 얘기해 볼 수 없어요?"

곽재영이 제 관자놀이를 꾹꾹 누르며 보여 준 기사는, 3주 전 하일모터스의 대규모 인력 채용 소식, 그리고 2주 전 정부에서 미래 국가 성장 동력으로 전기차 산업을 지정했다는 뉴스였어.

"되겠냐고."

"아니, 그럼 뭘 어떻게 하자는 거예요. 이대로 CCTV에 찍혀서 죽어요? 네?"

"목소리 좀만 줄여 줘요."

"조용히 있을 때가 아니잖아요. 지나 킴 사는 곳에라도 쳐들어가서."

"생각 중이니까, 제발."

"제가 연락해 볼게요."

두 사람의 대화를 듣기만 하던 고주운이 핸드폰의 주소록을 뒤지며 말했어.

"번호 있어요."

저장된 이름은 '김 사장님'이었어.

22

한 시간도 채 걸리지 않았어. 지나 킴, 아니 고주운의 '김 사장님'으로부터 답장이 왔어. 이틀 후에 유스티티아 본사 집무실에서 만나재. 박민성은 입을 쩍 벌렸고 곽재영은 당황한 듯 손을 비볐지.

약속 당일. 목적지로 향하는 세 사람. 차를 몰던 곽재영이 조수석에 앉은 고주운에게 물었어. 마침 생각났다는 듯 가벼운 말투로. 사실은 계속해서 타이밍을 노리고 있었던 것 같지만.

"어떻게 알게 된 거?"

끙, 하고 고주운이 앓는 소리를 냈어. 어디서부터 얘기해야 할지 감이 잡히지 않아서. 뒤에서 박민성이 슬며시 귀에서 이어폰을 뺐어.

"후원을 해 주셨어요."

"후원."

"아버지 돌아가시고 나서요. 그린체어에서 만났거든요."

뒤늦게 부연 설명을 했어.

"그린체어는 그, 살인 피해자 유가족 모임의 이름이에요."

곽재영에게서 반응이 없었어. 말을 고르는 눈치야. 어쩐지 뒤쪽에서 박민성이 눈알 굴리는 소리가 들리는 것도 같고. 고주운이 뒤통수를 긁적였어. 곽재영이 고르고 골라 꺼낸 문장은 이거였어.

"그럼 이동선도 만난 적이 있는 거야?"

고개를 흔드는 고주운.

"지난 번에 보여 주신 사진에서 처음 봤어요. 저는 잠깐 다녔어서⋯⋯."

유스티티아에 도착해 주차하는 도중에 곽재영이 혼잣말처럼 중얼거렸어.

"그 사람, 일부러 그런 걸까? 주운쓰를 여기에 소개해 준 거."

대답을 바라는 질문은 아닌 것 같아서 고주운은 그냥 침묵했어.

세 사람이 유스티티아에 들어서자 로비에 있던 모두의 이목이 쏠렸어. 정확히 말하면 곽재영과 고주운 두 사람에게. 마스크에 모자, 스포츠용 고글과 바라클라바로 얼굴을 꽁꽁 싸맨 수상한 2인조에게 눈길이 안 갈 수가 없었겠지. 지능형 CCTV 설치 지역이 아직 서울 잠실과 세종시 일부이긴 하나 혹시나 모를 안면 인식에 대비해야 한다며 박민성이 고집한 옷차림이었어. 방문자 출입증을 받으려고 데스크 앞에 와서야 겨우 그것들을 벗게 된 곽재영과 고주운이 연신 목덜미의 땀을 닦았지.

엘리베이터에 오르며 곽재영이 박민성에게 투덜거렸어.

"땀띠 난 거 같은데."

"땀띠가 죽는 것보단 낫달까."

고주운은 그 와중에도 조용했어. 빌딩 최상부에 위치한 지나 킴의 집무실에 도착해서도, 신원을 확인하는 비서 앞에서도, 육중한 문을 밀고 들어가면서도, 계속 말이 없었지.

집무실은 면적에 비해 가구가 적어서 어딘지 좀 비어 있다는 느낌이 들었어. 정중앙에 소용돌이 모양으로 둥글게 두 번 말린 특이한 형태의 진녹색 소파가 있었는데, 그 가운데에 앉아 있던 여자가 고주운을 발견하고 손을 들었어.

"주운!"

곽재영의 왼쪽 눈썹이 살짝 올라갔다가 내려갔어. 가느다란 미성과 날카로운 쇳소리가 섞여 마치 두 명이 동시에 말하는 듯한 특이한 톤. 한번 들으면 잊을 수 없는 목소리의 주인, 지나 킴이야.

반응이 없는 고주운 대신 곽재영이 나섰어. 그의 필살기, 법인 통장 인감이라도 떼 줄 수 있을 것 같은 미소를 만면에 띄우고 자신과 박민성을 소개한 뒤 가볍게 인사를 나눴지. 지나 킴이 앉으라는 제스처를 취했고, 소파의 기묘한 형상 때문에 잠시 머뭇거리던 세 사람은 중앙에 있는 지나 킴을 부채꼴로 에워싸며 띄엄띄엄 자리를 잡았어.

"집처럼 편하게 생각하세요."

그러기에는 소파가 지나치게 물컹해서 중심을 잡기가 쉽지 않았지만.

지나 킴은 체구에 비해 상당히 강인한 인상을 주는 인물이었어. 아마도 턱과 광대가 발달한 얼굴형이 한몫하는 듯했어. 트러블이 많이 올라온 피부가 그의 쉴 틈 없는 매일을 보여 주고 있었지만, 작은 눈동자에는 총기가 가득했지. 지나 킴이 사이드 테이블에 놓인 샤인 머스캣을 뜯으며 물었어.

"주운 때문에 미팅을 잡았는데. 무슨 어젠다죠?"

"최근 일어난 급발진 사고에 유스티티아가 관련되어 있다는 것을 알고 찾아왔습니다."

박민성의 돌직구에 곽재영이 저도 모르게 이마를 짚었어. 스몰 토크로 살살 시작하려고 소재를 고르고 있었는데 박민성한테는 애초에 그런 걸 해야 한다는 생각이 없는 거지. 지나 킴의 얼굴에 옅은 미소가 번졌어. 무슨 생각을 하는 건지 잘 읽히지가 않아. 이왕 이렇게 된 거 바로 본론으로 들어가는 게 낫겠다고 판단한 곽재영. 박민성과 주거니 받거니를 하며 여태 그들이 조사한 일들을 설명했어. 가만히 듣고 있던 지나 킴이 소리 내어 웃기 시작한 지점은, 지능형 CCTV와 결합한 알고리즘이 고주운과 곽재영을 상대로 잠실에서 사고를 일으켰다는 부분이었어.

"죄송해요."

웃음을 거두려고 애를 쓰며 지나 킴이 말했어.

"상상력이 상당히."

발끈한 박민성이 대꾸하려는 걸 곽재영이 말렸어. 지나 킴이 한참 생각에 잠겨 있다가 어깨를 추켜올렸어.

"만약 정말로 그런 일이 가능하다면, 나는 정의를 응원하려고 해요. 법은 완벽하지 않아요. 그래서 그녀는 히어로예요. 법이 놓쳐 버린 나쁜 사람에게 벌을 주는 거니까."

곽재영이 간곡히 호소했어.

"저희는 맞다 틀리다 이런 판단을 내리려는 게 아니고요. 현실을 말씀드리고 싶어서요. 안경숙 사건에서 사망한 손녀따님처럼, 엉뚱한 피해자가 생기고 있으니까요."

"너무 안타까워요. 왜 뒷좌석에서 안전벨트를 안 했죠?"

"주운이 같은 경우도요. 범죄를 저지르지도 않았고 오히려 자기도 모르는 사이에 이용당한 피해자인데, 그런 억울한 일이 생기지만 않게."

"잠깐만요."

지나 킴의 입가에서 미소가 사라졌어.

"무슨 뜻이죠? 억울하다는 건."

"나쁜 일을 저지르지 않았는데도 피해를."

"자기는 안 그런 사람인데 오해를 받았다는 거죠?"

"주운이 같은 경우에는 자기도 모르게 폰이 보이스 피싱에 이용당해서."

"그래서 억울하다?"

"남자 친구가 주운이 폰에 몰래 설치했어요."

"그렇게 얘기할 자격이 있습니까?"

"대표님, 제 말은."

지나 킴이 들고 있던 샤인 머스캣을 손톱으로 짓눌렀어. 껍질이 터지는 소리가 마치 작은 동물이 내는 비명 같았지. 투명한 과즙이 뚝, 뚝 소파 위로 떨어지는 모습을 나머지 세 사람이 망연히 쳐다봤어.

"몰라서, 주의하지 않아서, 실수로, 쾌락 때문에, 돈이 필요해서, 다른 사람을 지옥에 보내 버렸죠? 그래 놓고 얘기해요? 이용당한 것뿐이니까, 그런 의도가 아니었으니까, 오해를 받았으니까, 억울하다고?"

지나 킴의 눈동자가 번뜩였어. 곽재영을 보면서도 곽재영을 담고 있지 않은 그의 시선이 향하는 곳은 아마도, 과거. 타인의 생을 앗아가 놓고 비슷한 변명을 했던 누군가. 한때 사랑했던 남편. 딸을 죽인, 살인자.

지나 킴이 티슈로 손을 닦고 일어나 소파 사이의 구불구불한 통로를 빠져나가기 시작했어. 곽재영의 무릎과 부딪히고 박민성의 가방이 떨어지는데도 몸을 사리거나 놀라는 기

색이 없었지. 그가 멈춘 곳은 판교가 훤히 내려다보이는 통
창 앞.

"수사관님."

낯설면서도 익숙한 단어에 곽재영의 동공이 커졌어.

"기억나시나요?"

"대표님? 지금 무슨."

"익명에 숨어서 욕을 하고 손가락질을 했죠. 끔찍한 저주
를 내리고 협박했어요. 한 사람의 취약함을 즐거워하면서. 그
사람들도 곽재영 수사관님에게 이렇게 말했나요? 그런 의도
가 아니었어요, 오해를 받아서 억울해요."

고개를 돌린 지나 킴. 이번에는 정확하게 곽재영을 바라
보고 있었어.

"당신도 있죠?"

박민성이 떨어진 가방을 챙겨 들고 곽재영을 잡아끌었어.
반쯤 넋이 나간 와중에도 곽재영은 고주운을 데리고 나가야
한다며 손을 팔랑거렸지. 박민성이 어깨를 쥔 손에 힘을 주
며 말했어.

"일단 나가요."

"당신도 있잖아요."

"곽 실장님, 일어나세요."

"죽이고 싶은 사람들."

박민성이 고장 나 버린 곽재영을 데리고 사라지자 집무실에는 두 사람만 남았어. 고주운은 계속해서 소파의 오른쪽어귀에 석상처럼 앉아 있었고, 지나 킴은 창가에서 책상으로자리를 옮겼지. 얼마나 시간이 지났는지 모르겠어. 그동안 비서가 들어와 다음 스케줄이 임박했음을 알렸지만 지나 킴이미뤘어. 마침내 고주운이 입을 연 건, 창밖에서 쏟아지는 햇빛의 각도가 조금 비스듬해진 무렵.

"저를 이용한 건가요?"

그동안 고주운은 종종 지나 킴과 통화를 했어. 처음엔 예의상이었지. 엄마가 인사드리라고 하도 성화였으니까. 그런데오랜만에 연락을 하니까 옛날 모임 때 생각도 나고 해서 좀반가운 마음이 들었던 것 같아. 지나 킴은 그린체어 모임에서 정말 특별히 고주운을 아꼈거든. 자기 딸이 살아 있었으면 꼭 이런 모습일 것 같다면서. 물론 당시에는 그게 부담스러워서 점점 꺼리게 되었지만……. 시간이 지나니 나름 추억으로 느껴져서, 최근 지나 킴에게 종종 전화가 걸려 오면 꽤많은 얘기를 나눴거든. 요즘 어떤 일을 하고 있다, 뭐가 어렵고 뭐가 힘들다, 이런 하소연을 늘어놓았단 말야. 직업 윤리라는 게 있으니까 안경숙 사건을 직접적으로 언급하지는 않았지만, 전체적인 사정을 알고 있는 사람이라면 대강의 진척상황을 파악할 수 있을 만큼. 그러니까 고주운이 이렇게 생각하는 것도 무리는 아니었지. 이 사람 혹시, 급발진 조사가 어떻게 흘러가는지 감시하려고 나를 여기에 꽂아 넣은 건 아닐까?

"맙소사. 주운은 의심이 정말 많구나."

지나 킴이 크게 웃었어.

"하지만 잘 모르겠어. 왜 더 중요한 일에 대해서는 의심을 안 하는지."

화제 돌리기는 거짓말쟁이들이 진실을 감출 때 쓰는 전형적인 수법이지. 그걸 모르는 고주운은 꼼짝없이 말려들었어. 더군다나 그 바뀐 화제라는 게 너무나 충격적이었으므로.

"네 아버지 사망 보험금이 얼마 나왔는지 알고 있니?"

집무실의 공기가 삽시간에 얼어붙었어. 순간적으로 고주운은 한국어보다 영어가 익숙한 지나 킴이 잘못된 표현을 쓴 게 아닌지 의심했어. 하지만 그 문장은 누가 듣더라도 흠잡을 데 없는 완벽한 한국어였지. 지나 킴이 한숨을 쉬며 얼어붙은 공기에 숫제 드라이아이스를 들이부었어.

"그래. 어렸을 땐 모를 수 있어. 하지만 지금은 성인이잖아. 왜 알아볼 생각을 안 하지? 아버지의 생명 보험이 일곱 개나 됐던 건 알고 있어? 그 돈을 받는 사람이 전부 네 새 어머니였던 건? 그 사람이 법정에서 무슨 얘길 했는 줄 알아? 자기 아들이 아버지의 폭력에 시달리다가 어쩔 수 없이 살인을 저질렀다고 증언했어. 정당방위라는 거야. 그게 있을 수 있는 일이야?"

고주운이 부들부들 떨자 지나 킴이 상냥한 목소리로 말했어.

"어디가 진짜 네 자리인지 잘 생각해, 주운."

지나 킴이 집무실을 나갔어. 한참 후에 비서가 들어와 밖으로 내보낼 때까지, 고주운은 움직이지 않았어.

23

가산디지털단지로 돌아가는 차 안에서 박민성이 중얼거렸어.

"아닐 수도 있지 않을까요. 정말로 우리의 상상력이 너무 과해서."

"'그녀'라고 하던데요."

곽재영이 오른쪽 깜빡이를 넣으며 말했어.

"그녀는 히어로예요, 라고 하더라고요. 이미 성별을 알고 있다는 듯이."

박민성을 내려 주고 낙성대의 집으로 돌아온 두 사람은 마치 아무 일도 없었던 것처럼 저녁을 먹었어. 나란히 서서 설거지를 끝낸 후 고주운은 닌텐도를 하고 곽재영은 책을 읽었지. 잘 시간이 되자 침실로 들어가 각자의 자리에 누웠어. 격자무늬가 그려진 천장을 바라보면서 고주운이 말했지.

"같이 도망쳐요."

대답이 없었지만 고주운은 계속 말을 이었어.

"방송에서 보면 산에 사는 사람들 있잖아요. 우리도 가요. CCTV도 없고 차도 없는 산골짜기나 무인도. 거기서 함께 살아요."

기척이 들렸어. 곽재영이 돌아눕는 것 같았어.

"주운쓰가 몇 살이었지? 스물, 넷?"

"……."

"어휴, 너무 많이 남았다, 인생이. 언제 다 살래?"

이번에는 고주운이 대답하지 않았어.

"평범하게 살아야지. 남들만큼은."

"아뇨. 저는요."

"얼른 자자. 피곤할 텐데."

어릴 때 친구들끼리 그런 쓸데없는 얘기 하잖아. 초능력을 가질 수 있다면 뭘 선택하고 싶냐고. 고주운의 바람은 한결같았어. 사람의 마음을 읽는 능력.

그랬다면 알 수 있었을 텐데. 곽재영이 무슨 생각을 품고 있었는지.

초능력이 없으니 추측해 보자면 아마 곽재영은 고주운에게 '제대로 된 인생'을 살게 해 주고 싶었던 것 같아. 잠실에서의 사고 이후, 고주운은 CCTV를 의식하며 문밖에 도착한 배달 음식을 갖고 들어올 때도 마스크와 선글라스, 모자로 얼굴을 가리며 살았어. 코앞의 편의점도 나가길 꺼렸고 자동차나 오토바이 기척만 들려도 벌벌 떨었지. 그 모습이 뇌리에 박혔을 거야. 이제 막 사회에 나온 20대 중반, 누군가는 인생에서 가장 찬란하다고도 말하는 시기에, 아무도 만나지 못하고 어디도 나가지 못하며 점점 고립되는 고주운을 보면서 이

대로는 안 된다고 생각했겠지.

게다가 곽재영은 어렴풋이 알잖아. 고주운이 얼마나 쓸쓸한 삶을 살았는지. 이제 겨우 가혹한 과거로부터 독립해서 자기 삶을 찾을 차례인데 또다시 어둠 속에 빠져드는 걸 두고 보기가 어려웠겠지. 비록 자신은 그러지 못하더라도, 고주운에게만은 밝은 인생을 선사해 주고 싶었을 거야.

그래서 결심했던 거 같아. 10년 전 서울역에서 어린 고주운이 자신을 죽음에서 삶으로 돌려보냈던 것처럼, 이번에는 자신이 고주운을 어둠에서 빛으로 돌려보내야 할 차례라고. 그걸 위해서는 누구와도 손을 잡을 수 있다고.

그 상대가 비록 사회의 암적 존재라도.

박민성은 처음에 자기가 잘못 들은 줄 알았대.

"보이스 피싱 조직을 찾아가자고요?"

너무 놀라서 다시 물었어.

"제정신이에요?"

"지나 킴도 그렇게 생각하겠죠?"

곽재영은 박민성의 반응에 오히려 흡족해하는 것처럼 보였어.

스마트탐정사무소에 혼자 찾아온 곽재영. 사무실에 박민성이 혼자 있는 타이밍을 일부러 노렸지. 곽재영의 계획을 들으면서 박민성은 급발진에 당할 뻔한 트라우마가 얼마나 무시무시하기에 멀쩡한 사람이 실성을 했나 싶더래. 너무 말도 안 되는 소릴 하니까. 하지만 곽재영은 진지했어.

"지나 킴이 가지고 있는 가장 큰 힘은 네트워크예요. 어디까지 그 사람의 정보력이 뻗쳐 있는지 예상도 못 하겠어. 나에 대해서도, 이미 다 알고 있는 것 같았고."

지나 킴이 '죽이고 싶은 사람들'을 운운하며 곽재영의 과거를 암시했던 발언을 떠올리곤 박민성이 고개를 끄덕였어. 솔직히 박민성도 집에 돌아와 지나 킴과의 대화를 복기하던 도중에 어쩐지 겁이 나서 제 과거에 퀴퀴한 일이 없었는지 되짚어 봤대. 고작해야 야한 영화 불법 다운로드, 친구한테 보조 배터리 빌려 놓고 안 돌려준 거, 게임하다가 상대방 부모님의 안부를 물어서 계정이 정지당한 일 정도였지만.

"그렇다면 과연 어디가 지나 킴의 네트워크에서 빠져 있을까 생각을 해 봤어요. 아무리 머리를 굴려 봐도 타깃이 된 범죄 당사자들밖에는 없어."

"게임하다가 욕한 것도 범죄일까요?"

"수위와 지속성에 따라."

"넵. 계속하세요."

"보이스 피싱 말이에요. 주운이 같은 단순 가담자가 공격당할 정도니까 그쪽도 뭔가 낌새를 느꼈을 거예요. 먼저 접근해서 정보를 조금씩 풀면서 우리 편으로 끌어들이면 해 볼

만하지 않을까 싶은 거죠. 그쪽은 국제 조직일 테니 해외 쪽 도움을 받을 수도 있고, 음지의 일이란 다 연결되어 있기 마련이니까 불법적인 수단을 써서라도 유스티티아를 무력화시키는 방안으로."

"말씀 중에 죄송합니다만, 지나 킴의 네트워크 말이에요. 그쪽에도 이미 뻗쳐 있으면요? 사람을 심어 놨다거나, 매수했다거나."

곽재영이 잠시 생각에 잠기더니 고개를 저었어.

"단언하긴 어렵지만, 아마도 아닐 거예요. 지나 킴은 전형적인 확신범이니까."

"확신범."

"자기가 정의롭다고 믿고 범죄를 저지르는 유형이죠. 확신범이 본인의 신념에 반하는 집단과 손을 잡는 일은 없어요. 프로파일링을 본격적으로 한 건 아니라서 조심스럽긴 하지만 지나 킴은 거의 강박에 가까운, 도덕적 결벽증을 갖고 있는 것 같고."

박민성으로서는 도덕적 결벽증까진 모르겠고, 그의 집무실에서 봤던 모든 오브제들이 먼지 하나 없이 정확한 각도를 유지하고 있던 살풍경을 떠올리면 강박이라는 단어는 납득이 갔어. 행동거지도 지나치게 단호하달까, 묘하게 과시적인 느낌이 있었고. 그런 게 확신범의 특징인가 싶었지.

곽재영이 박민성을 찾아온 이유는 보이스 피싱 조직을 만날 수 있게 접점을 파헤쳐 달라는 거였어. 고주운의 폰을 변작 중계기로 팔아넘긴 전남친, 이성혁이 연결 고리였지. 노트북에 남기고 간 직장인 익명 사이트의 아이디가 출발점이었어. 박민성이 이 아이디를 실마리로 이성혁이 자주 접속하던 불법 도박 사이트를 발견했고, 고액 알바를 제안한 쪽지를 찾아냈어. 그리고 상대방의 아이디를 다시 추적하기 시작했는데 이 과정이 좀 까다로웠대. 어찌나 조심성이 많은지 좀처럼 흔적을 발견하기가 어려웠다지 뭐야. 단서는 의외의 곳에서 발견됐어. 닌텐도 일본 홈페이지의 이벤트 게시판. 10개월 전에 올라온 게시글이었고, 음악 감독의 사인이 포함된 닌텐도 동물의 숲 OST 초회 한정판에 해당 아이디가 당첨됐다는 내용이었지. 그리고 그것과 정확하게 동일한 사인이 담긴 OST 앨범이 6개월 전 중고 마켓에 올라온 걸 확인했고.

"용산구 용문동."

매물이 올라온 지역이었어.

"오키. 감사요."

사무실을 나가려는 곽재영을 박민성이 불러 세웠어.

"어디 가세요?"

"용문동이요. 이제 찾아야죠."

"어떻게 찾으시게요?"

"탐문."

당연한 걸 왜 묻느냐는 듯 눈을 동그랗게 뜨는 곽재영을 보며 박민성이 코웃음을 쳤어. 낙천적인 거야, 무모한 거야. 저 넓고 복닥거리는 동네에서 혼자 뭘 하겠다는 건지.

"저도 같이 가요."

곽재영이 박민성을 가로막았어.

"그러지 않으셔도 돼요."

"한가해서 그래요. 요즘 왜 이렇게 사건이 없지? 사무소 망하는 거 아닌가. 그리고 곽 실장님은 저를 대체 뭐로 보시는 거예요? 동료의 목숨이 위험한데 말이죠, 나 몰라라 가만히 있고 그런 매정한 사람 아니거든요."

가방을 챙겨 사무실을 나가려던 박민성이 갑자기 뒤를 돌아보더니 얼떨떨한 표정을 짓고 있는 곽재영을 향해 검지를 치켜세웠어.

"지금 제가 생각해도 쫌 멋있었는데요, 그렇다고 반하면 안 돼요."

"아쉽네요."

"헉. 벌써 반함?"

"모욕죄로 고소하고 싶은데 공연성이 성립이 안 되네."

박민성은 사실 그때 화가 났었대. 이런 일을 벌인 지나 킴

192

에게. 그는 야한 영화를 불법 다운로드 받았고 친구한테 보조 배터리를 빌려 놓고 안 돌려줬고 게임하다가 상대방 부모님의 안부를 물어서 계정 정지를 당한 적이 있어. 하지만 지금은 제값을 내고 영화를 보고 빌린 물건은 재깍재깍 돌려주고 게임하면서 욕을 해도 혼잣말로 한단 말이야. 사람은 달라져. 더 나아질 수 있어. 그런 가능성을 무시하고 무작정 죽여 대는 지나 킴의 방식에 박민성은 반감을 느꼈어. 그런 세상에 쌍둥이 딸들을 살게 하긴 싫었던 거야. 잘못됐으니 그만하라고, 범죄를 저질렀더라도 반성하고 앞으로 다르게 살수 있게 도와야 한다고, 그게 조금씩 부족한 우리들이 서로 의지하며 살아가는 방법이라고, 설득하고 말리고 싶었대.

박민성은 몰랐던 거지. 세상에 절대 변하지 않는 악인이 존재한다는 걸. 경험해 본 적이 없었으니까. 인생 최대의 악행이 게임 중 욕설인 사람이니 주변에도 다 비슷비슷한 부류들만 있었을 거야. 순진하지만, 아마도 그게 박민성이 가진 선함의 원천이었을 거고.

아무튼 두 사람은 용문동으로 출발했어. 그렇게 길고 지리한 탐문이 시작되지.

24

같은 시각, 고주운도 컴퓨터 앞에서 분주한 시간을 보내고 있었어.

과거에 살았던 동네 이름에 몇 가지 키워드를 더해 뉴스를 검색하던 중이었어. 살인 사건, 부친 살해, 존속 살인, 의붓아버지 살해, 보험금 살인, 생명 보험 살인, 아동 학대 살인, 정당방위 주장.

검색 기간은 지금으로부터 10년 전 5월 17일부터 2년간. 사건이 최초 보도된 시점부터 항소심이 끝나기까지의 기간이었지.

기사를 읽는 동안 고주운의 얼굴은 시시각각 어두워졌어. 일곱 번 정도 인터넷 브라우저를 껐고, 네 번쯤 도중에 침대에 가서 몸을 뉘었고, 두 번은 화장실에 가서 토를 했지.

변기에 얼굴을 처박은 채로 고주운은 지나 킴이 한 말을 떠올렸어. 왜 알아보지 않았냐고 했지. 당시엔 어려서 몰랐을 수 있지만 성인이 되고 나서도 왜 모른 척을 하냐고.

위액으로 번들거리는 입술이 비뚜름히 휘었어.

말은 참 쉬워. 남의 일이면.

화장실에서 나온 고주운이 핸드폰을 집었어. 밥 잘 챙겨 먹었냐는 곽재영의 메시지가 도착해 있었지. 채팅창을 거슬

러 올라가며 그와 나눈 대화를 복기했어. 오랫동안. 그리고
마침내, 결연한 표정으로 주소록에 '엄마'를 검색해서 통화
버튼을 눌렀지.

하지만 들려온 건 남자 목소리였어.

– 고주운?

듣자마자 바로 알아챌 수 있었어. 어떻게 잊겠어, 살인자
의 목소리를.

– 야, 반갑다.

고주운이 잠시 침묵하는 사이 남자, 그러니까 엄마의 아
들이자 고주운의 의붓오빠이자 아버지의 살인자이자 얼마
전 모범수로 가석방된 나영훈이 혼자서 말을 이어 갔어.

– 씨발, 니가 소개해 준 그 거지 같은 폐차장에서 나 발
가락 잘린 거 아냐? 너 나 좇되라고 일부러 그런 거지? 그때
같이 죽여 버렸어야 했는데. 내가 미쳤지. 널 왜 살려 놨을까?

아, 맞다. 얘기 안 했지? 고주운이 10년 전 사건의 유일한
목격자이자 최초 신고자였다고.

– 죽고 싶지 않으면 계좌로 치료비 처넣어.

그날 밤, 집에 돌아온 곽재영은 거실에서 토사물에 코
를 박고 쓰러져 있는 고주운을 보고 기함을 했어. 구토를 동
반한 심한 몸살이었지. 응급실에 가자는 걸 한사코 거부하
는 바람에 곽재영이 해열제며 얼음주머니를 동원해 가며 밤

새 간호를 했어. 겨우 열이 내린 얼굴을 물수건으로 살뜰히 닦아 준 뒤 곽재영이 출근을 하자 고주운이 기다렸다는 듯이 자리에서 일어났어. 그리곤 집 안 곳곳에 흩어져 있던 본인의 짐을 싸 들고 밖으로 나갔지. 지하철을 타고 향한 곳은, 압구정의 한 성형외과.

접수대에서 직원이 예약하셨냐고 묻자 고주운이 비장하게 대답했어.

"김 사장님, 아니, 지나 킴 대표님 소개로 왔는데요."

직원이 잠깐만 기다리라며 서둘러 일어났어.

채찍과 당근.

지나 킴은 집무실에서 고주운을 향해 사정없이 채찍을 휘두른 뒤 바로 당근을 보내왔어. 주운, 여기서 내 이름을 대면 알아서 잘해 줄 거야. 돈 걱정은 하지 마. 메시지와 함께 도착한 성형외과 주소.

고주운이 지나 킴을 처음 만난 건 살인 피해자 유가족 모임인 그린체어에서 주관한 결연식이었어. 생계가 어려운 청소년 유가족에게 유복한 성인 유가족을 후원자로 매칭해 주는 이벤트였지. 나혜선이 부탁해서 나오기는 했지만 좀 부끄럽기도 하고 거북했던 자리여서, 내내 고개를 푹 숙이고 앉아 있던 고주운에게 먼저 말을 걸어온 건 지나 킴이었지.

– 안녕.

그때도 독특한 목소리라고 생각했던 것 같아.

- 너도 눈꺼풀에 점이 있구나.

잠시 기뻤고 곧바로 의아했던 기억이 나. '너도'라니, 대체 누굴 말하는 거지? 뭘 비교하는 거야? 그게 네 살에 세상을 떠난 그의 어린 딸을 가리킨다는 건 차차 알게 됐지만, 그땐 좀 어리둥절했던 것 같아. 하지만 손등을 쓰다듬는 지나 킴의 손길이 퍽 다정했기에 고주운은 용기를 내기로 했어. 고개를 들었지. 그리고 놀라서 숨을 삼켰어. 왜냐면…… 무서우리만치 똑같았거든. 지나 킴을 비롯해서 강당에 모여 있는 어른들이 모두, 같은 눈빛을 하고 있었거든. 당시의 고주운으로서는 그 느낌을 정확한 언어로 표현하기 힘들었지만 이제는 알아.

이질감.

"좀 이상하죠?"

피곤한 표정에 상냥한 말투를 장착한 의사가 고주운의 얼굴을 3D로 스캔한 화면을 이리저리 돌렸어.

"이게 스케일을 확대한 거라 살짝 기괴하게 느껴지시겠지만, 본인 얼굴이 맞아요."

의사가 터치 펜으로 화면 위에 슥슥 그림을 그리기 시작했어.

"안면 윤곽 수술이 메인이라고 보시면 돼요. 광대랑 턱이 이렇게 달라질 거고요. 지방 재배치가 들어가면 이런 느낌으로. 또 지금 눈이 굉장히 인상적인 편이시라 집중적으로 손을 봐야 돼요. 쌍꺼풀을 풀어 주는 외꺼풀 수술이 들어가고요, 앞뒤를 붙여서 눈매를 좁게 만들려고 해요. 점도 싹 빼야겠네. 아무래도 목적 자체가 미용이 아니라 본래의 이미지를 바꾸려는 데 있다 보니까……. 동의하시는 거죠?"

고주운이 로봇처럼 고개를 끄덕였어. 의사가 성형 후 예상 이미지라며 보여 준 화면 속에는 낯선 여자의 얼굴이 둥둥 떠 있었어. 어쩐지 겁에 질려 보이는 건, 기분 탓이겠지.

지나 킴의 의도는 명확했어. 자신은 급발진을 통한 범죄자 퇴치를 멈출 생각이 없으니 살고 싶으면 네 얼굴을 바꾸라는 의미였지. 최선의 호의였을 거야. 어릴 때부터 봐 온 고주운에 대한 나름의 애정이었겠지.

탈의실에서 들어간 고주운이 환자복에 팔을 끼우다가 문득 멈춰 섰어. 로커 문에 달린 거울을 통해 저 자신과 눈이 마주쳤거든. 끔뻑끔뻑. 유독 크고 튀어나온 눈이었어. 그래서 별명이 개구리 아니면 붕어였지. 놀림거리가 되는 건 무시한다 치더라도 불편한 점이 많았어. 바람을 살짝만 맞아도 눈물이 나고, 티끌이나 날벌레가 들어가 안과를 찾는 건 연례행사, 조금만 피곤해도 넓은 흰자에 실핏줄이 우글우글 돋아 기괴해 보이기까지. 고주운은 그런 제 눈이 싫었어. 한 번도 예뻐한 적이 없었어. 예뻐한 건 곽재영이었지.

뭐라고 그랬더라?

그런 눈으로 쳐다보면 통장이라도 주고 싶다고 했던가?

불만인지 칭찬인지 모를 말투로 투덜거렸지.

이상한 사람.

고주운이 손가락으로 관자놀이를 쓸었어. 달라. 훨씬 더 온도가 낮았지. 어젯밤에 말이야. 땀에 젖은 고주운의 얼굴에 닿았던 손은. 자꾸만 달라붙는 머리카락을 하나하나 쓸어 넘겨 주던 그 손끝은.

그 사람은 이제 어떻게 되는 걸까?

내가 이렇게 도망치면.

힘이 풀린 손아귀에서 환자복이 미끄러져 바닥에 힘없이 떨어졌어.

고객이 한참이나 나오지 않자 직원이 탈의실 문을 두드렸어. 대답은 없었어. 이미 고주운이 거울 속의 자기를 데리고 사라진 후였으니까.

25

용문동의 패스트푸드점에서 늦은 점심을 먹던 곽재영이 들고 있던 햄버거를 떨어뜨렸어. 여기 있으면 안 되는 얼굴을 발견했거든. 등지고 앉아 상황을 미처 파악하지 못한 박민성이 감자튀김을 집으며 투덜거렸지.

"아니 며칠째 버거야. 뭐 햄버거 못 먹어서 죽은 귀신이라도 붙었나."

"그러게요. 그 귀신 편식 참 심하네."

목소리를 듣고 박민성이 뒤를 돌아봤어. 그 바람에 입술에 반쯤 걸려 있던 양상추가 뺨에 착 달라붙었지. 따라오는 네 개의 눈동자를 모른 척하며 고주운이 테이블에 트레이를 내려놓았어.

"말도 안 돼."

"미행했어요. 실장님은 소리만 조심하면 되니까."

"주운쓰, 지금 단품으로 시킨 거야?"

"지금 그게 문제예요?"

"에, 외람된 말씀입니다만 문제까지는 아니지만 별로 좋아 보이지 않는달까요. 제 짧은 인생 경험에 비추어 봤을 때 말이죠, 꼭 자기는 배부르다며 단품을 시켜 놓고 세트 시킨 사람 감자튀김이랑 음료수를 빼앗아 먹는 사람들이 있거든요.”

뺨에 붙은 양상추를 떼어 먹으며 박민성이 경고했어.

“우리 감자튀김에 손대지 마세요.”

“먹고 바로 가.”

“싫어요.”

“왜 고집을 부리지? 남이 일하는 데 와서.”

“남?”

“아니, 그럼 처음부터 메뉴를 상의하고 시키든가요.”

박민성이 감자튀김을 풀어 놓은 트레이를 자기 쪽으로 당기자 그 자리에 고주운이 종이 한 장을 올려 놨어. 엑셀 시트가 인쇄된 종이였는데, 위에 투명 테이프가 덕지덕지 붙어 있었지. 파쇄된 종이를 끼워 맞춘 모양새. 고주운이 가리키는 행에는 이런 글자가 적혀 있었어. 디지털 장례 업체 트러스트.

“웬 디지털 장례 업체야.”

“옆에 위치도 적혀 있네요. 용문동.”

박민성이 남은 햄버거를 입에 쑤셔 넣으며 말했어. 곽재영이 입술을 달싹이며 뭐라고 말하려는 걸 가로막으며 고주운이 물었어.

“지금 용문동에서 보이스 피싱 업체 찾고 계신 거, 맞죠.”

곽재영이 짧게 한숨을 쉬었어.

"그래서 뭐."

"이걸 어디서 찾았는지 아시면 그런 반응이 나올 수가 없을 텐데."

"응. 몰라. 안 사요."

"지나 킴 사무실에서 가져온 거예요. 대기할 때 제가 화장실 갔다 왔잖아요. 그때 비서가 문서를 파쇄하고 있어서."

"파쇄기를 뒤졌다고?"

"발굴했다고 하죠."

"와."

"곽재영 실장이라는 사람한테 증거 수집은 이렇게 하라고 배웠는데요."

"그렇다고 이걸 하나하나 붙였어? 님 되게 시간 많네요?"

"곽재영 실장이라는 사람이 용문동에서 쓸데없이 돌아다니는 시간보다는 짧게 걸렸는데요."

"두 분 언제까지 싸우실지 미리 말씀해 주시면 안 돼요?"

박민성이 콜라를 호로록 들이켰어.

"내가 호랑이 새끼를 키웠네."

"호랑이가 호랑이 새끼를 키우죠. 늙은 호랑이를 뭐라고 부르는지 아세요?"

곽재영이 고주운을 째려보다가 대답했지.

"할아범."

박민성이 마시던 콜라를 코로 뿜고는 이딴 개그에 웃은 스스로에게 실망했다며 머리를 쥐어뜯었어.

그 자리에서 박민성이 서치한 내용에 따르면, 명함 속 디지털 장례 업체 트러스트라는 회사는 여러모로 수상한 곳이었어. 한쪽에선 불법 촬영본을 퍼뜨려 수익을 얻고 다른 한쪽에선 영상에 등장한 피해자에게 접근해 이중으로 돈을 뜯어낸 혐의로 수사를 받은 전력이 있었지. 고주운은 용문동이라는 주소로 미루어 봤을 때 디지털 장례 업체와 보이스 피싱 조직이 같은 곳일 가능성이 있다고 주장했어. 뭐, 보이스피싱과 무관하게 불법 촬영물 유통 외길을 걷는 업체라 치더라도 손해 볼 건 없었고. 지나 킴의 리스트에 실린 이상 이미 살인 알고리즘에 포섭되어 있을 테니 곽재영이 찾는 음지의 파트너 요건에 딱이었으니까. 잠잠히 고주운의 말을 듣던 곽재영도 속에서 계산이 나왔는지, 그 자리에서 리벤지 포르노 영상 삭제를 의뢰한다는 명목으로 해당 회사에 당일 상담 예약을 잡았어. 온라인으로 신청하라고 했지만 여러 업체에게 사기를 당한 전적이 있어서 꼭 직접 만나고 싶다고 강조를 했지.

트러스트는 차로 10분 거리, 다 쓰러져 가는 5층짜리 허름한 건물 꼭대기에 있었어. 군데군데 창문이 빠져 있고 외벽에 푸른 이끼가 돋은 스산한 빌딩이었지. 곽재영이 들어가기에 앞서 폰을 확인했어. 아직 시간이 좀 남아 있었는데, 일찍 가는 게 나을지 아니면 정시에 딱 맞추거나 살짝 지각을 하는 편이 유리할지 가늠하는 눈이었지. 고주운이 옆으로 다가가 직사광선을 몸으로 가려 그늘을 만들었어. 핸드폰 보기 편하라고. 그런 고주운의 행동을 읽고 곽재영이 고개를 들어 꽃잎 같은 입술을 위로 달싹, 달싹거리다가 딱 한마디를 날렸어.

"지켜보기만 해."

보이스 피싱 업체를 찾고 있는 걸 들킨 데다가 힌트까지 얻은 판국에, 문제의 당사자를 더 이상 따돌리기 어렵다고 판단한 모양이야. 고주운이 말 잘 듣는 학생처럼 힘차게 고개를 끄덕였어. 조금 일찍 들어가는 걸로 마음을 정했는지 곽재영이 입구로 몸을 돌렸어. 혹시 그새 생각이 바뀌어 돌아가라고 할까 봐 고주운이 바짝 따라붙었어. 엘리베이터가 없는 걸 확인하고 계단 쪽으로 몸을 튼 곽재영이 아직 건물 밖에 서 있는 박민성에게 손짓을 해.

"갑시다."

하지만 박민성은 움직이지 않았어.

"화장실 안에 있을 거 같은데요."

기다리다 못해 고주운이 말을 보탰어. 난처해 보이는 표정이나 안달복달하는 다리가 딱 봐도 되게 마려운 사람 같왔거든. 하지만 박민성은 똥 먹고 추궁당하는 강아지처럼 눈알만 부지런히 굴릴 뿐 발을 바닥에서 뗄 생각이 없어 보였어. 에이, 설마, 공중화장실은 이용 못 하는 도련님 계열이라거나? 허. 진짜? 그럼 알아서 요강이라도 들고 다녀야지 지금 이게 뭐 하는 짓이야. 다이소에서 안 팔면 이천 도자기 축제라도 가서 구해 왔어야지. 고주운이 따지려고 다가가자 곽재영이 한 팔로 막으며 부드럽게 말했어.

"아 맞다, 박 실장님. 오늘 어린이집에서 행사 있다고 했죠?"

어린이집. 평소에 들을 일 없는 생경한 단어라 고주운이 멈칫했어. 그리고 보니 박민성이 쌍둥이 딸의 아빠였단 사실이 생각나. 하는 짓이 하도 철이 없어서 까먹는다니까. 박민성이 침을 꿀꺽 삼키더니 여러 번 잘게 고개를 끄덕였어. 침침한 건물에 들어온 두 사람과 달리 그는 아직 오후의 햇빛한가운데에 있었어.

"어서 가 봐요. 딸내미들 기다리겠네."

박민성의 눈이 촉촉해지더니 허리를 90도로 숙였어. 동글동글한 그림자가 곽재영의 발끝에 닿았다가 멀어졌어.

"어린이집에서도 행사를 하나. 학예회 같은 건가?"

텁텁한 담배 냄새가 밴 계단을 오르며 고주운이 중얼거렸어. 중요한 타이밍에 돌아선 그에게 서운하기도 하고, 방해

꾼 없이 곽재영과 둘만 남아서 후련하기도 하고, 복잡한 마음이었지. 곽재영은 딱히 대답하지 않았어. 사실 학예회 같은 건 없다고, 본격적으로 범죄 조직에 발을 들이기 직전 그에게 브레이크가 걸린 거라고, 아마 집에 있는 딸들 생각이 났을 거라고, 박민성은 정말 좋은 사람이지만 이게 본인 일은 아니니까 몸을 사리는 건 어쩔 수 없는 거라고, 그렇게 대답하지 않았어. 언젠가 고주운도 알게 될 테니까. 자연스럽게, 스스로, 밀물과 썰물이 교차하는 것처럼 문득, 눈치채게 될 테니까.

그래서 지금은 다만 크게 숨을 들이쉬며 5층까지 부지런히 걸음을 옮길 뿐.

26

저렇게 날카로운 칼은 처음 봐.

고주운이 테이블 위에 꽂힌 단도를 멍하니 바라보았어. 얼마나 벼려 놓았으면 반짝이는 칼날에 제 얼굴이 어룽질 정도야. 단도의 주인이 손잡이를 쥐고 각도를 조금씩 비틀 때마다 날에 비친 얼굴도 비죽비죽 휘어졌어. 꼭 놀리는 것 같아. 에베베베. 쫄았어? 진짜? 이 정도 각오도 없이 쳐들어온거야?

고주운이 아랫입술을 앞니로 꾸욱 눌렀어.

한 시간 전.

디지털 장례 업체 트러스트에 도착한 두 사람. 예약을 했다고 하자 상담실로 안내받았어. 잡동사니 사이로 테이블이 버려져 있는 창고 같은 방이었지. 계속해서 주변을 두리번거리는 고주운과 달리 곽재영은 잠잠히 앉아 있었어. 아마도 들려오는 소리에 집중하는 모양. 그러다 고개를 번쩍 들기에 따라서 문 쪽을 보니 머지않아 노트북을 옆구리에 끼고 남자 한 명이 들어왔어. 길쭉하니 마른 체형, 하얗다 못해 창백한 안색, 흐늑흐늑 몸을 접어 의자에 앉는 모습이 뭐랄까……. 종이 빨대 같다면 실례이려나.

곽재영은 자기가 전화한 사람이라고 말했어. 조카가 찍

힌 불법 촬영 영상 삭제 의뢰를 하고 싶다며 고주운의 어깨에 손을 올렸지. 미리 말을 맞춘 설정인데도 기분이 나빠진 고주운이 습관적으로 오른손을 들어 눈썹을 뽑으려다가 자기를 쳐다보는 남자와 시선이 마주쳤어. 동공이 작아서 흰자가 삼면을 빼곡히 채우고 있는 눈. 눈 맞춤에 익숙하지 않은지 바로 고개를 숙이는데 비스듬한 각도에서 보니 콧대에 제법 날이 서 있어. 고주운의 눈동자가 더 아래로 내려갔어. 자갈 같은 울대가 불룩하게 튀어나온 목, 살이 없어 뾰족하게 튀어나온 어깨선, 소매를 걷어 올려 드러난 팔에는 푸르스름한 핏줄이 담쟁이덩굴처럼 뻗어 있었지. 이목구비나 체형의 조화는 나쁘지 않은데 전체적으로 선이 깔끄러운 편이라, 왠지 예민하고 까칠한 성격일 것 같아. 나이는 고주운보다 많고 곽재영보단 적을 듯. 이렇게 또 습관적으로 남의 비주얼을 요목조목 분석해 버린 고주운이 괜히 민망해서 헛기침을 했는데 기다렸다는 듯이 곽재영이 고주운을 품 안으로 끌어당기며 토닥였어.

"괜찮아. 여기서 다 지워 주신대."

남자가 불법 촬영이 저질러진 장소와 시간, 유출된 파일의 종류, 크기, 사이트 등을 꼼꼼히 확인했어. 표정 변화가 크지 않은 데다가 목소리의 높낮이도 적어서 마치 로봇과 얘기하는 것 같았지. 미리 만들어 놓은 시나리오에 임기응변을 섞어서 능수능란하게 대답하던 곽재영이 불현듯 떠올랐다는 듯 손가락을 튕겼어.

"아이디를 하나 알아요. 반복적으로 여러 사이트에 파일을 올리고 있길래 적어 왔어요."

"네. 얘기해 주세요."

"i, k, i, r, b, y, u, m, u, c, h."

남자가 묵묵히 키보드를 두드렸어. 그러고도 한참이나 질의응답이 오갔지. 견적을 확인하고 오겠다며 남자가 상담실을 나가자 누가 먼저랄 것도 없이, 두 사람이 참았던 숨을 크게 내쉬었어.

"호흡이."

"표정이."

말이 겹치자 서로 먼저 하라며 눈빛이 오가고.

"달라졌지."

"달라졌어요."

이쪽에서 던진 미끼를 문 것 같아.

아이디 ikirbyumuch는 고주운의 전남친에게 보이스 피싱 고액 알바를 제안한 인물이었어. 닌텐도 동물의 숲 OST에 당첨돼서 그걸 중고 마켓에서 판매한, 두 사람을 여기까지 오게 만든 연결 고리.

자, 이제 어떻게 나올 셈이지?

고주운이 손바닥을 바지춤에 문질렀어.

30분쯤 시간이 흘러 점점 초조함이 밀려올 무렵, 곽재영이 갑자기 고주운의 팔을 잡고 벌떡 일어났어. 엉거주춤 반쯤 선 상태로 어리둥절하던 것도 잠시, 상황이 예사롭지 않게 돌아가는 걸 곧바로 눈치챌 수 있었지. 쿵쿵거리는 소리가 들려왔거든. 이윽고 문이 열리고 한 무리의 사람들이 모습을 드러냈어. 어떻게 봐도 양지의 직업과는 거리가 먼 인상착의의 남자들이 저마다 손에 몽둥이를 쥐고 있었고, 가운데 여자 한 명이 서 있었어. 나이는 50대 후반 정도. 뭘 먹다가 왔는지 입꼬리에 고춧가루가 잔뜩이었고.

"어머, 자기들, 나가려고?"

손사래를 치며 맞은편 의자에 앉더니 단도를 테이블 위에 수직으로 꽂으며 웃었어.

"그러지 말고 앉아."

바로 알아챌 수 있었지. 이 여자가 머리란 거.

얼마나 시간이 지났을까? 굉장히 길게 느껴졌지만 어쩌면 찰나였을지도 모르겠어. 한 가지 분명한 건, 창문으로 들어오는 햇살의 각도가 낮아지면서 칼날에 반사되는 빛의 패턴이 점차 요란해졌다는 거. 당장이라도 일을 치를 듯 야단스러웠던 등장과 달리 여자는 여유로웠어. 한 손으로 칼을 빙빙 돌리고 다른 손으로는 입술에 묻은 고춧가루를 떼어 바닥에 털어 내며 입맛을 다셨지. 오히려 뒤에 있는 남자들이 이런저런 으름장으로 시끄러웠고. 고주운은 아까부터, 그러니까 정확히는 여자가 칼을 꺼낸 시점부터 곽재영의 상태가 심상치 않단 걸 느끼고 있었어. 시간을 멈추는 마법에라도 걸린 것처럼 몸이 굳었고, 혈색 좋던 뺨도 하얗게 질렸지. 초점이 나간 동공이 확장되고 목덜미가 땀으로 축축하게 젖어 드는 것도 육안으로 확인할 수 있었어. 고주운 본인도 겁에 질렸지만 곽재영의 상태가 훨씬 심각했기 때문에, 이 상황을 정리할 역할이 자신에게 주어졌단 걸 받아들이지 않을 수가 없었어. 빗장처럼 입술을 누르고 있던 윗니를 간신히, 정말로 간신히 들어 올린 고주운.

"제안을 하려고 왔어요."

"제안을 하려고 왔어용?"

여자가 어린애 다루듯 따라 했어. 시선을 피하지 않으려고 눈에 힘을 주면서 고주운이 테이블 아래에서 곽재영의 손을 잡았어. 놀랍게도 그의 손끝이, 자신을 예뻐하던 차갑던 그 손끝이 바들바들 떨리고 있었기 때문에, 역설적이게도 고주운의 마음이 조금씩 차분해졌어. 책임감이 공포심을 희석시킨 거야.

"최근에 교통사고가 자주 일어나지 않았나요?"

남자들 중 몇 명이 크게 몸을 움찔거렸어. 맞는 패를 던졌다는 걸 직감하고 용기를 얻은 고주운이 턱을 좀 더 들어 올렸어. 여자가 자세를 고쳐 앉으며 눈웃음을 쳤어.

"그래서?"

고주운이 그들이 알아낸 급발진 사고의 진상에 대해 설명하는 동안 여자는 의외로 순순한 태도를 보였어. 일부러 유스티티아, 이동선 등 핵심이 되는 내용을 숨기고 알고리즘에 대해서만 두루뭉술 설명하는데도 특별히 캐묻거나 재촉하지도 않았지. 두 사람이 왜 보이스 피싱에 엮어서 타깃이 됐는지, 그게 어떻게 해서 스마트 CCTV를 통한 안면 인식으로 이어졌는지를 털어놓을 때는 수첩과 필기도구를 가져오라고 시켜서 메모까지 했어. 펜을 쥐는데 단도가 거치적거리자 칼집에 집어넣었지. 디지털 장의사나 보이스 피싱 모두 IT 쪽이라 기술 용어에 익숙한 듯, 이해가 빨라 보였어. 나중에 알게 된 사실이지만, 그들 역시 연이은 조직원들의 교통사고를 주시하고 있었다고 해. 배후에 경쟁 관계인 다른 범죄조직이 있을 거라고 생각하고 경계 중이었대. 그와는 별개로 정기적으로 하는 자체 점검을 통해 조직원의 폰에 악성 코드를 발견해서 한바탕 유심을 교체하는 작업을 했는데, 이 두 사건을 연결 지을 생각은 못 했던 거지.

"그렇다 치고. 자기들은 뭐가 필요해서 여기까지 온 거니?"

전체적으로 설명을 끝낸 고주운이 잠깐 숨을 고르는 사이, 여자가 벌어진 아랫니를 손톱으로 긁으며 물었어. 이번에는 곽재영이 대답했어. 가지고 있는 정보와 인맥을 전부 제공하겠다, 필요하다면 그쪽의 손발이 되는 것도 가능하다, 대신 알고리즘에 등록된 자신과 고주운의 개인 정보도 같이 삭제해 달라. 아까부터 맞닿은 손을 통해 그의 컨디션이 회복되고 있다는 걸 알고 있었던 고주운이 잠자코 고개를 끄덕였어. 곽재영의 왼손이 고주운의 오른손을 한 번 꾹 쥐고는 떨어졌어.

그러자 여자가 깔깔대기 시작했어. 도무지 어느 부분이 우스운지 모르겠지만 곽재영이 따라 웃길래 고주운도 억지로 입꼬리를 올리며 분위기를 맞췄지. 여자가 옆자리에 앉아 있던 종이 빨대 남자의 허벅지를 퍽퍽 때리며 자지러졌어.

"자기들 진짜, 웃기는 짬뽕이당."

당황한 고주운이 옆을 쳐다봤어. 완전히 평소의 모습으로 돌아온 곽재영이 흔들림 없이 정면을 응시하고 있었지. 가슴팍이 미세하게 위로 솟구친 자세나 인중의 수염이 오스스 일어난 모습이, 모든 감각 기관을 동원해 여자의 의중을 파악하려는 것 같았어. 여자가 즐거운 듯 콧노래를 흥얼거리더니 연극적인 몸짓으로 핸드폰을 확인하곤 놀라는 시늉을 하며 일어났어.

"세상에나 만상에나. 내 정신 좀 봐. 우리 막냉이 오늘 군대서 휴가 나오는 날인데."

메모지와 핸드폰을 챙겨 남자들 무리를 헤치고 문 쪽으로 나가는 여자를 따라 곽재영과 고주운의 고개가 움직였어. 방을 나가기 전에 여자가 종이 빨대 남자에게 눈짓을 했어.

"자기야, 번호 받아 놔."

여자가 나가고 병풍처럼 서 있던 험악한 남자들도 하나둘 사라졌어. 아무 일도 없었다는 듯 금세 원래의 모습으로 돌아온 호젓한 상담실 풍경에 곽재영과 고주운이 묵은 날숨을 뱉었어. 혼자 남은 종이 빨대 남자가 테이블 위에 핸드폰을 올렸어. 곽재영이 번호를 입력했고, 남자가 바로 통화 버튼을 눌러 자기 번호를 전달하더니 고주운에게도 폰을 내밀었지. 곽재영이 가운데서 가로채려고 했지만 받아 드는 고주운의 손이 조금 빨랐고.

"뭐라고 저장하면 돼요?"

삼면이 흰자에 둘러싸인 남자의 눈동자가 고주운의 입술에 잠시 닿았다가 떨어졌어.

"정현성이요."

고주운의 핸드폰에 그 이름이 떠오른 건 일주일 뒤였지.

27

여자의 이름은 노규태. 공식적으로 디지털 장례 업체 트러스트의 대표이자 비공식적으로 보이스 피싱 조직의 보스였지. 트러스트의 불법 촬영 피해자 이중 갈취를 다룬 기사에 언급되어 이미 알고 있는 이름이었는데, 막연히 남자일 거라고 생각했던 터라 약간 허를 찔린 기분이었어.

"자기들, 밥은 먹었어?"

일주일 만에 다시 찾아온 용문동. 종이 빨대 남자, 정현성이 이번에는 상담실이 아닌 사무실 안쪽으로 두 사람을 안내했어. 블라인드가 쳐진 유리방에는 골프 가방과 뜨개실과 성모 마리아상이 어지럽게 뒤섞여 있었지. 반찬을 늘어놓은 테이블 앞에서 노규태가 숟가락을 흔들며 인사를 했어. 그러고 보니 점심시간이었어.

"앉아. 먹을래?"

먹고 왔다며 사양하자 두 번은 권하지 않았어. 정현성도 식사 중이었는지 수저가 두 개였어. 굵게 말린 달걀말이를 앞니로 댕강 끊어 먹은 노규태가 남은 절반을 정현성의 공깃밥 위에 얹으며 쩝쩝거렸어.

"자기들이 거잉말쟁이는 아닌 거 같더라궁. 유스티티아인지 요스티티아인지 거기 마이양."

예상한 대로였어. 말만 듣고 행동에 옮길 사람들이 아니지. 나름대로 조사를 했던 모양이야. 일주일 만에 유스티티아까지 알아낸 건 그럭저럭 나쁘지 않은 속도였지만, 그 이상으로 파헤치지는 못한 것 같아. 그러니까 두 사람을 불러들였겠지. 노규태가 왼손으로 된장찌개를 푸며 오른손으로 노트북을 가리켰어.

"보고 잉써 봐 봐."

곽재영이 마우스를 흔들자 스크린이 밝아졌어. 구인 구직 사이트에 올라온 알바 공고문이 보였지. 버추얼 휴먼 제작을 위한 보디 스캐닝 모델 모집. 조건은 20세 여성. 장소는 서울시 상암동에 위치한 스튜디오 니케.

"자회사드라궁."

유스티티아가 버추얼 리얼리티 분야를 신사업으로 밀면서 공격적으로 투자 중이라는 소식은 업계에서 이미 유명했지. 스튜디오 니케는 그 과정에서 유스티티아가 인수한 스타트업이었고.

노규태의 의사는 명확했어. 지피지기면 백전백승. 알고리즘을 파괴할 전략을 세우기 위해서는 우선 그 알고리즘을 정확히 파악하는 게 기본. 하지만 이 일주일 동안 여러 시도 끝에 그게 쉽지가 않단 걸 깨달았나 봐. 유스티티아의 방화벽이 그들의 온갖 불법적인 무기들로도 부수기 어려울 정도로 정말로 탄탄하다는 것을. 그렇다면 답은, 적진에 직접 뛰어드는 수밖에. 상암에 있는 스튜디오 니케는 판교에 있는 유스티티아 본사에 비해 보안이 상대적으로 허술하지만 같은 인트라넷을 사용하니까.

"근데 20세 여성만 모집한대. 아잉. 10년만 젊었어도 내가 직접 가는 건데."

노규태는 자기 농담이 견딜 수 없이 우스웠는지 이번에도 정현성의 허벅지를 때려가며 폭소했어. 두툼한 눈두덩이에 가려 실처럼 가늘어진 눈동자가 그 와중에도 정확하게 고주운을 주시하고 있었지. 노규태는 고주운이 스무 살로 위장하고 스튜디오 니케에 알바생으로 잠입해서 정보를 빼 오기를 바라는 거야.

일종의 테스트였어. 협력하고 손과 발이 되어 주겠다고 그랬지? 그럼 어디 한번 해 봐. 고주운은 당연히 수락할 생각이었는데 곽재영은 아니었나 봐.

"어휴, 이 친구 벌써 20대 중반이에요. 금방 들킬걸요. 나이는 못 속인다니까요. 제가 믿을 수 있는 친구를 섭외해 볼 테니까."

"오모나. 믿을 수 있는 친구? 이 친구보다 더 믿을 수 있는 사람이 또 있나 봐? 자기 목숨이 걸려 있어서 절대 배신하지 못하는 사람이 또?"

"저 할게요."

"주운아."

"대신 저는 알고리즘 이런 거 잘 모르니까, 사람 붙여 주세요."

"우리 잠깐 나가서 얘기 좀 할까?"

"뭘 나가서 얘기를 한다궁 그래. 섭섭하게시리."

"이 친구 월요일부터 회사 복직을 해야 해서요."

"그만뒀어요."

"그만뒀다고?"

"네."

"말도 안 하고?"

"꼭 말을 해야 해요? 어차피 반대했을 거잖아요."

"어머. 박력 있다. 얘."

노규태가 아이처럼 까르르 웃으며 정현성에게 몸을 기대더니 그의 팔뚝을 쓰다듬었어.

"우리 잘생긴 현성이가 그쪽으로는 프로거등. 걱정이랑 하덜덜덜 말아."

불타는 눈으로 노려보는 곽재영에게서 고주운이 고개를 돌렸어. 뒤바뀐 시선 끝에는 멸치조림을 입에 넣는 정현성이 있었어.

28

고주운의 임무는 단순했어. 인트라넷이 깔린 노트북에 악성 코드를 까는 것. 이를 위해 비번이 걸려 있지 않은 노트북에 접근해야 했지. 스튜디오 니케에서 오픈된 노트북은 단 하나, 안내 데스크에 있었어. 내부에서 기기를 가지고 나갈 때 보안 시스템에 반출 등록을 해야 하는데, 깜빡한 직원들이 데스크에서 바로 신청할 수 있도록 노트북 하나를 비치하고 비번을 해제해 놨거든. 보디 스캐닝 모델 아르바이트를 왔다고 하면 신원 확인을 할 테니까, 신분증을 안 가져왔다며 정부 공인 신분증을 보여 줄 테니 노트북을 쓰겠다고 둘러댄 후 인증을 핑계로 개인 이메일에 접속해 미리 저장해 둔 악성 코드 링크를 클릭, 그러다가 챙겨온 걸 깜빡했다며 가방에서 위조된 신분증을 꺼내면, 끝. 약간의 연기력만 있으면 되는 일인데 고주운한테는 그게 결코 쉽지 않다는 게 문제라면 문제였고.

"신분증 주세요."

로비에 젊은 여성들이 모여 있는 걸 보고 다가가니 담당자가 인원을 체크하고 있었어. 고주운이 뻘겋게 달아오른 얼굴과 흔들리는 동공을 숨기려고 고개를 푹 숙인 채 어물어물 중얼거렸어.

"어, 어떻게 하죠? 안 가져왔나 봐요."

너무 긴장했는지 목소리가 뒤집어졌어. 담당자가 리스트를 인쇄한 종이에서 눈을 떼지 않고 물었어.

"핸드폰 번호요."

"네? 010⋯⋯."

그렇게 해서 별다른 추가 확인 없이 안으로 들어와 버린 거야.

멀어지는 안내 데스크의 노트북을 보며 고주운이 소처럼 커다란 눈을 끔뻑, 끔뻑거렸어.

아니, 명색이 최첨단 IT 기업이라면서 왜 이렇게 허술해? 안전 불감증 아니야? 이렇게 방심을 하니까, 어? 전쟁이 일어나는 거 아니냐고. 내가 북한에서 온 산업 스파이라도 됐으면 어떻게 할 거야.

어떻게 하지. 진짜.

고주운이 떨리는 손으로 목에 걸린 방문증을 만지작거렸어. 가운데에 회사 로고가 인쇄되어 있는데, 날개 달린 여자가 이쪽을 노려보는 모습이었지. 원래는 다른 이름이었는데 유스티티아에 인수되고 사명이 스튜디오 니케로 바뀌었대.

귀에 꽂아 둔 초소형 이어폰에서 소리가 들려왔어.

– 됐나요.

정현성은 질문을 할 때도 말끝을 내리는 버릇이 있었어.

고주운이 속삭였어.

"문제가……. 나가서 말씀드릴게요."

더 묻지 않는 게 오히려 무서워서 고주운은 눈을 질끈 감고 이어폰을 빼 버렸어.

바디 스캐닝용 의상을 입고 대기실에 앉아 스스로를 비난하는 시간을 가지는 고주운. 속으로 마구 욕을 퍼부어. 멍청이. 바보. 넌 어떻게 된 애가 제대로 할 줄 아는 게 하나도 없니? 능력도 배포도 순발력도 없으면서 무슨 객기로 혼자 나선 거야, 이 머저리가.

어젯밤에 곽재영이 그랬었지.

"다시 생각해 보면 어때."

고주운이 혼자 꽁해 있느라 며칠 동안 대화가 드물었기 때문에, 그야말로 맥락 없이 불쑥 던져진 말이었어. 하지만 어떤 의미인지는 서로가 너무나 잘 알고 있었지. 고주운은 그냥 무시했어. 이번 기회에 꼭 인정받고 싶었거든. 자꾸만 자신에게 비밀을 만들고, 도무지 믿음을 주지 않는 곽재영에게 스스로의 가치를 증명해 보이고 싶었어. 보란 듯이 성공해서 자랑하려고 했어. 나에게 기대도 된다며, 으스대며 어깨를 내밀고 싶었다고. 그래서 곽재영의 옆에 나란히 서고 싶었는데.

역시 무리였나 봐.

손이 자꾸만 왼쪽 눈썹으로 올라갔어.

설상가상으로 바디 스캐너 촬영용 스튜디오에 지나 킴이 들어왔을 땐, 조금 과장해서 그 자리에서 까무러칠 뻔했어. 판교에 있어야 하는 사람이 왜 여기에? 예정된 방문이 아니었는지 직원들도 당황해서 웅성거렸지. 멍청히 쳐다보다가 하마터면 눈이 마주칠 뻔한 고주운이 후다닥 고개를 숙였어. 아르바이트를 하러 온 스무 명 남짓의 여자들이 모두 같은 의상을 입고 있으니 아마 첫눈에 눈치채긴 힘들겠지만, 위험한 상황임은 확실했어. 곁눈질로 분위기를 살피니 다행히 오래 머물려는 건 아닌가 봐. 함께 온 남자와 스튜디오 설비를 훑어보는 것 같았지. 남자가 하일모터스의 이동선 본부장이라는 건 바로 알아챘어. 곽재영이 보여 줬던 사진 속 모습을 기억하고 있으니까. 뭉툭한 코에 짙은 눈썹. 그나저나 대체 무슨 용건이 있길래? 하지만 지금 급한 건 아르바이트생들 쪽으로 점점 다가오는 지나 킴으로부터 벗어나는 것.

화장실을 다녀오겠다며 허둥지둥 스튜디오를 빠져나온 고주운이 변기 칸에 들어가 몸을 숨겼어. 한참을 초조하게 꾸물대다가 이제는 갔겠지 싶어서 나왔는데 풍경이 아까와는 영 다른 거야. 화장실 입구가 양쪽 방향으로 나 있었나봐. 스튜디오로 가는 복도가 아니라 사무실 쪽으로 나온 거지. 다시 화장실로 들어가려는데, 하필 점심시간이라 텅 빈

사무실에 자리마다 놓여 있는 노트북이 눈앞에 어른거리네?

눈썹을 쥐어뜯던 고주운의 손가락이 멎었어.

배운 게 있어 놔서, 일단 CCTV 위치를 확인해. 사각지대로 움직여서 가장 가까운 노트북에 다가갔어. 마우스를 손으로 건드렸더니 화면이 켜지는데, 예상대로 비밀번호를 입력해야 했어.

고주운이 노트북 옆을 뒹구는 핸드크림에 힐끔 시선을 던진 후 키보드를 유심히 뜯어봤어. 사용자의 손가락에서 묻은 유분기가 유독 번질거리는 자판을 찾으려는 거야. 위의 열부터 순서대로.

[1]

[ㄷ], [ㄱ]

[ㄹ], [ㅗ], [ㅓ], [ㅏ]

[ㅍ]

생각에 잠겨 있던 고주운이 키보드를 눌렀어.

'고달퍼1'

- 다시 입력하십시오.

아니라고? 인생 살 만하신가 보지.

'파도걸1'

- 다시 입력하십시오.

서핑 안 하시나 보다. 한 번만 더 해 보고 틀리면 이제 영

타로 쳐야겠다고 다짐하며.

'고라파덕!'

스크린이 꺼졌다 밝아지며 배경 화면에 깔린 사막여우와 눈이 마주쳤어.

몇 시간 후, 무사히 건물을 빠져나온 고주운을 정현성의 차가 맞이했어. 중간에 연결이 끊겨서 답답했을 텐데, 정현성은 딱히 설명을 요구하는 기색이 없었어. 늘 보던 무표정이었지. 흥분한 건 고주운 뿐이었어.

"성공했어요!"

"문제가 있다고 하지 않았나요."

"깔았다고요!"

자초지종을 들은 정현성이 고개를 끄덕였어.

"수고하셨습니다."

덤덤한 반응에 고주운이 바로 얌전해졌어. 혼자서 너무 들떴나 싶지. 인생에서 뭔가를 해낸 경험이 별로 없으니까, 기뻐서 그만. 너무 오버한 걸까. 대단한 칭찬 세례를 기대했던 건 아니지만⋯⋯. 그렇게 침묵 속에서 용문동으로 돌아가는데, 옆에서 피식, 웃는 소리가 들렸어. 당황해서 쳐다보는 고주운에게 정현성이 바람 섞인 목소리로 하는 말.

"아니, 죄송해요. 웃겨서요. 비번이 고라파덕이라니."

고주운이 활짝 웃었어.

"그쵸? 하필."

"디자인이 코믹해서 그렇지, 능력치는 나쁘지 않지만."

"포켓몬 하세요?"

"조금요."

"닌텐도? 모바일?"

"닌텐도요."

"아. 그래서 동물의 숲 OST를 중고로."

보이스 피싱 아이디를 검색하다가 찾아낸 중고 거래 건을 얘기하는 거였어. 거기까지 사정을 몰랐던 정현성이 묵묵히 고개를 끄덕이다가 살짝 상기된 목소리로 말했어.

"근데 제일 좋아하는 게임은 따로 있어요."

"정말요? 저도 최애는 따로 있거든요."

"별의 커비."

"별의 커비."

동시에 타이틀을 말한 두 사람이 서로를 마주 봤어.

"역시!"

"그만한 게 없죠."

좋아하는 게임 이야기에 고주운의 뺨이 발긋하게 달아올랐어. 삼면에 흰자가 보이는 날카로운 눈을 상긋 접으며 정현성이 이따금 맞장구를 쳤지. 상암동에서 용문동으로 가는 강변북로에서, 둘의 호흡은 어느새 비슷한 속도로 맞춰지고 있었어.

　"눈꺼풀에 점이 있네요."

　도시 고속 도로로 진입하며 정현성이 말했어.

　"예쁜 것 같아서요."

　고주운이 눈을 끔뻑였어.

29

"아이디가 243만 2821개네요."

"아이디가 뭐?"

"243만 2821개요."

"회원 계정 같은 거예요?"

"아니요. 일련번호요. 타깃들을 구분하기 위한."

예상보다 더 큰 숫자였어. 열두 개의 자동차 회사별로 데이터베이스가 독립되어 있으니까 보수적으로 잡아 100% 중복이라도 치더라도 최소, 20만 개 이상이었지.

급발진 알고리즘의 타깃이 된 인간이 약 20만 명이라는 얘기.

"이틀 전에도 300개가 추가됐어요."

곽재영이 힘이 들어간 턱밑을 손가락으로 쓰다듬었어. 노규태가 입안을 혀로 쓰다듬으며 느리게 콧소리를 냈지. 정현성은 표정 변화가 없었지만 주먹을 쥐었다 폈다 하는 게 손바닥에 땀이 나는 것 같았고. 반면 고주운은, 정말 이상하게도, 이 상황에 어울리지 않는 엉뚱한 생각에 빠져 있었어.

20만 명이나 된다고?

그 안에 내가 아는 사람은 없나?

예컨대 살인자 나영훈이라든지.

정현성의 나지막한 목소리에 바로 정신을 차리는 고주운. 그의 제안은 이랬어. 우리 편의 아이디를 추려서 다른 사람 정보로 바꿔치기하자고. 눈속임이었지. 노규태가 반대했어. 243만 개의 아이디를 일일이 뒤져서 수정하는 것도 쉽지 않을뿐더러, 알고리즘을 읽는 것과 쓰는 것은 보안의 레벨이 완전히 다르니까, 공수가 너무 많이 들지 않겠냐는 거야.

"구냥, 통째루 날려 버리면 좋지 않겠냐는 거지."

"서버를 파괴한다거나?"

"내 말이! 뭐야, 곽 실장, 어떻게 내 마음을 읽어 버렸어?"

언제 그렇게 가까워졌는지, 노규태가 온갖 교태를 부리며 곽재영에게 몸을 기댔어. 보나마나 얼굴로 구워삶았겠지. 고주운이 못마땅하게 눈을 흘기는데 그러거나 말거나, 정현성이 차분하게 반박했어.

"서버를 날리면 새로 구축하겠죠. 어차피 같은 일이 반복될 뿐이에요. 반면에 테이블 정보만 살짝 바꾸면 아무도 모르게 빠져나갈 수 있어요."

이것저것 계산하느라 머릿속이 바빠 보이는 노규태에게 정현성이 다시 한번 힘주어 말했어.

"걱정하시는 것보단 빨리 끝낼 수 있어요. 당연히 통으로 날리는 것보단 오래 걸리지만……. 좀 느려도 우리가 확실하게 안전해지는 게 더 중요하니까."

우리, 라는 단어를 발음하며 정현성이 고주운을 쳐다봤어. 짧게 스쳐 간 시선이었지만 알 수 있었지. 고주운도, 옆에 있던 곽재영도.

한동안 골똘히 생각하던 노규태가 함박웃음을 지으며 말했어.

"바꿔치기할 정보 말이야. 저기 가리봉동 애들 걸로 넣으면 되겠다. 안 그래도 요즘 거슬리던데."

일타쌍피, 원샷투킬이라며 낄낄거리던 노규태가 통화를 해야겠다며 방을 나갔어. 중국어로 얘기하는 소리가 들려왔지. 곽재영이 고주운의 팔등에 손을 얹었어. 눈썹 그만 뽑으라고. 그제야 제 무의식적인 행동을 알아챈 고주운이 주춤거리며 팔을 내렸어. 그리곤 몸을 돌려 곽재영의 손을 떼어 냈지. 당황해서 굳어 버린 곽재영. 그런 둘의 모습을 정현성이 날카로운 눈으로 관찰하고 있었지.

그로부터 몇 주간.

곽재영과 고주운은 여전히 냉전 중. 둘 사이에 대화가 사라졌어. 화장실 안 쓰지, 불 꺼도 되죠, 이런 기본적인 소통 밖에는 남지 않았지. 그러면서도 한쪽은 집에서 나갈 생각이 없고 다른 한쪽은 내보낼 생각이 없는 게 고집스럽달까, 미련하달까. 지나고 보면 쓸데없는 자존심 싸움인데도 그 순간엔 무엇보다 심각하기 마련이어서.

고주운 입장에서는 마음이 안 풀렸다거나 삐졌다기보다는 좀, 지쳤다는 표현이 적절할 것 같아. 도무지 자신을 신뢰하지 않는 곽재영에게 말이야. 걱정해 주는 건 고마워. 그렇다고 해서 물가에 내놓은 아이처럼 뭐든지 못 하게 하는 건 너무하잖아. 서로 의지하는 관계까지는 이제 바라지도 않을래. 그저 내버려두었으면 하는데도. 얼마나 사람을 무능하게 보면 저러는지.

다시 용문동. 고주운이 정현성과 머리를 맞대고 모니터를 들여다보고 있어. 자신을 향하는 곽재영의 시선을 모른 척하면서.

"아, 죄송해요. 못 들었어요. 뭐라고 하셨죠?"

"이걸 다 하신 건가요."

243만 2821개의 아이디 중에서 정현성이 머신 러닝으로 보이스 피싱 조직원들의 인적 사항과 유사성이 높은 항목을 추려 냈어. 총 5924개. 여기서부터는 사람의 눈이 필요했지. 고주운이 자원했어. 곽재영은 그걸 마음에 들지 않아 했지만.

"뭐가 잘못됐나요?"

"아뇨. 그게 아니라."

정현성으로서는 믿기지 않았을 거야. 5924개의 아이디 중 조직원들도 추정되는 64개를 두 시간 만에 발라냈다는 게. 보통 사람이라면 하루는 꼬박 걸리는 작업이니까. 반면 시각적 정보를 다루는 데에 있어서 이 정도 속도는 일상인 고주운은 혹시 뭘 잘못했나 싶어서 눈치만 슬금슬금.

"빠르기도 빠르지만 정확도가 높네요."

예상치 못한 칭찬에 고주운이 올라가는 입꼬리를 꾹 붙잡았어.

"아니, 뭐, 틀릴 수도 있어요."

"밖으로 나가세요."

"밖이요?"

"눈이 피로해졌을 테니까 밖에서 바람 쐬고 오세요."

정현성은 평범한 말도 의미심장하게 만드는 능력이 있었어. 목소리 톤이 차분해서 그런가. 고주운이 고개를 끄덕이며 일어섰어. 두 사람이 워낙 가까이 있던 터라 정현성의 턱에 고주운의 정수리가 닿을 뻔했고 둘 다 어색해하며 한 걸음 뒤로 물러섰지. 그 모습을 멀리서 지켜보던 곽재영이 노규태의 부름에 자리를 옮겼어.

"너무 믿지 마."

그날 밤, 낙성대 곽재영의 집. 냉장고에서 요거트를 꺼내던 고주운이 난데없는 곽재영의 경고에 눈을 깜빡였어. 믿지말라고? 요거트를 말하는 건가. 뚜껑에 인쇄된 소비 기한을 들여다봤어. 아직 일주일 남았는데.

"속아서 넘어가지 말라고."

"풀무원한테요? 아님 식약처?"

"용문동 거시기들 말이여. 그런 일 하는 놈들, 쉽게 믿는 거 아니여라."

장난치듯 엉터리 사투리를 쓰며 요거트를 빼앗아 가려는 곽재영을 고주운이 신경질적으로 밀쳤어.

"그런 일이 뭔데요?"

용기를 주먹으로 꽉, 움켜쥐자 찢어진 뚜껑 사이로 요거트가 고름처럼 흘러나와.

"그 징그러운 아줌마가 자기한테 방해가 되는 다른 범죄 조직 걸로 아이디를 바꿔치기하려는 걸 알면서 모른 척하는 일이요?"

"모른 척."

"모른 척만 하면 다행이지. 지금 실장님이 자료 수집하는 게 그거 도와주는 중 아니에요?"

"주운쓰."

"그냥 인정해요."

휴지를 건네는 곽재영의 손을 고주운이 뿌리쳤어.

"아닌 척, 깨끗한 척, 그게 훨씬 쪽팔려요."

"왜 이렇게 삐딱해."

"혹시 질투해요?"

자기도 모르게 튀어나온 말. 멍청하게 굳어 버린 곽재영의 표정. 고주운은 급기야 가속 페달을 밟고 말았어.

"나랑 현성 매니저님 사이에 뭐 있는 거 같아서?"

"주운아."

"고분고분 어장에 들어와 있던 애가 자기 버리고 가 버릴까 봐?"

과속의 결과는 참담했어. 아무리 그래도 마지막 말은 하지 않는 게 좋았겠지. 곽재영이 얼떨떨하게 한 발짝 물러나자, 고주운은 곧장 화장실로 뛰어가 문을 잠갔어. 타일에 이마를 마구 비비다가 결심했어. 나가서 바로 말해야지. 잊어 달라고, 실수라고, 감정을 주체하지 못해 헛소리를 한 것뿐이라고, 못 들은 셈 쳐 달라고 빌고 또 빌어야지. 그럼 그 사람은 또 어쩔 수 없다는 듯 푸시시 웃으며 말할 거야. 그러지마. 네가 그런 눈으로 쳐다보면 진짜 통장이라도 내주고 싶다니까.

근데 하필 그때, 벨 소리가 울릴 게 뭐람.

노규태가 죽었다는 전화가 걸려 올 게 뭐냐 말이야.

30

밀려드는 조문객들을 맞이하느라 정신이 없는 와중에도 정현성은 계속해서 울었어. 종이 빨대처럼 창백하고 마네킹처럼 무덤덤했던 사람에게서 어떻게 저렇게까지 눈물이 솟을 수가 있는지 신기할 따름이었지. 여럿이 그를 고인의 막내아들로 착각하고 위로의 말을 건넨 것도 이상한 일은 아니었어. 군 복무 중에 휴가를 나온 진짜 아들과 비슷한 나이이기도 했고.

장례식장에서 고주운은 정현성과 노규태의 인연에 대한 이런저런 이야기들을 얻어들을 수 있었어. 정현성이 가정 폭력을 휘두르는 아버지를 죽이고 소년원에 갔다든가 교도소에 갔다든가. 아무튼 사회에 나와서 공사장을 전전하던 그에게 일자리를 준 사람이 노규태였다는 거. 처음에는 단순한 고용주와 고용인의 관계였지만 정현성이 해킹에 재능이 있다는 걸 알고 노규태가 그를 일본까지 보내 일을 배우게 했대. 그래서 정현성에게는 아마 노규태가 가족보다 더 가족 같은 존재였을 거라고 다들 그러더라고.

조문객들이 빠져나간 새벽. 가족들도 휴게실에 들어가 쪽잠을 청하는 시간. 분향실에 앉아 조용히 울고 있던 정현성에게 고주운이 다가가 귤을 건넸어. 껍질까지 까서 손에 쥐여 줬지만 주먹에 힘이 없어 바닥에 떨어졌지.

정현성은 멍하니 혼잣말을 중얼거리고 있었어.

"어떻게…… 찾았지."

고주운이 가까이 다가가 귀를 기울였어.

"어떻게 우릴 찾았을까."

노규태는 술집 입구에서 담배를 피우다가 인도로 돌진한 차에 치여 사망했어. 운전자는 급발진을 주장했지.

두 시간을 그렇게 가만히 앉아 있다가 고주운이 괴로운 얼굴로 실토했어. 일전에 알바 행세를 하며 스튜디오 니케에 들어갔을 때 지나 킴을 마주쳤던 일. 피한다고 피했지만 어쩌면 자기를 알아보고 미행을 붙였을 수도 있다고. 그래서 들킨 걸지도 모르겠다고.

그제야 정현성이 고주운에게로 고개를 돌렸어. 하울링처럼 터져 나오는 그의 울음이 매서운 채찍이 되어 고주운의 마음을 할퀴었어. 들썩이는 그의 어깨에 손을 얹고 함께 흐느꼈어. 나 때문에. 또 나 같은 거 때문에. 그 순간 고주운은 전혀 모르고 있었지. 본인이 뚜벅뚜벅 들어가고 있다는 거. 죄책감을 씨줄로, 연민을 날줄로 엮은 끈적끈적한 통발에 제 발로 입장하는 중이라는 걸. 통발의 특징은 말야, 들어갈 땐 자유롭지만 나갈 수 없다는 거야.

그런 두 사람을 두 쌍의 눈이 지켜보고 있었어. 하나는 영정 사진 속 노규태. 나머지 하나는 접객실에 앉아 있던 곽재영.

삼우제를 지낸 다음 날, 정현성은 선언했어.

"이제부터 전면전입니다."

정현성이 확인한 유스티티아의 서버에는 노규태로 추정되는 아이디가 없었어. 그의 폰은 범죄에 사용된 적이 없었거든. 그렇다면 기존 알고리즘과는 별개로 노규태 한 사람만을 노리고 공격이 가해졌다는 의미인데, 노골적인 경고이자 선전포고였지. 정현성은 지나 킴이 이렇게 나온 이상 정보 바꿔치기 같은 온건한 방법으로는 그에게 맞설 수 없다고 단언했어.

"죽이겠습니다."

해외의 살인 청부 조직에게 연락을 넣어 뒀다는 정현성의 목소리는 분노로 파들파들 떨리고 있었어. 그걸 막는 게 곽재영의 역할이었지. 지나 킴을 현지에 보내는 게 아닌 이상, 한국에서 살인 청부 범죄가 성공하는 게 공권력의 비호 없이 얼마나 어려운지를 온갖 사례를 통해 설득하는 동안 다행히 정현성도 조금씩 평정을 되찾는 듯했어.

그다음으로 정현성이 제시한 작전은 폭탄 테러였어. 자세하게는 동탄에 위치한 유스티티아의 데이터 센터를 파괴해 지나 킴과 그의 사업에 재기할 수 없을 정도로 타격을 입히

자는 제안이었지. 처음에는 위험하다며 망설이던 곽재영도 내부 화재로 증거를 조작할 수 있다는 얘기에 마음이 기우는 듯했어. 무엇보다도 이 계획이 설득력이 있는 이유는 유스티티아의 데이터 센터가 특이하게도 단일 서버를 이용한다는 점이었어. 대개 쌍둥이 저장소를 만들어 다중으로 데이터를 보관하는 게 업계의 관례인데, 이곳은 특이하게도 '가상 물적 분할을 통한 분산' 등의 교묘한 기술 용어를 사용해 규제를 피해 가며 모든 데이터를 한곳에 보관하고 있었거든. 그러니까 센터 하나에만 문제가 생겨도 치명적인 타격을 입는다는 얘기였지. 유스티티아가 이런 리스크를 감수하고도 데이터를 분산하지 않는 이유는 대강 짐작이 갔고. 비밀은, 흩어질수록 들키기 쉬운 법이니.

폭탄 테러의 성공 가능성을 최대로 높이기 위해서는 여러 루트의 불법적인 네트워크를 끌어올 필요가 있었어. 정현성은 경찰의 주시를 받고 있는 조직원들을 대신해 곽재영과 고주운에게 연락책을 맡겼어. 고주운이 두말없이 수긍했지. 정현성의 복수를 돕는 일이자, 본인의 과오를 씻어 내는 일이면서, 결과적으로는 그게 자기가 사는 일이라고 생각했으니까. 고주운이 고개를 끄덕이는 걸 보고 곽재영도 마지못해 수락했어.

한동안 분주한 나날이 이어졌지. 주된 업무는 배달. 크고 작은 박스나 봉투가 오갔어. 아마 불법적인 물건 혹은 돈이 들어 있었겠지? 고주운은 정말 적극적으로 움직였어. 다른 곳에 맡기거나 택배로 보내도 되는 것도 굳이 본인이 나서기를 자처했지. 정현성에게 진 심리적인 빚을 덜고 싶은 마음이 반, 일부러 바쁜 상황을 만들어서 곽재영을 피하고 싶었던 게 반이었어. 불편했거든. 더 정확히 말하면 떠올릴 때마다 쪽팔렸어. 얼마 전 곽재영과 나눈 대화 말야. 정현성을 들먹이며 '질투'라니. 대체 뭐람. 삼각관계의 주인공이라도 되고 싶었던 건가. 근데 그걸 왜 곽재영한테 얘길 하냐고. 그 사람이 나를 뭐, 사랑, 아니, 뭐, 좋아, 좋아하기라도 한다는 거야 뭐야. 말도 안 되지. 얼마나 황당했겠어. 불쌍한 애 같아서 좀 챙겨 준 것뿐인데 어이없는 소리나 듣고. 그니까 그런 표정을 지었겠지. 갈피를 잡지 못하고 흔들리던 동공 말이야. 입꼬리가 부자연스럽게 올라가고, 뺨의 근육이 잘게 떨리고, 갈 곳을 잃은 팔이 뭔가를 방어하듯 비스듬히 올라가던 거 있잖아. 망설이고, 물러서고, 멀어지던 그 모든 비언어적 표현. 맞아, 그거였잖아, 분명히 봤잖아.

곽재영의 발밑에 그어지던 가느다란 선.

어쨌든 그런 고주운의 노력 덕분에 두 사람이 마주치는 일이 드물어졌어. 밤이나 아침에 서로의 잠들어 있는 모습만 간간히 보는 정도. 고주운의 잠자리도 거실 소파로 옮긴 지

오래였고.

그러니까 꽤 오랜만이었다는 얘기야.

고주운이 몇 가지 물품을 들고 막 용문동으로 돌아온 참이었어. 추측건대 폭탄 제조에 쓸 약품이 아닌가 싶었지만, 정현성은 정확한 정보를 알려 준 적이 없었지. 큼지막한 택배 박스 세 개를 품 안에 쌓고 계단을 올라가는데, 갑자기 무게가 확 줄었어. 박스를 나눠 든 곽재영이 웃으며 말했어.

"어머 학생, 몇 층 가세요?"

대화는 이어지지 않았어. 묵묵히 사무실로 올라가 물건을 정리했지. 고주운은 예상치 못한 만남에 좀 당황한 상태였어. 어떤 얼굴로 대해야 할지, 어떤 말을 건네야 할지 정리를 아직 못 했는데…… 뻘쭘한 기분에 잘 쌓아 둔 박스를 괜히 다른 자리로 옮기고 있는데 어깨 너머로 곽재영의 목소리가 들렸어.

"주운쓰. 요즘 뒤에서 말 나오는 거 알고 있어?"

고주운이 돌아보니 곽재영이 말 흉내를 내며 펄쩍펄쩍 뛰고 있었어.

"히힝. 히히힝."

다섯 발짝쯤 뛰다가 반응이 없으니 우는 표정을 짓는 그.

"너무 차가워. 주운쓰."

"결코 다시는 영원히 누구 앞에서든 하지 마세요."

너무 어이가 없어서, 고주운이 자기도 모르게 웃었어. 부드러워진 기미를 느꼈는지 곽재영이 더욱 살갑게 다가와.

"좋은가 봐."

"하나도 좋지 않은데요."

"연애하는데 안 좋아?"

들러붙는 팔을 밀어내던 고주운의 손이 멈췄어. 그 틈에 곽재영이 고주운의 어깨를 감싸안았어.

"적당히만 했으면 좋겠어. 너무 마음 주지 말고."

주어도 목적어도 없었지만 의미는 명확했지.

일이 추진되면서 고주운과 정현성은 점점 가까워졌어. 최근에는 정현성이 직접적으로 호감을 표현하기 시작했고. 고주운으로서는 좋게 봐주는 건 고맙지만 딱 거기까지. 어젯밤에도 낙성대까지 데려다준답시고 따라와서 그다지 중요하지 않은 질문을 하며 한참을 서성이는 걸 대충 얼버무려서 보냈단 말이야. 근데 그 모습을 곽재영이 본 모양이야.

그리고 이렇게 나온다 이거지.

고주운의 미간에 깊게 주름이 패었어.

"연애할까요?"

불쑥 튀어나온 고주운의 한마디에 곽재영이 얼빠진 표정을 지었어. 고주운은 자기가 또 바보 같은 말을 해 버렸단 걸 알았지만 주워 담기엔 늦었지. 그래서 계속 말했어.

"현성 매니저님이랑 연애할까요? 내가 그랬으면 좋겠어요? 다른 사람이랑?"

곽재영이 사슴 같은 눈을 깜빡이다 대답했어.

"다른 사람 말고."

고주운의 심장이 철렁 내려앉는지도 모르고.

"정현성 같은 사람 말고. 좋은 사람이랑 연애하면 좋겠어."

고주운이 고개를 숙이자 곽재영의 발밑에 그어진 가느다란 선이 어느새 고속도로 중앙선만큼 두꺼워진 것이 보였어.

"주운쓰가 몇 살이었지? 스물, 넷?"

"……"

언젠가 곽재영이 똑같은 질문을 던진 적이 있었지. 고주운은 대답하지 않았는데, 곽재영이 이어서 뭐라고 했더라.

인생이 너무 많이 남았다고 했던가.

남들만큼은 평범하게 살아야 한다고?

고주운이 어깨에 얹힌 곽재영의 팔을 힘껏 쳐냈어.

"신경 쓰지 마세요."

"내 말은."

"참견하지 마시라고요."

"주운아."

고주운이 이를 악물고 곽재영을 밀어냈어. 잘 빚어진 도

자기 같은 얼굴에 설핏 안타까움이 스쳤어. 참, 한결같은 사람이야. 상대를 신뢰하지도 않고 인간으로서 존중할 생각도 없으면서 자기 멋대로 호의랍시고 보호랍시고, 간섭하고 참견하고 무시하고 우습게 만들어. 그것도 모자라 남의 감정까지 가볍게 취급하면서 부정하며 조종하려고 해. 정말로 지긋지긋하지. 저런 예쁜 얼굴을 하고, 저런 상냥한 눈을 하고, 나를 말려 죽이려는 셈일까.

고주운이 사무실을 박차고 나와 계단을 뛰어 내려갔어. 뒤따라온 곽재영이 팔을 잡았어. 뿌리쳤어. 또 팔을 잡았어. 뿌리쳤어. 곽재영이 애원했어.

"위험하니까 쓰고 가."

고주운이 곽재영의 손에서 선글라스와 마스크를 낚아챘어. 스치듯 마주친 눈에 물기가 반짝여. 그게 더 열불이 나. 진짜 사람을 펄쩍 뛰고 미치게 만드는 얼굴이야. 지금 울고 싶은 게 누군데. 아무렇게나 주저앉아서 무엇이든 때리며 목 놓아 소리치고 싶은 게 대체 누군데. 구르듯이 계단을 건너뛰어 도망치면서도 그가 준 선글라스와 마스크를 귀에 거는 스스로가 고주운은 너무나도 우스웠어. 우스워서 심장이 뽀개질 것 같았어. 그러다가 건물 입구에 도착했고, 더 이상 앞으로 나아가지 못했어.

뒤에서 내려오던 곽재영이 급작스레 멈춰선 고주운에게

부딪히지 않으려다가 바닥에 넘어졌어. 엉덩이를 문지르며 신음을 내는데도 고주운은 들리지 않는지 오로지 앞만 바라보고 있어. 그 시선 끝에는 늦은 오후의 햇살을 등진 한 남자가 서 있었어. 오른발에 깁스를 하고, 손에 길쭉한 칼을 쥔 남자.

"야. 고주운."

지나가던 행인이 칼을 보고 비명을 질렀어. 고주운이 도망치려다가 남자가 달려드는 통에 중심을 잃고 넘어졌어.

"어디 가려고?"

고주운이 바들바들 떨며 대꾸했어.

"이러지 마."

남자가 히죽거렸어.

"나랑 약속이 먼저잖아. 섭섭하게 왜 그래. 치료비 안 넣으면 죽이러 온다고 했잖아. 씨발년아."

고주운의 의붓오빠 나영훈이 칼을 높게 쳐들었어.

　가까스로 일격을 피했어. 아스팔트에 무릎이 쓸리는데 그게 아프다고 느낄 겨를도 없었어. 나영훈으로부터 간신히 거리를 벌린 고주운이 건물 입구에 주저앉아 있는 곽재영을 향해 소리쳤어. 신고하라고. 근데 곽재영은 꿈쩍도 안 해. 안 들리고 안 보이는 것처럼 그대로 있어.

　나영훈이 계속해서 칼을 휘둘렀어. 깁스를 한 발 때문에 정확도가 떨어진다는 점이 고주운에게는 천운이었지만, 피하는 것도 한계가 있었지. 어깨랑 허벅지 언저리가 붉게 젖어 들기 시작했어. 옆구리를 노리는 칼을 피하느라 데굴데굴 굴렀는데, 그렇게 다다른 곳이 하필 막다른 주차장이었던 거야. 싱글거리는 나영훈을 보고 고주운이 눈을 감았어. 되도록 고통스럽지 않게, 순식간에 끝나길 기도하면서.

　그리고 다시 눈을 떴어. 두 발짝 정도 떨어진 곳에 한 덩어리로 엉킨 두 남자가 보였어. 아래는 나영훈, 위에는 정현성. 멀찍이 떨어져 나뒹구는 칼 한 자루.

　살에 살이 맞아 터지는 소리를 들으며 고주운이 몸을 뉘었어.

　멀리서 사이렌 소리가 들려왔어.

　정신을 차렸을 땐 응급실이었지.

곽재영의 얼굴이 보이자 고주운이 눈을 도로 질끈 감았어. 더 쉬어야 한다는 걸 뿌리치고 경찰서로 갔어. 나영훈을보기 위해. 어깨와 허벅지의 상처가 아려 오는데도 고주운은이상하게도, 정말로 이상하게도 이 상황에 어울리지 않는 엉뚱한 생각에 빠져 있었어. 어쩌면 현실 도피 아니었을까? 지나 킴의 급발진 살인에 대해서 말이야. 그렇게나 많은 사람들을 타깃으로 잡아 놓고 나영훈 같은 악인은 빼놓다니 형편없는 알고리즘이네, 하고 말야. 애먼 사람을 타깃으로 몰아놓고 정작 세상에서 없어져야 하는 놈은 살려 놓다니 한참갈 길이 머네, 하면서.

만약 내가 지나 킴이었다면 이렇게 허투루 만들진 않았을텐데, 이런 생각을 핏줄 선 눈으로 했어.

수치를 모르는 인간답게 나영훈은 정현성과의 쌍방 폭행을 주장했어. 척 보기에도 자기가 더 많이 맞지 않았냐며 침을 튀겼지. 고주운이 둘 사이의 해묵은 원한과 폐차장 때문에 받은 협박을 진술하자 수사는 빠르게 정리됐어. 살인 미수, 협박, 특수 폭행, 거기다가 고주운을 보고 경찰서에서 난동을 피운 덕분에 공무 집행 방해까지 추가되어 유치장행.이 모든 게 가석방 상태에서 벌어졌으니 가중 처벌로 직결이었지.

뒤늦게 도착한 나혜선이 다짜고짜 경찰서 바닥에 무릎을

꿇었어.

"주운아. 엄마 봐서 한 번만 용서해 주면 안 될까?"

고주운이 고개를 돌렸어. 경찰서에 따라온 곽재영이 옆에서 나혜선을 일으켜 세우려고 했지만 여의치 않았지. 나혜선이 고주운의 신발을 잡고 매달렸거든.

"가족이잖아. 가족은 원래 싸우고 화해하고 그러는 거야. 네 잘못은 없는 거 같아? 네가 이상한 일자리를 소개해 줘서 이렇게 된 거잖아. 이번에 용서해 주면 영훈이도 맘이 풀릴 거야."

고주운이 나가려고 하자 나혜선이 다급히 다리를 붙잡으며 근엄하게 외쳤어.

"네가 오빠의 잘못을 용서하면 하나님께서도 너의 잘못을 용서하신다."

경찰들에게 끌려가면서 나혜선은 그동안 키우는 데 든 돈을 물어내라고 바락바락 악을 질렀어. 머리 검은 짐승은 거두는 게 아니라더니, 너네 아빠가 일찍 죽어 이 꼴을 못 본 게 천만다행이라며 침을 뱉었지. 곽재영이 서둘러 뒤를 따라갔어. 혼자 멍하니 앉아 있던 고주운이 어깨에 뭔가가 닿는 감촉에 퍼뜩 정신을 차렸어. 정현성의 손이었지. 토닥, 토닥. 그의 마른 손등을 보고 있던 고주운이 고개를 기울여 그 위에 제 뺨을 기댔어.

그날 곽재영의 집으로 돌아온 고주운이 캐리어를 꺼내 짐을 챙기기 시작했어. 두 번째라 그런지 눈 깜짝할 사이에 정리를 마쳤지. 화장실에서 씻고 나온 곽재영이 거실에 캐리어와 함께 서 있는 고주운을 보고 입을 헤벌렸어.

"어디 가?"

"인사는 해야 될 거 같아서요."

곽재영이 팔을 뻗자 고주운이 뒤로 물러나며 거리를 벌렸어. 하얗다 못해 파랗게 질린 얼굴이 고주운을 바라봐. 낯설지가 않지. 아까 나영훈이 칼을 들고 날뛸 때, 자기가 죽을 위기에 처해 있을 때, 도와달라고 외쳐도 꿈쩍도 하지 않고 주저앉아 있을 때, 바로 저런 낯빛을 하고 있었잖아.

그게 당신의 진심이라는 거지.

"안녕히 계세요."

"잠깐만. 내 말 좀 들어 봐."

"덕분에 잘 머물다 가요."

"미안해."

"내일 용문동에서 봬요."

"미안해, 주운아. 그치만."

그치만?

몇 년이 흘렀지만 아직도 궁금해. 닫히는 문 사이로 곽재영이 전하려고 했던 말이 뭐였을까?

지금 와서 생각해 보면 곽재영이 왜 그렇게까지 고주운에게 솔직하지 못했는지 의아할 뿐이야. 터놓고 말해 줬다면 얼마나 좋았을까? 사실은, 10년 전 동료가 칼에 맞아 순직한 사건이 트라우마가 되어 선단 공포증이 생겼다고. 그래서 집에 그 흔한 과일칼 하나 없었던 거고, 주야장천 패스트푸드점만 갔던 이유도 조리 과정에서 칼을 볼 일이 없는 장소라 그랬던 거라고. 나영훈이 들고 있던 흉기를 보고 공황 상태에 빠져서 아무것도 할 수가 없었고, 그건 생물학적인 반응이었을 뿐, 결코 너의 곤경을 외면하려거나 무시하려던 게 아니었다고.

하지만 이날의 고주운은 모르지. 그냥 저 사람이 나를 도와주지 않았다고 생각해. 위험한 상황이 닥치니까 모른 척했다고 받아들여. 완전히 나를 버렸다고.

그게 견딜 수 없는 절망이라, 심지어 유일한 가족이라고 생각했던 나혜선에게 모진 말을 들은 것보다도 더 큰 고통이라, 고주운은 하염없이 울기만 했어. 빌라 앞에서 기다리고 있던 정현성이 그런 고주운의 어깨를 감싸안았지.

창문 너머로 그 모습을 지켜본 곽재영이 오래도록, 오래도록 고주운이 남기고 간 닌텐도를 만지작거리며 생각에 잠긴 것은 알지 못하고.

32

나영훈이 교도소에 들어갔다는 소식을 정현성이 전해 줬어. 그가 직접 선임해 준 변호사를 통해서였지. 그날, 고주운은 정현성의 품에서 잠들었어. 그의 이불에서 나는 마른 풀 냄새를 맡으며 고주운은 자신의 감정이 무엇일지 생각했어. 살아야 해서 다급하게 붙잡는 동아줄 같은 관계도 사랑일 수 있을까.

뭐, 사랑이 아닐 건 또 뭐야.

마주칠 때마다 곽재영은 하고 싶은 말이 많다는 눈으로 고주운을 쫓았지만, 쭉 무시했어. 버림받았다는, 배신당했다는 감각에서 달아나고 싶었거든. 핸드폰도 정현성에게 맡겼어. 하루에도 수백 통씩 나혜선에게 전화가 왔으니까. 고주운은 그저 무사히 살아남는 일만 생각하기로 했어.

데이터 센터를 폭파시키기 위한 준비는 차근차근 진행되고 있었어.

테러라고 해서 대단한 공격을 계획하는 건 아니었어. 센터 내부에 있는 리튬 배터리가 강력한 폭탄이 되어 줄 테니 도화선만 당기면 되는 거였지. 최대한 흔적이 남지 않는 발화 장치를 고안하는 게 관건이라 정현성 주도로 여러 실험이 진행되는 것 같았어.

더 중요한 문제는 타이밍. 유스티티아의 동탄 데이터 센터는 24시간 운영되고 야간 상주 직원은 네 명이었어. 지하 3층, 지상 12층의 규모를 생각하면 터무니없이 적은 인력이지만, 대부분의 유지 관리를 로봇이 하기 때문에 가능한가 봐. 곽재영이 수소문해 알아낸 정보에 따르면 이 야간 직원들마저도 건물을 비우는 시간이 있었어. 격주 화요일, 새벽 1시부터 3시까지 정기적으로 특수 청소를 실시하는데 이날 마무리 단계에 소독약을 뿌린 뒤 모두가 밖으로 나간다는 거야. 그리고 30분 후에 복귀해. 곽재영은 이때를 노리자는 거였지. 인명 피해를 바라지 않았으니까.

그렇다면 다음 과제는? 건물에 들어가는 것. 자체 발화로 위장하려면 배터리실에 잠입해야 하는데, 출입 시스템이 여간 삼엄한 게 아니었거든. 비상근 외주 업체까지도 빠짐없이 홍채를 등록할 정도로 절차가 까다로웠지. 생각할 수 있는 가장 간단한 방법은 내부 직원을 끌어들여 홍채 데이터를 복제하는 것이었지만, 자칫 계획이 새어나갈 위험이 컸기에 누구를 포섭하느냐가 문제였고.

이에 대한 돌파구 또한 곽재영으로부터 나왔어. 하일모터스 본부장인 이동선의 홍채를 이용하자는 거였지. 듣고 있던 사람들의 얼굴에 물음표가 떠올랐어. 갑자기 하일모터스 본부장? 물론 지나 킴의 공범인 이동선이 데이터 센터에 출입 권한을 갖고 있는 건 맞아. 몇 년 전에 유스티티아가 데이터 센터의 일부를 스튜디오 니케의 버추얼 촬영장으로 리모델링했다는 기사가 난 적이 있거든. 그때 찍힌 사진에서 지나 킴과 이동선이 함께 테이프 커팅을 하고 있었으니까. 하지만 다짜고짜 거물급 공범의 홍채 데이터를 빼 오자고 하다니.

곽재영이 핸드폰의 연락처 화면을 내밀었어. 기억에 없는 이름이라 고주운이 눈을 가늘게 떴어.

"이동선 비서. 계약직이고, 다음 달 퇴사."

다른 계열사로 재계약을 노렸는데 이동선이 평가를 낮게 주는 바람에 무산되어 불만이 상당하다는 거야. 그의 앙심을 이용해서 이동선의 홍채 데이터를 입수해 보겠다는 거지. 대체 비서 연락처는 어떻게 입수했으며 그런 세세한 사정은 어떻게 파악했는지, 궁금한 것투성이였지만 고주운은 그냥 조용히 있었어. 이제 저 사람이 뭘 하든 신경 쓰지 않으려고. 뭐, 곽재영이 혼자 이동선을 찾아간 날 비서의 폰에 달린 위치 추적기를 빌미로 명함을 건넸고, 그 후로 이런저런 도움을 주며 정보원으로 삼았다는 걸 모두가 세세히 알 필요는 없었지.

그렇게 이동선의 홍채 이미지를 입수하기까지 딱 일주일이 걸렸어. 곽재영이 일반 카메라와 비슷하게 생긴 적외선 카메라를 보냈고, 비서가 대외 행사에 따라가서 홍보용 사진을 찍는 척하면서 이동선의 눈을 촬영해 보냈지. 거기서 데이터 값을 추출하고 코드를 생성하는 건 정현성이 섭외한 독일 모 해킹 그룹의 역할이었어.

몇 가지 숙제를 해결한 뒤 결행 일자까지 정해지며 작전이 급물살을 타고 있던 시점이었어. 모처럼 용문동 사무실에 곽재영, 고주운, 정현성 세 사람이 모인 날. 데이터 센터 인근의 CCTV를 체크하던 곽재영이 지나가는 말로 물었어. 근데 여기까지 어떻게 가기로 했더라? 맞은 편에서 고주운과 함께 내부 도면을 3D로 제작 중이던 정현성이 대답했어. 대포차는 많으니까요. 곽재영이 되물었어. 그 대포차, 급발진 알고리즘이랑 관련 없는 거 확실하지? 단축키를 누르던 정현성의 손가락이 멎었어. 옆에서 부러 곽재영에게 등을 돌리고 앉아 있던 고주운이 돌연 찾아온 정적에 모니터 사이로 미어캣처럼 고개를 들었어.

지나 킴은 자동차가 특정 보행자를 공격하도록 만들었어. 차량의 경로나 속도를 좌지우지할 수 있다는 뜻이야. 유스티티아가 국내에 유통되는 거의 모든 자동차 브랜드의 데이터를 가지고 있는 상황에서, 폭탄을 옮길 차량에도 같은 알고리즘에 깔려 있다면 조직원의 얼굴을 인식하고 급발진을 일으킬 가능성이 있었어. 그렇다고 폭탄을 들고 걸어서 이동한다? 아무리 얼굴을 가려 본다 한들 가는 길 태반이 간선 도로인데 너무 눈에 띄는 행동이었어. 고주운이 몰래 심어 놓은 악성 코드가 이미 막힌 터라 실시간 업데이트를 확인하지 못하니 타깃이 아닌 사람을 특정해서 임무를 맡기는 것도 불가능. 자동차가 공격하기 어려운 지하철을 이용하자는 아이디어도 나왔지만 그들이 목표로 삼은 시간은 새벽 3시니까.

이 모든 설왕설래를 듣고 있던 고주운이 정현성에게 속삭였어.

"차에 인터넷을 끊어 버리면 안 돼?"

"인터넷이랑 상관없어. ECU에 알고리즘이 한번 다운로드되면⋯⋯."

고개를 내젓던 정현성이 갑자기 눈을 빛냈어.

"ECU."

"있슈?"

"ECU가 없는 차량을 찾으면 돼."

ECU는 전자식 제어 시스템이라는 뜻인데, 컴퓨터로 치면 CPU, 그러니까 사람의 뇌 같은 장치라고 생각하면 된대. 엔진을 비롯한 여러 부품을 통합적으로 제어해서 움직이게 만드는 역할을 한다고. 근데 이게 처음부터 자동차에 있었던 건 아니고 IT 기술이 발전하면서 적용된 시스템이란 거지.

"ECU는 기본적으로 통신을 전제로 깔고 있는 기술이라 해킹이나 알고리즘 조작에서 자유로울 수가 없어."

"그래서 그걸 안 쓰는 차량이 안전하다?"

"이론적으로는. ECU가 적용되기 전에 나온 기계식 제어 차량을 구하면 돼."

"어디서 구할 수 있어? 내가 할게."

다 들리는데 왜 속삭이는지 모를 대화를 옆에서 듣고 있던 곽재영이 머리를 긁적이며 끼어들었어.

"힘들걸."

"뭐가요?"

"기계식 제어 차량 구하는 거, 힘들 거라고."

"지금 제가 못 할 거라고 말씀하시는 거예요?"

울컥한 고주운을 정현성이 부드러운 목소리로 달랬어.

"쉽지 않은 건 맞아. ECU가 1980년대에 대중화됐으니까, 그 이전에 생산된 차를 찾으려면."

아. 오래전이라 힘들다는 뜻이었구나. 제 능력이 부족하다는 말로 오해하고 혼자 흥분한 게 겸연쩍어서 고주운이 눈을 내리깔았어. 곽재영이 폐차장에 가서 노후 차량을 구해 보겠다고 일어났지만 정현성이 말렸어. 시간이 촉박한 데다가 폐차 직전의 차로 데이터 센터까지 제대로 갈 수나 있겠냐는 거야. 그럼 클래식카 동호회에라도 연락해 보자는데 역시 고개를 가로저어. 일반인에게 작전을 노출할 수는 없다며.

"그럼 어쩌자는 건데?"

곽재영에게서 들어 본 적 없는 날선 말투가 튀어나왔어. 반면 정현성의 목소리는 평소처럼 느릿느릿했지.

"화물차라면 아직 현역으로 다니는 경우가 있을 거예요. 그쪽으로 좀, 신중히 접촉할 만한 루트가 있으신가요."

곽재영이 고개를 저었고 고주운은 고개를 끄덕였어. 그리곤 서로를 의아하게 쳐다봤지. 곽재영은 고주운에게 그런 인맥이 있는 게 의외라서 그랬고, 고주운은 곽재영이 왜 기억을 못 하는지 미심쩍어서 그랬어. 연기를 하는 건가, 혹시 기억 상실증이 있나, 그런 게 아니라면 왜. 두 사람이 안경숙 사건을 조사하던 초기에 말야. 급발진 생존 피해자를 찾아간 적이 있었잖아. 요양 병원에서 손가락만 겨우 까닥이던 전신 마비 피해자 말야. 마약 판매에 대한 확답을 주었던 17세 여성. 그때 병실에 있던 보호자가 조끼를 입고 있었지. 주머니가 많고 어깨 부분이 망사 소재고 가슴에 '화물 연대'라는 마크가 붙은 남색 조끼.

33

요양 병원 주차장 어귀의 작은 쉼터. 남자가 니코틴 카트리지를 끼우다가 고주운과 눈이 마주치곤 전자 담배를 호주머니에 집어넣었어. 괜찮다고 하는데도 그는 고개를 저었어.

"끊을라고요."

남자의 이름은 최성규. 그러데이션 컬러를 입힌 듯 오른쪽에서 왼쪽으로 갈수록 검어지는 얼굴이 여전했어. 화물차 운전석에 앉아 한쪽으로만 자외선을 받아 생긴 특징이었지. 오늘은 남색 조끼 대신 경량 패딩을 입고 있었어. 일전에 만났을 때도 지쳐 보이는 안색이었지만, 지금은 거의 피로에 먹혀 버린 사람처럼 생기가 사라져 있었어. 무언가를 털어 내듯 자꾸 턱을 흔들며 최성규가 양해를 구했어. 3일 동안 여섯 시간밖에 못 자서 상태가 안 좋다고.

"요즘 일이 많으신가 봐요."

"벌 수 있을 때 벌어야죠."

최성규가 충혈된 눈을 끔뻑였어. 곽재영과 고주운은 조용히 기다렸어. 이미 상황을 다 설명한 후였으니까. 위험한 부분은 각색하고, 복잡한 기술은 단순화하고, 본인들을 취재 중에 어쩌다 지나 킴의 음모를 알게 되어 피해자를 도우려고 활동 중인 선량한 방송국 관계자로 위장한 내용이었지만, 어찌 됐든 핵심은 전달이 됐을 거야. 지나 킴의 악행을 막도록 도와달라는 것. 노후 화물차를 시세보다 비싼 값으로 구매하고, 수고비까지 두둑이 챙겨 드리겠단 말은 덤이었지.

한참 말이 없던 최성규가 기어이 다시 담배를 꺼내 입에 물었어. 내쉬는 숨마다 푸성귀를 찜통에 익히는 듯한 풋내가 피어올랐지.

"그걸 하면요."

"신원은 확실히 저희가 비밀로 부쳐 드릴 수 있습니다."

"우리 정연이가 일어납니까."

말을 잃은 두 사람. 그가 빠져 있는 곤궁과 절망이 눈에 보이는 듯했지. 가까스로 입을 연 건 고주운이었어.

"그건 아니지만, 또 다른 정연이가 생겨나는 걸 막을 수 있어요."

최성규가 담배를 케이스에 집어넣었어. 고개를 까닥인 후 병원으로 돌아가는 그의 등을 향해 고주운이 외쳤어.

"생각해 봐 주세요. 사람 살리는 일이에요."

시외버스를 타고 돌아오는 길이었어. 멀찍이 따로 앉아 있었는데, 곽재영이 다가오더니 이어폰 한쪽을 고주운에게 건넸어. 통화로 듣는 최성규의 목소리는 실제보다 더 무뚝뚝한 느낌이었어. 알아보는 데 사나흘쯤 걸리니까 기다리래. 곽재영이 반색하며 차량 위치만 알려 주시면 픽업하겠다고 하니까 거절해. 일시랑 경로 알려 주면 자기들 쪽에서 운전사 포함해서 움직이겠다는 거야. 말인즉슨, 데이터 센터 테러에 직접 가담하겠다는 뜻이었지.

곽재영이 간곡히 말리기 시작했어. 충분하다고, 정말로 차만 양도해 주시면 된다고, 그것만으로도 충분히 가해자를 벌하는 데 일조하시는 거라고, 사정하는데도 최성규는 퉁명스레 어깃장을 놓았어. 기껏해야 SUV나 몰아 봤을 사람들이 화물차 운전하는 게 어디 쉬운 줄 아냐면서. 도로 위의 흉기라는 말 못 들어 봤냐고. 잠잘 시간도 없이 바쁘신데 민폐를 끼칠 수 없다는 곽재영의 말에 오래 숨을 고르던 최성규가 떨리는 목소리로 말했어.

— 화물차 기사들 소원이 뭔지 아십니까. 첫째가 일하는 동안 안 죽기, 둘째가 일하는 동안 안 죽이깁니다. 사람 죽는 거 좋아하는 사람이 세상에 누가 있겠습니까?

"선생님. 그치만."

— 죽이는 일 말고 살리는 일 누가 안 하고 싶겠습니까?

결국 고집을 꺾지 못했어. 전화로 소식을 전하자 정현성은 특유의 덤덤한 말투로 수고했다고 말했어. 그 후 용문동으로 돌아오는 내내 곽재영과 고주운은 침묵했어.

아마 같은 생각을 하고 있었을 거야.

맞나?

우리가 하는 일이 정말, 살리는 일이 맞나?

의구심과는 별개로 시간은 꼬박꼬박 흘렀어. 준비도 차질 없이 마무리 단계에 다다랐지. 투입되는 인원은 총 열여섯 명. 그중 넷은 최성규와 함께 오는 화물차 운전사였고, 나머지 열두 명이 정현성과 고주운, 곽재영을 포함한 현장 요원이었지. 둘씩 여섯 팀으로 움직이기로 했어. 한 팀은 제어실로 직행해서 CCTV를 삭제하고, 나머지 다섯 팀은 건물 곳곳에 흩어져 있는 배터리실로 잠입해 폭탄을 넣고 탈출하는 작전. 폭탄은 단순한 구조의 화약이었는데 발화 장치의 길이를 조절해서 20분 후에 터지도록 설계해 놨어. 그들에게 주어진 시간이 야간 인력이 자리를 비운 30분임을 고려하면, 10분 안에 배터리실 진입, 5분 동안 설치 완료, 10분간 탈출을 한다고 치면 딱 5분이 남는 빡빡한 계획이었지. 다행히 유스티티아가 동탄 데이터 센터를 개관할 적에 세계 최초로 로봇 친화형 빌딩 인증을 받았다며 떠들썩하게 홍보를 했던 터라 내부 영상이나 일부 평면도를 여러 버전으로 입수할 수 있었던 것이 행운이었어. 그리고 그 조각난 내부 이미지를 조합해 빌딩 전체를 구조화한 고주운의 능력이 결정적인 역할을 했고. 정현성은 매번 그런 고주운의 안목에 감탄과 칭찬을 아끼지 않았어. 평생 들어 본 적 없는 찬사에 고주운은 얼떨떨하게 감겨들었지.

남은 것은 오류 가능성을 최대한 줄이는 거였어. 데이터 센터를 디지털 트윈으로 재구성해서 여러 차례 시뮬레이션을 돌려 동선과 경로를 수정해 나갔어. 따로 상의를 한 적이 없는데도 정현성과 고주운은 자연스럽게 한 팀이었지. 사귀는 사이인 걸 조직에서 모르는 사람이 없었으니까. 둘의 임무는 제어실에서 CCTV를 조작하는 것. 화약 설치를 맡은 곽재영이 사람들과 농담 따먹기를 하는 틈틈이 고주운을 곁눈질했어. 그걸 의식하면서도 고주운은 모른 척했고.

테러 전날. 고주운은 정현성과 함께 데이터 센터 주변을 돌며 CCTV에 이물질을 묻히고 용문동으로 돌아왔어. 긴장해서인지 피로감이 확 몰려와서 일찍 사무실을 나왔지. 정현성이 바래다주겠다고 했지만 그가 마무리 지어야 하는 일도 있었고, 어차피 자동차를 피해 지하철로 다니는 터라 같이 다닌다고 편해지는 것도 아니었으니까. 그렇게 혼자 총총히 집으로 돌아갔지. 자기가 빌딩에서 나오자마자, 골목에서 기다리고 있던 곽재영이 안으로 들어가는 건 모르고.

그때 알았다면 뭔가 달라졌을까?

우리의 결말이?

어휴, 참 쓸데없다. 이런 가정 말이야.

곽재영이 그날 정현성과 독대하여 어떤 얘길 나눴는지, 고주운은 시간이 흐른 뒤에 전해 들었어. 많이 생략되고 정돈된 이야기였지만 충분히 충격적이었지.

곽재영이 사무실에 들어갔을 때 정현성은 커피포트에 물을 끓이고 있더래. 인기척에 고개를 돌리더니 예의 그 흰자위가 넓은 눈으로 곽재영을 바라봤어.

"차 드실래요."

곽재영이 문에 등을 기댄 채 고개를 저었어.

"녹차, 홍차. 우리 노 사장님이 직접 담그신 청도 있어요. 자몽청이랑, 레몬청."

마치 무대에 선 1인극 배우처럼, 정현성이 계속해서 독백을 이어 갔어.

"그럼 오미자차는 어떠세요. 잠을 잘 못 주무신다면서요. 오미자가 수면에 좋대요. 왜 그런지 아세요?"

"……."

"거꾸로 하면 자미오니까."

"현성 씨."

"이런 개그 좋아하신다고, 주운이한테 들었는데."

"왜 노규태를 죽였어?"

마침 커피포트가 끓어오르며 딱, 스위치가 내려갔어. 정현성이 느긋하게 컵에 물을 내렸어. 보이차 뚜껑을 열고 잎차를 덜어 스텐 거름망에 넣어서 담그기까지, 슬로 모션처럼 나른한 동작이었어. 그렇게 몇 모금을 홀짝이다가 정현성이 몸을 돌렸어.

두 사람은 한참 동안 서로를 빤히 쳐다봤다고 해.

그동안 곽재영은 혼자 고군분투 중이었어. 노규태 사고 당시의 블랙박스를 입수하느라고. 깊은 밤, 인적이 드문 이면 도로여서 차량 통행이 적었고, 시일이 좀 지난 터라 데이터가 삭제된 경우가 부지기수였대. 어쩌다 수소문해도 오디오가 꺼져 있어서 번번이 허탕을 쳤나 봐. 주변을 샅샅이 뒤진 끝에 한 배달 라이더에게 사운드까지 녹음된 사고 현장 영상을 얻을 수 있었대. 기존에 경찰이 확보한 영상과 이미지상으로는 동일했지만 곽재영에게 중요한 건 음향이었어. 돌려 보고 또 돌려 보면서 귀를 기울였어. 소리를 찾으려고. 급발진 차량이 사고 직전에 내는 특유의 굉음. 예전에 잠실에서 급발진 차량이 공격해 왔을 때도 이 소리를 감지한 덕에 고주운과 함께 몸을 피할 수 있었지. 전문가가 해석하기론, 운전자가 브레이크를 밟은 상황에서 차가 가속하면 나타나는 비정상적인 기계음이라고 해. 결국 꼬박 밤을 새워 영상을 반복한 끝에 곽재영은 결론지었어. 노규태의 사고에서 그런 소리는 나지 않았다고. 그렇다면 단순 교통사고이거나, 혹은, 노규태가 몸담고 있던 업의 특성상 사고를 빙자한 청부 살인도 생각해 봐야 한다는 뜻인데.

자연스럽게 다음 질문이 뒤따랐어. 누가 그런 짓을 했을까? 여러 가능성이 있는데도 이 사건을 처음부터 급발진이라고 단정 지으며 분위기를 몰아간 사람은 누구였지? 그의 목적은 무엇일까?

"이노랩파트너스라고 알지."

"이름은 들어 본 것 같아요."

"적대적 M&A 쪽으로 유명한 사모 펀드던데. 최근에 글로벌 1위 데이터 센터랑 손을 잡고 유스티티아를 잡으려고 움직이고 있다는 소문을 들었어."

"흥미롭네요."

"그치? 더 흥미로운 게 있는데, 거기 한국 지사장이 논현에 있는 숙성 한우집을 엄청 좋아한대. 지난 한 달간 네 번이나 거기서 저녁을 먹었다지 뭐야. 누구랑 먹었게?"

"글쎄요."

"당신이요. 정현성 씨."

텅, 텅, 텅, 소리가 났어. 곽재영이 비뚜름히 서서 한쪽 다리를 떠는 통에 기대고 있던 철제문에 뒤꿈치가 부딪히면서 나는 울림이었지. 계속해서 곽재영을 지그시 쳐다보기만 하던 정현성이 깜빡했다는 듯 나지막한 감탄사를 뱉으며 컵에서 거름망을 건져 내고 보이차를 마시기 시작했어. 생각보다 쓰게 내려졌는지 미간을 살며시 좁혀 가면서.

"원하는 게 뭔가요."

곽재영이 즉각 대답했어.

"고주운의 안전."

정현성이 차를 홀짝이며 웃었어.

"시시하네요."

나중에 말이야, 시간이 좀 더 흐른 후에, 그로부터 한 1년 뒤의 일인데 말야. 이날의 정현성을 회상하면서 곽재영이 화가 가라앉지 않은 듯 테이블을 주먹으로 쿵쿵 내리쳤어. 근데 그 소리에 놀란 고주운이, 그야말로 간신히 붙잡고 있던 정신을 한순간에 놔 버리고, 마치 잠자는 것처럼 제 자리에서 픽 기절해 버렸다지 뭐야.

더 웃긴 건 뭔지 알아? 두 시간 후에 멀쩡하게 깨어났대.

차라리 영영 일어나지 않는 편이 좋았을 텐데.

어휴, 참 쓸데없다. 이런 가정 말이야.

34

테러 당일.

자정을 넘은 시각. 화성시 외곽의 주차장에 속속 일당들이 나타나기 시작했어. 대중교통으로 이동하는 게 그나마 위험도가 낮으니 막차 시간에 맞춰 차라리 일찍 모이기로 한 거지. 노후 화물차 네 대가 주차장 왼편에 나란히 자리 잡고 있었어. 적재함에 기대 담배를 피우고 있던 최성규와 그의 동료 운전자들이 도착하는 이들을 맞이했어. 미리 배정한 대로 차량에 나눠 탔는데 고주운은 여기서도 정현성과 함께였고 곽재영과는 따로. 사슴 같은 눈이 계속 따라붙는 걸 알면서도 고주운은 꿋꿋이 모른 척을 했어. 야참으로 준비한 커피와 빵을 나눠 주다가 손끝이 스쳤을 때도, 같은 조에 편성된 동료들과 히죽거리는 걸 무심코 봤다가 눈이 마주쳤을 때도, 한결같이 입을 일자로 만들고 고개를 돌려 버리고 말았지. 그리곤 정현성의 옆자리로 가서 그의 손을 잡았어. 창백한 혈색과 달리 신기하리만치 따뜻한 손이었지. 누구의 차디찬 손과는 다르게 말야. 고주운이 정현성 손바닥의 정중앙, 가장 여리고 보드라운 살을 엄지손가락으로 꾹꾹 눌렀어.

새벽 2시 40분. 화물차가 움직이기 시작했어. 최성규가 운전대를 잡고 정현성과 고주운이 탑승한 차량이 선두. 최단 경로로 가면 데이터 센터까지 10분이었지만 CCTV를 최대한 피하고 은밀한 주차 공간을 확보하느라 20분 정도를 돌아서 가야 했지. 한적한 외곽, 새벽 시간이라 도로는 텅 비어 있었어. 조수석과 운전석 사이 보조 의자에 몸을 끼겨 넣은 고주운은 긴장감에 다리를 잘게 떨면서 전면 유리창을 뚫어져라 응시했어. 어쩐지 고라니나 멧돼지 같은 야생 동물이 나타날 것만 같아 불안해서.

하지만 동물이 튀어나오는 일은 없었어.

자동차가 튀어나왔지.

길도 없는 오른편 공원 방향에서 갑자기 이삿짐 트럭 한 대가 달려들었어. 최성규가 거의 곡예하듯이 핸들을 돌려 가며 가까스로 정면충돌을 피했지. 균형을 잃고 정현성의 가슴팍에 찌그러져 있던 고주운이 겨우 고개를 들어 창밖을 확인했어. 굉음을 내며 왼편의 경사로로 미끄러져 내려가는 트럭에는 사람이 타고 있지 않았어. 오로지 기계 장치의 힘과 외부의 의지로 움직이는 차량. 바로 눈치챌 수 있었어. 지나킴의 짓이라는 거.

무전기에서 비명이 쏟아지는 동시에 뒤편에서 요란한 타이어 마찰음이 들려왔어. 다른 차에게도 공격이 시작된 거야. 즉시 두 번째 위기가 닥쳤어. 좌측 샛길에서 역주행으로 달려오는 대형 밴. 그새 마음의 준비를 했는지, 최성규가 제

266

법 능숙하게 중앙선을 넘어 충돌을 피했어. 그렇게 가까스로 커브를 도는데 눈앞에 버스가 다가와. 학생용 버스인지 노랗게 칠해진 외관이 한밤중에도 참 선명하다는 생각을 하던 찰나.

식도가 입 밖으로 쏟아질 것만 같은 충격이 밀려왔어. 정신을 차리자 운전대에 엎드린 최성규가 보였어. 고개를 돌리니 조수석에 축 늘어져 있는 정현성의 모습이 눈에 들어와. 대시 보드가 찌그러지면서 왼쪽 다리가 낀 것처럼 보였어. 팔을 잡고 흔드니 의식이 돌아온 듯 표정이 일그러졌어.

"고주운!"

조수석 너머로 덜컹거리는 소리가 나더니 문이 열리고 곽재영이 나타났어.

"나와!"

"아, 아저씨랑 현, 현, 성."

"나오라고!"

고주운이 정현성을 감싼 채 고개를 젓자 곽재영이 끌어내려고 팔을 당겼어. 실랑이가 이어지는데 가느다란 목소리가 들려와.

"가."

정현성이었어.

"괜찮아? 움직일 수 있겠어?"

"괜찮으니까 폭탄 가져가라고. 빨리⋯⋯."

폭발물을 끌어안고 가까스로 차에서 빠져나온 고주운이 곽재영이 있던 차로 옮겨 탔어. 후미에서 오던 차였는데, 앞에 세 대가 격추되는 모습을 보면서 패턴을 파악해서인지 용케 치명적인 피해는 피할 수 있었나 봐. 함께 타고 있던 조직원이 다른 차량에 있던 폭탄을 마저 챙겨 올라탔어.

"가요."

곽재영이 숨을 헐떡이며 말했어.

트럭이 도로를 벗어나 야트막한 구릉을 오르기 시작했어. 길도 아닌 곳을 달리느라 사방이 들썩이는데도 차에 탄 네 사람은 군말이 없었어. 살아남은 게 다행이었으니까. 당장이라도 멈추라고 소리를 지르곤 혼자 뛰쳐나가고 싶은 마음을 누르느라 고주운의 표정이 엉망이었어. 도망쳐도 어차피 같은 일이 반복된다는 걸 아니까. 결국에는 맞서 싸우는 수밖에 없다는 걸 뼈저리게 느끼고 있으니까. 모든 걸 지나 킴에게 들켜 버린 이상, 이제는.

내리막길이 시작되면서 유스티티아의 데이터 센터가 보이기 시작했어. 어둠 속에서도 압도적인 위용이 전해지는 거대한 실루엣에 모두가 잠시 숨을 골랐지. 그러느라 전방 주시 의무를 소홀히 하고 말았던 거야. 하긴 누가 예상이나 했겠어. 도로 한가운데에 포크레인이 버티고 있을 줄은.

길쭉한 암을 흔드는 모습이 마치 인사라도 건네는 것 같았어.

내리막이라 속도를 줄이지도 방향을 바꾸지도 못했어. 차는 전복됐어. 사람인지 시트인지 모를 물렁한 것을 헤집고 밖으로 나오고서야 고주운은 참았던 기침을 터트릴 수 있었어. 먼저 밖으로 탈출한 곽재영이 고주운을 일으켜 세웠어. 폭탄을 담은 큼지막한 가방이 금방이라도 떨어질 것처럼 그의 어깨에 위태롭게 메여 있었어.

이마에 맺힌 땀을 닦았는데 피였어. 누구의 것인지 모를.

이제는 걸어가는 수밖에 없었어. 어디에서도 자동차가 달려들 수 있고, 그걸 맨몸으로 받아야 한다는 공포 때문에 편도체가 폭발할 것 같았는데도 발이 저절로 움직였어. 어떻게 해도 멈출 수 없는 단계에 와 버렸다는 걸, 두 사람 모두가 느끼고 있었어. 그리고 준비된 식순처럼 굉음이 들려오기 시작했지. 이제는 고주운에게도 익숙한 소리. 급발진하는 차량이 내는 폭풍 같은 울부짖음.

먼저 팔을 뻗어 곽재영의 어깨를 끌어안으며, 고주운은 생각했어. 그나마 혼자가 아니라서 다행이라고. 너무나도 믿고 소중한 당신과 함께라서 그래도 조금은.

쾅!

이상하지.

이런 일을 전에도 겪은 것 같아.

분명 무언가가 부서지는 소리가 났는데 그게 내가 아닌 거야.

질끈 감았던 눈을 뜨니 세단 한 대가 보였어. 포크레인의 암을 들이박아 방향을 돌리고 드래프트를 하며 두 사람에 앞에 멈춰 섰지.

창문이 내려가고 운전자가 나타났어.

"타!"

안경숙이 빨간 안경을 치켜올리며 소리쳤어.

35

안경숙에게 자초지종을 알린 건 고주운이었어. 처음부터 그럴 생각은 아니었어. 핸드폰에 깔린 미러링 어플을 지워 줘야할 것 같아서 연락을 했거든. 만나서 충동적으로 말해 버렸어. 아무것도 모르는 안경숙이 곽재영을 일방적으로 매도하는 게 화가 나서. 대답도 반응도 무시한 채 따따따 쏘아붙이곤 카페를 박차고 나왔지. 제대로 내용이 전달되지도 않았을 텐데, 어떻게 여기까지?

현란한 핸들링으로 벌써 세 대째, 달려드는 자동차의 공격을 피해 낸 안경숙이 힐끔거리는 고주운을 의식하곤 꼿꼿하게 말했어.

"박민성이라는 분은 좀 주의해야겠더라고. 입이 가벼워."

안경숙은 카페에서 고주운이 와르르 쏟아 낸 말을 채 절반도 알아듣지 못했지만, 거기에 진실이 담겨 있다는 느낌을 받았대. 그 진실이 손녀를 죽인 진짜 범인을 찾아내는 열쇠라는 것도. 고주운에게서 나왔던 몇 가지 단어들, 자율 주행이라거나 유스티티아, 데이터 센터에 대해 공부를 한 뒤 연락을 했는데 없는 번호라고 뜨더래. 그때가 급발진을 피하려고 유심을 계속 바꾸던 시기였으니까. 안경숙이 선택한 방법은 다짜고짜 스마트탐정사무소로 찾아가서 박민성을 닦달하는 것이었어. 용문동에서 두 사람에게 등을 보였던 박민성이지만, 그 후에도 여러 정보를 찾아 주며 계속 도움을 주고 있었거든. 박민성을 집요하게 따라다니며 그의 아내에게 저 할머니 어떻게 좀 해 보라는 원성까지 듣게 만든 후에 안경숙은 모든 일의 원인과 자초지종을 파악할 수 있었대.

"그건 안 돼. 정말로 그래선 안 되는 거야."

정면에서 달려드는 관광버스를 피하기 위해 안경숙이 거칠게 핸들을 돌리며 중얼거렸어. 급격한 방향 전환을 견디지 못한 자동차가 기기괴괴한 굉음을 질렀고, 고주운과 곽재영도 반사적으로 비명을 쏟아 냈지. 한 뼘도 되지 않는 아슬아슬한 간격으로 버스를 스쳐 보냈어. 위기를 넘겼지만 다른 의미의 위기가 찾아온 듯 해. 곽재영이 입을 틀어막은 채 토기를 참으려고 애를 썼고 고주운은 롤러코스터에 탑승한 승객처럼 넋을 잃었어. 정작 운전대를 잡은 안경숙은 교과서에 나올 법한 바른 자세로 오로지 운전에만 집중하고 있었지. 연이어 탑차 하나가 다가오자 방향을 틀어 비포장 흙길을 질주하며 그가 목소리를 높였어.

"그런 해로운 자 때문에, 그런 해로운 자의 잘못된 신념 때문에, 우리 해민이 같은 일이 생겨선 안 돼. 정말로, 정말로 그러면 안 되는 거야."

오프로드에서 다시 도로로 진입해 속력을 높이는 안경

숙의 난폭한 듯 섬세한 컨트롤에 고주운은 마치 레이싱 게임 안에 들어온 것 같은 기분을 느꼈어. 그리고 이해하게 됐지. 저런 실력을 가지고 있는데도 운전 미숙이라는 오명을 쓰고 손녀를 죽인 살인자로 몰린 안경숙이 얼마나 억울했을지. 그 울분과 슬픔이 졸아들고 졸아들어 얼마나 진득하게 그의 혈관을 틀어막았을지를. 오늘도, 인근 CCTV를 해킹해 지켜보고 있던 박민성이 SOS를 날리자마자 바로 출발했다고 했지? 사별한 남편의 차, 차마 버릴 수 없어서 모셔 둔 이 늙은 세단을 몰고 짧지 않은 거리를 오는 동안 안경숙이 얼마나 액셀을 밟고 또 밟았을지. 그 눈빛이 또 얼마나 형형하게 불타고 있었을지를.

안경숙의 차가 데이터 센터 뒤편의 수풀에 도착했어. 막다른 곳이라 여기서부터는 걸어가야 했어. 여태 프라이팬에 담긴 팝콘용 옥수수처럼 이리저리 튀어 오르느라 정신이 반쯤 가출해 있던 두 사람이 흘린 침을 닦고 매무새를 가다듬었어. 안경숙이 시동을 *끄*자 기계음이 사라지며 급격한 고요가 찾아왔어.

"관절이 시원찮아서 나는 도움이 안 돼. 여기서 대기하고 있을 테니까."

고주운이 어떻게 고마움을 표현할지 고민하는 사이 곽재영이 고개를 크게 *끄*덕이곤 폭탄 가방을 들고 차에서 내렸어. 고주운이 서둘러 따라갔어.

뒤에서 안경숙이 외쳤어.

"조심해!"

곽재영이 손을 흔들었어.

"무사히 돌아와야 해! 안 그러면 혼난다!"

그럴 상황이 아닌 거 아는데도 웃음이 나와서, 고주운이 큼큼거리며 헛기침을 했어. 누가 전직 교장 아니랄까 봐 되게 선생님 같은 말투라서.

"혼나기 싫으니까 무사히 돌아와야겠다."

곽재영이 중얼거렸어.

잠든 괴물처럼 웅크린 데이터 센터를 향해 두 사람이 걸음을 옮겼어.

36

'바르…… 바르바이트.'

이 단어가 아닌 것 같은데.

'바리바이트. 바리케바트. 파리바게트.'

"완전 바리케이드네."

곽재영의 정답에 고주운이 고개를 얕게 끄덕였어.

거대한 벽이었어. 멀리서도 어슴푸레한 윤곽이 보였는데 가까워지자 확실해졌어. 어둠 속에서 대형 버스 수십 대가 데이터 센터를 둘러싸고 있었고 사이사이로 방검복을 입은 경비업체 직원들이 보였어. 수와 규모에 비해 놀랍도록 고요해서 원래부터 건물의 일부인 것처럼 느껴질 정도였는데, 외부에 사건을 노출하지 않으려고 최대한 은밀하게 움직이는 게 아닐까 싶었지. 자동차들이 공격해 올 때부터 지나 킴에게 들통났다는 건 알았지만 예상보다도 더 철저한 대비에 당황한 두 사람. 아무리 이동선의 홍채 데이터가 있다 해도 입구에 다가갈 수가 없으면 무용지물이었지.

온갖 생각들로 복잡해 보이는 곽재영을 향해 고주운이 속삭였어.

"이쪽으로."

고주운이 이끈 곳은 건물의 왼편 후미진 곳. 흡연 구역 바같이었는데 길쭉한 환기구가 설치되어 있었어. 덮개를 들어올리는 고주운을 도우며 곽재영이 소곤소곤 물었어.

"어디로 연결되는데?"

"쓰레기장이요."

아래로 한참을 기어 내려가니 퀴퀴한 냄새가 나는 널찍한 공간이 나타났어. 비상등 조명에 의지해 주변을 살피던 곽재영이 성큼성큼 나아가는 고주운을 붙잡고 재차 물었어.

"자꾸 어디로 가는 거야?"

"쓰레기관이요. 거기로 올라가면 안으로 들어갈 수 있어요."

유스티티아의 데이터 센터는 건물 전체에 쓰레기 자동 집하 장치를 구축하고 있었어. 각 층에서 버린 쓰레기를 수송관로를 통해 지하 집하장에 모아 파쇄하고 압축시켜 내보내는 시스템이었지. 특히 관로를 종류별로 설치하여 효율적인 분리수거가 가능하다며 홍보가 대단했거든. 고주운이 재구성한 도면에 따르면 그 중 고철류를 모으는 관로가 너비 800mm로 가장 넓었어. 평균적인 체형의 여성이라면 충분히 들어갈 수 있는 크기였지. 유스티티아의 데이터 센터에는 수백 개의 CCTV가 모세혈관처럼 뻗어 있고 이곳 집하장과 연결된 비상구 계단도 예외는 아니었지만, 수송관로만은 예외였으니까.

곽재영이 질렸다는 듯 고개를 흔들었어.

"그게 기억이 나?"

"그게 기억이 안 나요?"

두 마리의 하늘다람쥐 같았어. 팔다리를 활짝 뻗어 관로의 요철 부위를 지지대 삼아 몸을 조금씩 밀어 올리는 모습이 말이야. 머지않아 건물로 통하는 입구가 보이길래 고주운이 반색하며 빠져나가려고 했더니 밑에 있던 곽재영이 발꿈치를 잡았어. 인기척이 들린다고. 고주운이 잠시 커다란 눈을 끔뻑이며 귀를 기울여 봤지만 제 숨소리밖에 안 들려. 하지만 곧바로 쿵, 하고 뭔가가 부딪히는 소리가 들려서 나서 밖에 사람이 있다는 걸 알았지. 경비업체 직원이 내부를 순찰하고 있는 모양이야.

그렇다고 한없이 관로를 기어다닐 순 없는 일. 힘이 빠져 팔다리가 후들거리기 시작했거든. 다시 한번 도면을 머릿속에서 떠올린 고주운이 이를 악물고 팔을 위로 뻗었어.

"조금만 더요."

한 층 위에 로봇 충전소가 있었어. 건물을 돌아다니며 온도를 측정하고 비상시 소화약제를 분사하는 화재 방지 로봇들이 번갈아 충전을 받고 떠나는 장소였지. 로봇 친화형 인증을 받으려고 유스티티아가 제출한 설계도에서 봤거든. 물론 그걸 보던 당시에는 이런 일이 벌어질지 꿈에도 상상하지 못했지만.

로봇의 배를 갈라 안으로 들어가게 될 줄은.

정확하게는 로봇 위에 부착된 큼지막한 함을 뜯어 내장된 소화약제를 빼고 안으로 들어가게 될 줄은, 누가 생각이나 했겠냔 말이지. 막 충전을 마치고 주행 모드에 돌입한 로봇 한 대를 향해 두 사람이 뛰어들었어. 곽재영이 먼저 몸을 집어넣고 고주운이 그 사이로 끼어들었지. 나중 사람의 엉치뼈가 앞선 사람의 무릎에 부딪치는 바람에 양쪽 입술에서 거품 같은 신음이 새었고, 어떻게든 편한 자세를 잡아 보느라 누구랄 것 없이 뼈마디에서 오독거리는 소리가 났어. 그런 소란에도 불구하고 로봇은 제 위에 실린 게 소화약제인지 인간 두 명인지 상관하지 않고 유유히 여정을 시작했지. 충전소 문을 통과하자마자 내부를 순찰 중인 경비업체 직원들의 발소리가 들려왔어. 한 몸처럼 얽힌 덕에 고주운은 곽재영의 호흡이 빨라지는 걸 제 살갗으로 느낄 수 있었지. 직원들이 가까워지자 서로를 바짝 끌어안았는데 발소리가 멀어졌지만 누구도 힘을 풀지 않았어.

그 후로도 경비업체 직원들 여럿이 스쳐 지나갔어. 조금만 신경을 썼다면 소화약제함이 제대로 닫히지 않은 게 보였을 텐데, 로봇 여럿이 돌아다니고 있으니 애초에 관심 밖이었던 모양이야. 고주운이 고개를 깊게 숙였어. 새삼스레 이 좁은 공간에서 서로가 너무 가까이 몸을 맞대고 있는 게 신경 쓰였거든. 그런 고주운의 행동을 뭐라고 해석한 건지, 곽재영이 힘겹게 손목을 비틀어 뒤통수를 쓰다듬어 주었어.

순회를 마친 화재 방지 로봇이 로봇용 엘리베이터에 올라 탔어. 유스티티아에서 공개한 자료에 따르면 다음으로 순회 할 장소는 지하 1층. 센터의 메인 배터리실이 위치한 층이었 지. 애초의 계획은 분산 배치된 배터리실에 각각 화재를 일으 키는 것이었지만, 규모가 가장 큰 이곳이라면 차선책으로 적 당해 보였어. 곽재영이 꼼지락거리며 메고 있던 가방을 앞으 로 돌렸어. 고주운도 겹쳐진 몸을 비틀며 틈을 만들었지. 로 봇이 돌아다니는 동안 준비해 온 폭탄을 밖으로 떨군 뒤 뇌 관이 타오르는 20분 안에 다시 지하 쓰레기장으로 내려가 탈출할 거야. 이곳도 역시 경비업체 직원들이 돌아다니는 중 이라 최대한 빠르고 은밀하게 작업해야 했지. 고주운이 뇌관 에 불을 붙이고 곽재영이 받아서 배터리 렉 사이에 폭탄을 끼우기로 했어. 이런 역할 분담을 곽재영이 공기 반 소리 반 귓가에 속삭이는 통에 온몸에 소름이 돋은 고주운이 움찔거 리며 가방 속에서 라이터를 꺼내 손에 쥐었지.

따악.

라이터에서 피어오른 불빛 위로 곽재영의 얼굴이 두둥실 떠올랐어. 아마도 곽재영에게는 고주운의 얼굴이 그렇게 보였겠지.

첫 번째 폭탄이 그들의 손을 떠났어.

그렇게 일곱 번을 더 라이터를 켰어. 일곱 개의 뇌관에 차례로 불을 붙였지. 일곱 개의 폭탄이 추가로 설치됐고, 일곱 번을 더 서로의 노르스름한 얼굴을 마주 봤어. 일곱 번째에 고주운은 깨달았어. 나는 이제 평생 저 얼굴을 잊을 수 없겠구나. 배터리실을 빠져나온 로봇이 로봇용 엘리베이터에 들어가기 직전에 두 사람은 소화약제함에서 빠져나왔어. 그리고 쓰레기 배출 관로가 있는 곳으로 살금살금 이동했지. 기어가다시피 하며 경비업체 직원들의 눈을 피해 무사히 건물 가장자리에 있는 층별 집하장에 도착. 안도의 한숨을 내쉴 틈도 없이 곽재영이 서둘러 수송관로에 몸을 구겨 넣었고, 고주운이 따라 들어가려고 입구에 발을 올리는 찰나.

관로 위편에서 철판 하나가 빠른 속도로 미끄러져 오더니 곽재영의 정수리를 누르며 아래로 떨어졌어.

상황 파악이 안 된 고주운이 커다란 눈을 끔뻑였어.

뒤이어 숨이 막히고 손끝이 떨려 오기 시작했어. 수송관로에서 포집된 폐기물들은 지하 집하장으로 이동한 뒤 밖으로 배출돼. 큐브 모양으로 압축되어서. 곽재영의 낭창낭창한 몸이 압축기에 속절없이 빨려 들어가는 장면을 상상해 버린 고주운이 어금니를 물었어. 하지만 왜? 곽재영을 밀고 사라진 철판은 아마 관로 사이에 낀 쓰레기를 정리하는 장치일 거야. 그게 움직이는 건 자동 집하 시스템이 작동하는 시간뿐. 고주운이 조금 전 지하 집하장을 거슬러 올라오면서 눈에 담았던 안내문에 따르면 그 시간은 하루 한 번, 밤 11시부터 새벽 1시야. 그러니까 지금은 작동하면 안 돼. 작동하면 안 되는 게 작동한 이유는 뭘까?

일부러 작동시킨 사람이 있어서겠지.

고주운이 뛰기 시작했어. 발소리가 들리자 경비업체 직원들이 쫓아와. 건물 중앙에 똬리를 튼 나선형 통로에 진입한 고주운. 양옆으로 직원들이 들이닥쳤어. 레이저처럼 쏟아지는 플래시에 이리저리 고개를 흔들던 고주운이 밑으로 몸을 던졌어. 경비원들이 우르르 아래로 내려가고, 난간에 매달려 있던 고주운이 통로 옆 복도에 착륙했어. 다시 달리려는데 경고음과 함께 강렬한 섬광이 시야를 교란해. 손그늘을 만들며 간신히 주변을 살피니 로봇들이 자기를 지켜보고 있네? 맞아. 이 데이터 센터에는 화재 방지 로봇만 있는 게 아니야. 방범 로봇도 있었지. 점점 포위망을 좁혀 오는 로봇들. 내치려고 몸부림을 치다가 고주운이 팔꿈치로 뭔가를 건드렸어. 달칵 부서지는 소리가 났거든. 처음에는 잘 몰랐어. 옴짝달싹하지 못할 정도로 로봇들에게 바투 둘러싸이고 나서야 자신이 어떤 것을 작동시켰다는 걸 알았지. 천장에서 하얀 가루가 와르르 쏟아지기 시작했거든.

　가루에 덮여 센서가 교란된 로봇들이 방향을 잃고 빙글
빙글 돌기 시작했어. 그 틈을 비집고 가까스로 빠져나온 고
주운. 주변을 살펴보니 요란한 사이렌 소리와 함께 사방에서
흰 가루가 폭풍우처럼 흩날리고 있어. 자신이 팔꿈치로 화재
진압용 수동 분사 장치를 눌러 버렸고, 천장의 소방 장치가
작동하여 소화약제를 방사 중이라는 걸, 당시에는 몰랐지.
하지만 이게 기회란 건 알았어. 우왕좌왕하는 로봇과 경비업
체 직원들을 지나쳐 나선형 복도를 따라 위로, 위로 뛰어올
라기 시작하는 고주운.

　목적지는 지상 4층이었어. 위치상 빌딩의 중심부. 지하에
서 솟구쳐 올라가고 지상에서 뻗어 내려가는 나선형 통로가
모래시계 형태로 수렴하는 꼭짓점. 내부 도면을 재구성하면
서도 특이하다고 생각했거든. 그리고 자연스레 비슷한 형상
이 떠올랐지. 판교 유스티티아 본사에서 본 것. 뱀처럼 웅크
린 소용돌이 형상의 진녹색 소파. 그 중심에 앉아 있던 사람.
이 중앙 통로는 마치 그곳의 소파를 수직으로 늘려 놓은 것
같았어. 게다가 이 중앙층이 유일하게 외부에 공개되지 않은
구역인 점을 고려하면…….

　찾았다.

　지나 킴의 사령탑.

화재 경보 덕분에 활짝 열려 있는 문 사이로 그가 보였어. 고주운이 지난날 김 사장님이라고 불렀던 여자. 수십 대의 모니터와 키보드, 조작 패널로 가득 차 발 디딜 틈도 없는 공간에서 지나 킴은 마치 시스템의 일부인 것처럼 파묻혀 눈과 손을 바쁘게 움직이고 있었어. 고주운이 원하는 건 딱 하나, 쓰레기 자동 집하 시스템을 멈추는 건데 어딜 건드려야 할지 알 수가 없으니 그냥 전원 전체를 끊어 버리기로 해. 센터의 구조도를 그리면서 기본적인 전기 배선도 머릿속에 집어넣었으니 전원 차단기가 설치된 위치 정도는 기억하고 있어. 콘솔 아래편, 반투명한 플라스틱 커버에 덮인 붉은색 레버. 살금살금 다가가 고주운이 커버에 손을 뻗는데 불현듯 지나 킴이 고개를 들었어.

두 사람의 눈이 마주치고, 곧이어 고주운의 귀에도 묵직한 소음이 들려왔어.

폭발이 시작된 거야. 연쇄적인 열 폭주가 시작되기 전에 빨리 나가야 해. 곽재영을 무사히 데리고. 시간이 얼마 남지 않았단 생각에 고주운이 플라스틱 커버를 쥔 손을 황급히 올리는데 어깨에 강한 통증이 가해지면서 몸이 튕겨 나갔어. 지나 킴의 짓이었어. 일어난 고주운이 레버에 손을 뻗었고, 지나 킴이 도로 막았고, 또 손을 뻗고, 다시 막으며 엎치락뒤치락 몸싸움이 이어졌어. 각종 장비와 패널 위를 구르느라

온몸이 레고라도 밟은 것처럼 소리를 지르는데 그런 사소한 고통 따위엔 신경 쓸 겨를이 없었어. 지나 킴이 고주운의 몸을 누르며 목을 조르기 시작했거든.

"Fuck off!"

올려다본 눈에 초점이 없었어.

"I'll kill you if you touch her."

산소 부족 때문에 점차 멍해지는 머리로 고주운은 생각했어.

her?

대체 누굴 말하는 거지?

고주운이 발끝으로 상대의 정강이를 차고 옆으로 굴러나와 숨을 몰아쉬었어. 지나 킴이 또다시 달려드는 찰나, 고주운이 호주머니에서 라이터를 꺼내 그의 속눈썹에 불을 붙였어. 반사적으로 물러나는 틈을 노려 고주운이 자세를 역전시키며 짓누르자 지나 킴이 불이 닿았던 한쪽 눈을 감은 채 으르렁댔어.

"어디가, 진짜, 네 자리인지, 잘, 생각해."

고주운의 대답은 바닥을 나뒹구는 전선을 끌어와 지나 킴의 목을 죄는 거였어. 전선이 감긴 부분부터 시작해서 얼굴 전체가 붉게 변하더니 이내 하얗게 질리기 시작했어. 입술에서 경련이 일면서 거품 섞인 침이 흘러나왔어. 뭐랄까, 인간이라기보다는 조금, 다른 생명체처럼 보이는 모습이었어. 주꾸미나 갑오징어 같은 두족류? 세상에나. 손이 자유로웠다면 고주운은 눈이라도 비벼서 이 광경이 진짜인지 확인했을 거야. 한때 그렇게도 멋져 보이던 사람이 지금은 오징어라니.

처음 만났을 때가 생각나. 그린체어에서 말야. 경매 시장에 나온 노예처럼 한 줄로 서 있는 우리를 당신들은 값을 매기듯이 꼼꼼히 훑었지. 평가 기준은 하나였어. 죽은 자기 아이와 닮은 구석이 있는가. 그래도 기뻤어. 단지 눈꺼풀의 점이 같다는 이유만으로 가장 부유한 당신이 나를 선택해 줘서, 당시에 엄마라고 불렀던 나혜선이 아주 좋아했거든. 당신이 촌스러운 데님 스커트를 내밀었을 때도, 사이즈도 맞지 않는 메리제인 슈즈를 발 앞에 가지런히 놓아 줬을 때도, 말없이 웃었던 건 물론 후원금 때문이었지만, 고마운 마음이 아예 없었던 건 아니야. 의도가 어떻든 따스한 눈빛 하나, 손길 하나가 간절했던 시기였으니까. 아, 그래도 선물 중에서 닌텐도랑 별의 커비는 좋았어. 요지는 나도 진심이었던 때가 있었단 얘기지. 고작 대체품인 주제에, 거짓 관심과 애정에 취해 언젠가 저 눈이 죽은 딸이 아닌 진짜 나를 봐 줄 거라는 헛된 꿈을 꾸기도 했었다고. 언제나 한결같이 내 편이 되어 주는 키다리 아저씨, 아니 아줌마가 있었으면 좋겠다는 아이다운 소망. 끝내 그런 일은 일어나지 않았지만, 그만큼 선망하고 바랐던 사람이 실은 타인을 아무렇게나 고통 속으로 몰아넣고 죽음에 이르게 하는 악인일 줄은, 심지어 그걸 정의로 포장하며 잘난 척하는 비열한일 줄은, 정말로 몰랐어. 정말로. 이 배신감을 이루 말할 수가 없네. 어떻게 할 거야, 응? 상심한 내 마음을 어떻게 책임질 거냐고.

제 손아귀에 갇혀 흐느적거리는 지나 킴을 보며 고주운이 웃었어.

이제 이해가 가. 당신이 왜 그랬는지. 나쁜 사람을 죽이는 건 기분 좋은 일이네.

소스라치게 놀란 고주운이 손에 힘을 풀어 버렸어. 애써 묻어 두었던 기억, 아버지를 칼로 찌르며 싱긋거리던 의붓오빠의 악귀 같은 얼굴이 머릿속을 스쳐 지나가. 고주운이 벌떡 일어났어. 달라. 난 그런 사람이 아니야. 죽이면 안 돼. 죽이면 돌아갈 수 없어…… 어디로 돌아가야 하는지도 모르면서, 취한 사람처럼 휘청이며 고주운이 모니터를 뽑아 휘두르기 시작했어. 지나 킴이 발에 매달리자 모니터 모서리로 팔을 내리찍고는 콘트롤 패널을 부수며 콘솔을 밀어 넘기기 시작했어. 그리고 어느 시점에 뭔가가 탁, 내려가는 소리가 들렸어. 마치 풍선에서 순식간에 바람이 빠져나가는 것처럼, 이 건물을 키우고 돌보던 전력이라는 신이 툭툭, 옷자락을 털고 홀연히 떠나가는 느낌.

울부짖는 지나 킴을 뒤로한 채 고주운도 컴컴한 관제실을 떠났어.

이미 내부엔 연기가 자욱했어. 일찍 대피했는지 경비업체 직원들도 보이지 않았지. 애꿎은 로봇들만 화염에 둘러싸여 빙글빙글 소멸의 춤을 추고 있었어. 멀고 가까운 곳에서 끊임없이 들려오는 폭발음을 배경 삼아 고주운이 달리기 시작했어. 몇 번의 막다른 길과 몇 번의 붕괴를 피해 가며 아래로, 아래로, 아래로. 지하 3층의 쓰레기 집하장에 도착하니 압축기는 정지 상태였고 곽재영은 컨베이어 벨트 위에서 새우처럼 몸을 구부리고 있었어. 팔을 주무르고 뺨을 때리자 잠자리 날개 같은 눈꺼풀 사이로 눈동자가 살포시 드러났다 사라졌어. 맥박이 제대로 뛰는 걸 확인하고 고주운이 입술을 질끈 다물었어.

곽재영을 등에 업은 채로는 들어왔던 환기구를 기어 올라갈 수 없었어. 빌딩 안으로 다시 들어가 지상으로 나가는 수밖에. 흘러내린 곽재영을 추슬러 업은 고주운이 방화 셔터를 몸으로 뚫은 뒤 정신없이 비상구를 오르기 시작했어. 1층으로 나온 것 같긴 한데, 연기 때문에 앞을 제대로 확인할 수가 없어. 뒤에서 곽재영이 쿨럭대자 초조해진 고주운이 불길을 가로질러서라도 나가려고 힘껏 이를 악무는 찰나, 뿌연 시야 너머로 누군가가 뛰어가는 모습이 보였어.

지나 킴.

반사적으로 뒤를 쫓았어. 그는 출구를 알고 있을 테니까.

37

데이터 센터의 내부 도면을 그리기 위해 고주운은 엄청난 양의 자료를 검토했어. 그때 본 영상 중 하나가 유스티티아 공식 채널에 올라왔던 지나 킴의 인터뷰였지. 인터뷰어가 물었어. 이 빌딩을 한 단어로 표현한다면 뭐라고 할 수 있을까요? 지나 킴이 쇳소리 섞인 목소리로 힘주어 대답했어.

요람.

네?

요람이요. 이곳은 새로운 세상을 위한 요람입니다.

화면 아래로 '제4차 산업 혁명의 원료인 데이터의 요람'이라는 자막이 달렸어. 그땐 정말로 상상조차 못 했지.

그 말이 은유가 아닐 줄은.

고주운이 곽재영을 업고서 지나 킴을 쫓아 도착한 곳은 바깥이 아니었어. 텅 빈 홀. 극장처럼 크고 어둑한 공간이었지. 아직 화염의 마수가 끼치지 않아 불길한 정적만 똬리처럼 고여 있는 곳. 숨겨진 문이라도 있나 싶어서 벽에 다가간 고주운이 멈춰 섰어. 희미하게 제 얼굴이 반사되는 걸 보고 깨달았지. 평범한 벽이 아니구나. 손을 올렸더니 강렬한 광채가 끼쳐 와. 눈을 찌푸리며 둘러보니 천장과 바닥을 포함한 모든 면에 빛이 들어온 상태. 연기를 마신 탓인지 머리가 좀

명해서 느리게 깨달았어. 공간 전체가 거대한 디스플레이였던 거야.

뒷걸음질 치며 사방을 살피는 고주운. 화면 안에는 사람 수십 명이 돌아다니고 있었어. 전반적으로 앳된 얼굴의 그들은 수직으로 분할된 각각의 공간에서 수업을 듣거나 지하철을 기다리거나 떡볶이를 먹고 있어. 처음에는 진짜 사람을 찍은 영상이라고 생각했지만 머지않아 정교하게 구현된 버추얼 휴먼이란 걸 알아차렸지. 고주운의 예리한 눈에는 피부의 질감이나 입꼬리의 움직임이 미세하게 이질적인 게 보였거든. 더없이 평화로워 보이는 가상 세계를 홀린 듯이 훑던 그의 시선이 이윽고 한 남자에게 머물렀어. 대학교 이니셜이 박힌 야구 점퍼를 입고 편의점에서 물건을 고르는, 뭉툭한 코에 짙은 눈썹을 지닌 남자. 그와 비슷한 이목구비를 어딘가에서 본 적이 있어. 고주운의 미간이 잔뜩 좁아들었어. 어디였지, 어디였을까, 분명 어딘가에서…… 그래, 아마도 그 사람은, 이동선. 하일모터스 대외 협력 본부장. 사진으로 봤고 직접 마주친 적도 있지. 이 모든 사단의 시발점인 안경숙 사건의 의뢰인이자, 지나 킴과 함께 그린체어에서 활동한 사이, 데이터 센터 내 스튜디오 개관식에서 테이프 커팅을 한 핵심 관계자.

그리고 8년 전 아들을 잃은 아버지.

죽은 아들이 당시에 중학생이었다고 하니까, 만약 지금까지 살아 있다면 딱 저 정도 나이일 거야.

지금까지 살아 있다면.

화면 속 남자와 눈이 마주쳤어.

고주운이 마른침을 삼켰어. 진짜 눈이 마주치지는 않았지. 그런 기분을 느낀 것뿐. 남자가 에너지바를 호주머니에 넣으며 편의점을 빠져나왔어. 누군가와 연락을 주고받는지 폰을 누르는 손가락이 쉬질 않았지. 남자의 시간은 저 안에서 바쁘게 흐르고 있었어. 고주운의 시선이 불안하게 흔들렸어. 혹시? 그 옆에서 화장품을 고르고 있는 긴 머리의 여자도, 헤드폰을 낀 채 횡단보도를 건너는 키 큰 남자도, 정류장에서 하늘을 올려다보는 안경 쓴 여자도, 모두, 혹시? 고주운은 10년 전 그린체어의 결연식 때 만난 어른들의 얼굴을 떠올리기 위해 애썼어. 그들의 코, 눈, 턱, 웃는 입술과 치열, 컵을 쥐던 손가락의 모양과 팔다리의 비율, 머리카락의 빛 반사율과 피부톤, 점과 주근깨, 그 모든 유전학적 정보들을 디스플레이 속 인물들과 정신없이 대조하기 시작했어. 하지만 몰라. 잘 모르겠어. 너무 오래전 일이고, 잠깐이었고, 이미 희미해져 버렸으니까. 그러나 유일하게 선명한 것은, 그들의 눈빛. 살아 있는 인간을 앞에 두고 죽은 인간을 좇던 탁한 동공들.

얼핏 들려오는 소리에 고주운이 귀를 기울였어. 가느다란 미성과 날카로운 쇳소리가 섞여 마치 두 명이 동시에 말하는 듯한 특이한 톤, 바로 지나 킴이었지.

목소리를 따라가자 모서리에 연결된 좁은 통로로 이어졌어. 그 안쪽의 공간은 바깥 홀의 3분의 1쯤 되는 크기였는데, 마찬가지로 사방이 디스플레이였고 버추얼 휴먼들이 활동 중이었지. 다만 서로가 비슷하게 생겼다는 게 차이점이었어. 한 사람인데 나이대가 다른 느낌? 빨간 가방을 메고 씩씩하게 걷는 어린이 시절부터 한껏 멋을 내고 외출 준비를 하는 사춘기 무렵, 교복을 입고 퀭한 얼굴로 독서실에 앉아 있는 수험생과 번화가를 종종걸음으로 뛰는 앳된 청년까지. 웃고 설레고 불안해하며 즐거워하는 그들의 얼굴은, 광대가 발달하고 턱이 긴 지나 킴과 똑 닮아 있었지.

왼쪽 눈꺼풀에 점이 있는 그들을 보면서 고주운의 입술이 덜덜 떨렸어.

너, 살아 있었구나.

16년 전에 살해당한 지나 킴의 네 살배기 아이가 저 안에서 살아 자라고 있었던 거야.

바깥 홀에 있던 이동선을 닮은 남자도, 그 옆에서 화장품을 고르던 여자도, 횡단보도를 건너고 정류장에 있던 사람들도, 모두 죽었어. 동시에 살아 있었지. 현실과 똑같은 시간의 흐름을 겪으며 가상 세계에서.

텅, 울리는 소리에 놀란 고주운이 몸을 돌렸어. 디스플레이를 보느라 신경 쓰지 못했는데, 왼편에 움푹하게 들어간 공간이 있고 소리는 거기에서 났어. 사람 키보다 조금 큰 원통형 기계가 설치되어 있었는데 그 위로 지나 킴이 손바닥을 부딪히며 내는 소음이었지. 대체 뭘 하고 있는 거지. 떨리는 다리를 간신히 떼어 다가가니 원통형 기계의 정면이 보였어. 중앙부에 달린 투명 창에 푸르스름한 이미지가 너울거리고 있었지.

'뭐지?'

사람의 형상을 한 그 입체 이미지는 지나 킴을 향해 팔을 뻗으며 흔들렸어. 디스플레이에 있는 버추얼 휴먼만큼 정교하지는 못했지만 손에 잡힐 듯 물리적인 부피감이 느껴진다는 면에서는 오히려 실체와 가까워 보이는 형상이었지. 더 이상 어떤 스크린에도 갇히기 싫다는 듯 흐느적, 흐느적 밖을 향해 나부끼는 저것의 정체는.

'홀로라늄. 홀로롤스. 홀로리아.'

만약 곽재영이 제정신이었다면 홀로그램이라고 알려 줬을 텐데.

정확한 단어를 떠올리진 못했지만 한 가지만은 확신할 수 있었어.

요람.

저것이 지나 킴이 말한 요람이라는 거.

어째서일까. 고주운은 지나 킴을 이해할 수 있을 것만 같았어. 지극히 매끄러운 방식으로, 마치 뇌파를 통해 생각이 전해지는 것처럼, 무섭도록 자연스럽게, 그의 마음이 흘러 들어오는 것 같았지.

아마 그는 아이가 가상 세계에서 크는 것에 만족하지 못했을 거야. 저 요람을 통해 물리적 세계로 꺼내려고 했겠지. 그래서 기술 개발에 매진했고, 인수 합병을 하고, 돈을 벌고, 그린체어의 재력가들을 긁어모으고, 또……. 직전에 제어실에서 들었던 지나 킴의 절규가 고주운의 귓가에 맴돌았어. 무서웠겠지. 미칠 것 같았을 거야. 데이터가 사라지고 있었으니까. 그건 곧 딸의 육신이니. 범죄자들을 청소했던 것도 그래서였어? 머지않아 진짜 세상에 나올 딸에게 깨끗한 사회를 물려주고 싶어서?

요람을, 아니 기계를 양팔로 가득 안은 지나 킴이 무언가를 계속해서 속삭였어. 그에 답하듯 푸른 홀로그램이 까르르 까르르 팔랑거렸지. 들리지 않았지만, 느낄 수 있었어. 지나 킴의 목소리. 아가야. 엄마가 지켜 줄게. 다시는 널 잃지 않을 거야.

어쩐지 고주운은 주저앉아 기도하고 싶어졌어.

"너라도 빨리 나가."

등에서 갑작스레 들려오는 곽재영의 목소리에 고주운이 놀라 흠칫 어깨를 움츠렸어. 인기척에 지나 킴의 고개가 돌아갔지. 본능적으로 느낄 수 있었어. 아까랑은 달라. 저런 눈을 한 사람은 어떻게 해도 이길 수 없어. 절반쯤 이 세상의 것이 아닌 눈빛에 고주운의 온몸이 얼어붙었어. 이 와중에 상황 파악을 못 한 곽재영이 내려 달라며 버둥대길래 그를 받치고 있는 팔에 꽉 힘을 주었지. 이 사람만큼은, 이 사람만큼은 지키고 말겠다는 각오로.

그리고 믿기 힘든 일이 일어났어. 지나 킴이 잠자코 고개를 원위치로 돌린 거야. 원통형 기계에 도로 뺨을 붙인 지나 킴은, 마치 그 푸르스름한 이미지 외에는 아무것도 보이지 않는 것처럼 굴었어. 꼭 이 세상에 자신과 딸 둘만이 존재하는 것처럼.

폭발음이 들려왔어. 매캐한 냄새도 함께. 아주 가까운 거리였어. 최면에서 갓 풀려난 사람처럼 화들짝 정신을 차린 고주운이 스튜디오를 가로지르며 출구를 찾기 시작했어. 지나 킴은 여전히 그들을 투명 인간 취급하며 홀로그램에 매달려 있었지. 이윽고 겹겹이 늘어선 콘솔 박스 뒤에서 비상구를 발견한 고주운이 손잡이를 잡아당겼어. 한 손으로는 잘 열리지 않아 끙끙대고 있는데 다른 손이 겹쳐졌어. 곽재영이 고주운의 등에서 내려와 합세한 거야. 두 사람이 힘을 실어 문을 열었어. 공기의 흐름이 다른 걸 보니 바깥으로 이어지는 통로가 분명했어. 절뚝이는 곽재영을 다시금 들쳐 업은 고주운이 마지막으로 뒤를 돌아봤어. 지나 킴은 여전히 기계를 끌어안은 채였고 그 뒤에서 낼름거리며 혓바닥을 들이미는 불길이 보였어. 잠시 고민했지. 억지로라도 끌고 나가야 하는 게 아닐까. 하지만 고주운은 단념하고 걸음을 옮겼어. 이곳이 저 여자의 자리니까.

문을 닫는 순간 들려온 목소리.

"사랑해."

다리에 감각이 사라질 정도로 뛰었어. 간신히 화염의 열기가 미치지 않는 곳에 도착했을 때, 고주운은 추락하듯 바닥에 주저앉았어. 때맞춰 웅장한 폭발음이 연이어 울려 퍼졌어. 온통 불길에 휘감긴 데이터 센터는 불온한 종교 의식에 희생되는 거대한 제물처럼 보였어. 어깨를 들썩이며 숨을 몰아쉬던 고주운이 갑자기 울음을 터트렸어. 어째서일까. 어째서 이렇게 심장이 터질 것처럼 아픈 걸까. 뒤에서 곽재영이 그런 고주운을 안아 주려고 팔을 뻗었어. 하지만 그 포옹은 닿지 못했어. 곧바로 엔진 소리가 들렸거든. 안경숙의 차가 도착한 거야.

38

2년 후.

서울시 노원구 중계동.

검은 옷을 입은 고주운이 지하철에서 내렸어. 에스컬레이터를 공연히 오르내리며 한참을 서성이다가 마음을 굳힌 듯, 발걸음을 뗐지.

도착한 곳은 한 대학 병원의 장례식장이었어.

고주운이 장례식장에 온 건 인생에서 이번이 네 번째였어. 첫 번째는 할머니가 돌아가셨을 땐데 너무 어렸던 터라 기억이 거의 없었고, 두 번째는 아버지, 세 번째는 노규태 사장의 상을 치를 때였지.

그리고 네 번째인 오늘은 박 실장님을 만나러 왔어.

고인의 이름을 확인하고 지하로 들어갔어. 장례식장은 고요했어. 고주운이 유족들에게 묵례를 하고 국화를 제단에 올렸어.

영정 사진 속에서 박민성이 광대로 안경을 밀어 올리며 활짝 웃고 있어.

접객실에 자리가 부족해서 고주운은 낯선 조문객들과 합석을 해야 했어. 사람 수에 비해 차분한 분위기. 한숨과 훌쩍이는 소리가 간간이 들렸어. 박민성의 아버지가 인사를 하러 찾아와서 며느리는 수액을 맞으러 갔고, 손녀들은 친척 집에서 맡아 주고 있다고 전했어. 차려진 상을 한 술도 뜨지 못하고 솥의 눈만 세 캔째 들이키고 있는 고주운의 귀에 사람들이 숨죽여 나누는 대화가 들려왔어.

저수지에서 차를 건져서 찾았대요.

쌍둥이를 두고 왜.

누가 같이 있었다는데. 아직 발견이 안 된 모양이에요.

여자?

와이프는 이제 어떻게 살라고.

더 이상 참지 못하고 일어난 고주운이 막 접객실로 들어오는 안경숙과 눈이 마주치곤 엉거주춤한 자세로 다시 자리에 앉았어.

"뭘 좀 먹어야지."

안경숙이 꾸짖었어. 그러는 자신도 철사처럼 말라비틀어진 주제에, 고주운의 젓가락질을 응시하는 눈빛만이 도깨비불처럼 빛나고 있었지. 고주운이 밥 두어 숟갈을 삼키는 걸 기다렸다가 말을 꺼냈어.

"그쪽 집에 얘기해 뒀어. 중학교 선생 하는 언니가 있더라고. 경찰이 저수지 바닥부터 수색 중이라고 하니까, 뭐라도 새로운 소식이 나오면 전해 준다고 하니까."

고주운이 물끄러미 쳐다보는 걸 자기를 추궁하는 거라고

생각했는지, 안경숙이 묻은 게 없는 입가를 티슈로 닦으면서 부연했어.

"잘 둘러댔으니까 걱정 말아. 돈 받을 게 있다고 하니까 별말 안 하던데. 암튼 소식 들어오면 바로 연락할 테니까, 핸드폰 잘 확인하고."

안경숙이 고주운의 밥그릇에 수육 한 점을 올리며 단호한 어조로 말했어.

"곽 실장 아직 실종자야. 사망자가 아니라고. 그러니까 정신 차려."

고주운이 속으로 중얼거렸어.

아직.

2년 전에 있었던 그 일, 언론에는 배터리 화재로 알려졌고 실제로는 테러였던 유스티티아 데이터 센터 전소 사건은 국내 IT 비즈니스의 판도를 바꿨어. 약 한 달여 동안 크고 작은 전산 장애가 이어졌고 사회 전체가 혼란에 빠졌지. 그나마 다행인 건 유례 없는 대규모의 화재였는데도 사상자가 적었다는 거. 40여 명의 부상자가 나왔지만 경상에 그쳤고 사망자는 딱 한 명이었지.

경찰은 유류품에 근거하여 까맣게 탄 시신의 정체가 지나 킴이라고 밝혔어.

대표가 갑작스레 사망한 데다가 천문학적인 액수의 손해

배상액을 떠안은 유스티티아는 위기를 맞았어. 국내 진출을 노리고 있던 글로벌 1위 업체에게 헐값에 인수된 후 역사 속에서 사라졌지. 유스티티아의 소멸과 동시에 급발진 사고로 인한 보행자 사망 건수가 급감한 사실을 굳이 연결시켜 주목한 사람은 없었어. 고주운도, 그 무렵에 정현성의 씀씀이가 부쩍 커진 사실에 굳이 신경 쓰지 않았지. 새로운 삶에 적응하느라 바빴으니까. 범죄 조직을 운영하는 남자의 애인으로 사는 삶에.

노규태의 자리를 고스란히 물려받은 정현성은 출처가 불분명한 투자금을 활용해 공격적으로 사업을 확장하기 시작했어. 음지의 일이라면 손을 대지 않은 걸 찾기가 더 쉬울 정도였지. 그중 하나가 성착취물 제작과 유통이었어. 모른 척하려고 애를 썼던 고주운도 피해자 상당수가 미성년자라는 걸 알게 되자 더 이상 외면할 수가 없었지. 그를 설득하기 시작했어. 바꾸려고 했어. 가여운 남자를 구원해 보려고 노력했어. 머지않아 불가능하단 걸 깨달았고. 체념한 고주운이 이별을 통보한 날, 정현성은 총 열두 개의 메시지를 보냈어. 모두 두 사람의 성관계를 촬영한 영상이었고, 정현성의 얼굴에만 모자이크가 되어 있었지.

그토록 혐오하던 성착취물에 고주운 자신이 등장하기까지, 딱 이틀이 걸렸어.

살인자가 되기로 했어. 집에 틀어박혀 정현성의 지령을 기다리며 강박적으로 폰만 보고 또 보는 생활이 한 달째 이어진 후 고주운이 내린 결론이었어. 정현성을 죽이고 나도 죽자. 구체적인 계획도 없으면서 다짜고짜 식칼을 챙겨 현관문을 박차고 나오는데 바스락거리는 소리가 들렸어. 비닐봉지였어. 좁다란 옥탑방 마당에 가득, 수십 개의 봉지가 나풀대고 있었어. 안을 들여다보니 레토르트 식품이나 음료수 같은 먹거리들이 담겨 있어. 그중 봉지마다 빠짐없이 전자레인지용 고등어구이가 들어 있는 걸 발견하고는 고주운이 손바닥으로 얼굴을 가렸어.

"비려서 싫다고 했잖아……."

계단에서부터 들려온 발소리가 멀찍이서 멈췄어. 고주운이 들고 있던 칼을 내리자 머지않아 차가운 손이 다가와 머리를 쓰다듬었어.

낙성대의 우주 같은 집으로 가 꼬박 하루를 잔 고주운. 일어나자마자 곽재영이 내민 흰죽에서는 설탕 맛이 났지. 소금이랑 헷갈렸나 봐. 군말 없이 그 달콤하고 뜨거운 것을 뚝딱 비웠어. 그리고 바로 토했지. 너무 굶다가 먹어서 그랬을 거야. 그런 고주운의 등을 토닥여 주고, 입을 닦아 주고, 옷을 갈아입혀 주고, 침대에 눕힌 곽재영이 조근조근 지금까지의 일들과 앞으로의 계획을 설명했어. 데이터 센터 사건 이

후, 고주운이 자발적인 의지와 비자발적인 정현성의 통제로 곽재영을 만나지 않은 동안 그가 무엇을 준비하고 있었는지 말이야. 이미 정현성네 조직이 저지른 범죄에 대한 정보를 상당수 수집한 상태고, 지금도 함정 수사로 성착취 영상에 대한 증거들이 쌓이고 있대. 그리고 여태 고주운이 최측근으로서 보고 듣고 기록해 둔 것들까지 더하면 더욱 강력한 무기가 될 거라고. 몇 가지 결정적인 단서만 더 모은 다음에 경찰과 언론에 공개할 계획이라는 거야.

"함께하면 해낼 수 있어. 지난주엔 박민성 실장이랑 독립해서 새 사무실도 열었거든. GDR탐정사무소라고."

"GDR……."

"응."

"곽곽디라라."

"응."

자기 별명이라고 했지. 대체 무슨 수로 그딴 작명에 박 실장님의 동의를 받은 거지. 지분 차이가 많이 나는 건가. 이런 생각을 하면서 고주운은 스르륵 눈을 감았어. 그날의 꿈에는 곽곽디라라거리는 비트에 맞춰 풍선 인형으로 변한 곽재영이 허우적거리며 등장했어. 두 사람은 함께 광란의 댄스타임을 즐겼지. 그러다 돌연 풍선 인형이 돌아섰어. 그런 추잡한 영상을 찍은 사람과는 곽곽디라라 비트에 맞춰 함께 춤을 추면 안 된다는 법안이 방금 국회를 통과했다는 거야. 고주운이 쫓아가 팔을 잡았더니 그 자리에서 커다란 구멍이 나면서 풍선 인형이 순식간에 형태를 잃고 씹던 껌처럼 쪼그라들었어.

어쩌면 예지몽이었을까?

그로부터 한 달 후, 증언해 줄 피해자를 만난다며 나간 곽재영과 박민성이 실종됐어.

지난주 화요일에는 박민성이 포천 고모저수지에서 떠올랐지.

왜 그날 같이 가지 않았을까, 왜 하필 생리통 때문에 집에 혼자 남았을까, 왜 두 사람이 차디찬 물에 빠져 생사를 오가는 동안 아무것도 모른 채 진통제를 먹고 따뜻한 이불 안에서 쿨쿨 잠을 자고 있었을까. 왜, 왜, 왜. 수없이 후회를 해도 소용없었어. 미친 듯이 목격자를 찾아 댔지만 불가능했어. 사망 시간을 특정하는 것조차 쉽지 않았지. 인근에 낯선 언어를 쓰는 사람들이 왔다 갔다는 제보가 있었는데, 외국인 노동자가 많은 동네라 그걸로 뭔가를 추정하기도 어려웠어. 저항 흔적이 없어서 경찰에선 자살로 사건을 종결시키려고 했지. 업계에는 두 사람이 불륜 관계여서 같이 사무실을 차렸고 그 사실을 가족들에게 들키자 동반 자살했다는 소문이 돌았어.

장례식장에 박민성의 아내가 보이지 않는 건 그래서인지도 몰라. 만나면 말해 주려고 했는데. 진실을. 소문을 믿지 마세요. 그건 자살이 아니에요. 살인이에요. 필리핀 쪽 범죄 조직이 움직였을 거예요. 최근에 단속을 피해 보이스 피싱 거점을 중국에서 필리핀으로 옮겼거든요.

그럼 되묻겠지. 박민성의 아내가 말이야. 남편에게 전업주부가 될 건지 재취직을 할 건지 정하라며 채근했던 야무진 생활인, 국내에 딱 한 곳에서만 파는 에그타르트를 좋아하는 미식가, 쌍둥이 딸을 다 키우면 서울을 떠나고 싶어 했던 소박한 직장인, 아마도 박민성만큼이나 정의롭고 선하고 수다스러울 그의 아내가 때꾼한 눈을 들어 너무나 합당한 질문을 던지겠지.

누가?

정현성이라는 인간이요.

왜?

자기 조직을 캐고 다니는 걸 눈치채서.

그걸 당신이 어떻게 알죠?

고주운이 솔의 눈을 하나 더 따 마셨어. 이걸로 네 캔째.

맞은편에 앉은 안경숙이 빨간 안경 너머로 자신을 걱정스레 바라보는 시선이 느껴져서, 고주운은 그저 손등으로 입술을 닦았어. 빈소 입구에서 조문객들이 인사하는 소리가 들려왔어. 어? 오셨어요. 고주운이 눈을 깜빡였어. 어? 라는 말, 박 실장님 앞에서 하면 안 되는데.

영정 사진 속 박민성은 여전히 웃고 있었어. 순간 그 위로 곽재영의 얼굴이 겹쳐 보여서 고주운이 눈을 끔뻑였어. 하나도 닮은 구석이 없는데 왜 헷갈린담. 이 사실을 말해 주면 서로 자기가 더 기분이 나쁘다며 길길이 날뛸 거야. 이제 그런 모습을 보는 일은 영원히 없겠지만.

왜냐면 박민성은 사망자고 곽재영은 실종자니까.

아직.

고맙다는 인사를 하지 못했지.

아직.

사랑한다는 말도.

고주운이 장례식장을 나와 향한 곳은 서울 성북구. 커다란 단독 주택이 줄지어 선 고급 단지를 한참 거슬러 올라가더니 한 곳에 멈췄어. 담 안쪽 나무가 너무 빽빽해서 건물이 잘 보이지 않는 집이었지. 벨을 누르자 중년 여자가 나왔어. 고주운이 말했어. 녹색 의자를 사러 왔어요. 여자가 안으로 들어올 수 있게 몸을 틀었어.

데이터 센터 화재 이후 표면적으로 그린체어는 사라졌어. 아마도 극심한 내분이 있었던 것 같아. 엄청난 혼란과 분노와 슬픔에 휩싸여 서로를 물어뜯었겠지. 그들로선 기껏 살려 놓은 자식을 또다시 잃은 셈이니까. 왜 지나 킴은 테러를 모임에 알리지 않고 혼자 해결하려고 했을까? 뭔가를 숨기고 싶었던 건 아닐까? 예를 들면, 멤버들에게 받은 돈을 자기 딸의 홀로그램에만 쏟아붓고 있었다는 사실이랄지. 어디까지나 추측일 뿐이지만.

최근 그린체어의 활동이 새로이 수면 위로 올라오고 있다는 소식을 알려 준 건 실종 전의 곽재영이었어. 장소와 암호는 고주운이 이동선을 찾아가 알아냈지. 아무리 사정해도 입을 열지 않길래 집에 잠입해서 생전의 모든 것들이 고스란히 남아 있는 아들 방에 기름을 뿌리고 라이터를 켰거든. 그제야 얘기해 주더라고.

고주운이 중년 여자를 따라 원시림처럼 우거진 정원을 걸었어. 구불구불한 길 끝에 나타난 단층 주택이 생각보다 아담해서 의외였는데, 내부에 들어가니 엘리베이터가 있고 버튼이 지하 8층까지 표시된 걸 보고 실소가 나왔지. 도착한 곳은 지하 4층. 지상보다 훨씬 넓은, 거의 광활하다고까지 표현할 수 있을 공간에 갖가지 기계들이 가득했어. 그리고 중앙에 온몸이 화상 흉터로 가득한 사람이 우뚝 서 있었어. 정확하게는 기대어 있었다고 표현하는 게 맞을 거야. 큰 널빤지처럼 생긴 보조 기구에 엉덩이와 허리를 고정시키고 비스듬히 서 있던 그는 고주운이 온 걸 알아채곤 손을 들어 양해를 구했어. 놀라는 기색도 없이 마치 기다렸다는 듯. 아마 이동선으로부터 진작 얘길 들었겠지. 통화가 끝나길 기다리며 고주운이 주변을 둘러봤어. 모니터에는 20대 초반으로 보이는 광대가 발달하고 턱이 긴, 눈꺼풀에 점이 있는 여성의 렌더링 이미지가 떠 있었고, 주변에는 여러 소재로 두개골을 구현한 모형들이 공처럼 굴러다니고 있었어. 이제 호놀룰루, 아니 홀로그램은 포기하고 노선을 바꾼 걸까? 그거 있잖아. 사람처럼 생긴 로봇.

'휴먼메이드, 휴머나이드, 후머나이즈.'

휴머노이드라고 고쳐 줄 사람이 이곳에는 없었어.

통화가 끝나자마자 고주운이 말했어.

"도와줘요."

화상 흉터가 가득한 사람이 눈을 들어 고주운을 물끄러미 쳐다봤어.

"이제 어디가 진짜 제 자리인지 알 것 같아요."

상대의 얼굴이 일그러져. 흉터가 심해서 표정을 구분하기 어렵지만 아마 웃고 있는 것 같아. 기괴한 각도로 어깨를 움츠리고 손가락을 까닥거리던 그가 이내 자세를 추스르곤 턱을 치켜들며 물었어.

"왜, 살리고 싶은 사람이 있니?"

기계음처럼 납작하게 찌그러진 목소리였어. 고주운의 시

선이 모니터에 뜬 렌더링 이미지를 향했다 돌아왔어.

"아니면, 죽이고 싶은 사람?"

우리의 일은 모두 연결되어 있어. 디지털 속의 저들은 머지않아 진짜 세상으로 나오게 될 거야. 그때를 대비해 완벽한 사회를 만들어야 해. 그게 우리의 숙제이자 책무이고.

사랑이야.

끊어질 듯, 끊어질 듯 이어지는 목소리에 고주운이 양손으로 눈썹을 뽑으며 커다란 눈을 끔뻑였어.

그날 저녁.

고주운은 압구정의 한 성형외과 탈의실에 앉아 있었어. 두 번째 방문이었지. 그때와 다른 점은, 아마도, 마음가짐?

고주운이 쥐고 있는 핸드폰에는 정현성이 운영하는 포르노 사이트가 열려 있어. 번쩍이는 불법 도박 배너 광고를 한참 내리니 최신 자료 탭이 나왔어. 최상단에 위치한 영상의 썸네일에는, 발가벗은 자신의 모습이 있었지. 한 시간 전에 업로드됐지만 벌써 수십만 뷰를 기록 중이야.

아까 단독 주택에서 말야. 화상 흉터가 가득한 사람이 물었잖아. 고주운은 이렇게 대답했어.

"살리고 싶은 사람이랑, 죽이고 싶은 사람'들'이 있어요."

고주운이 손끝으로 액정을 톡, 두드렸어.

언제였더라? 곽재영이 이티 흉내를 냈던 날. 외계인이 인간한테 삿대질하다가 함께 자전거 타는 영화에 나왔던 그 명대사 있잖아.

아윌 비 라잇 히어.

나는, 여기 있을 거야.

수술을 마치고 나니 밖에선 비가 내리고 있었어. 우산도 없이 걷던 고주운이 걸려 온 전화에 핸드폰을 들었어. 발신인 안경숙. 통화 버튼을 눌러 귀에 대는 동안, 고주운의 얼굴이 일그러져. 붕대에 칭칭 감겨 있어 표정을 구분하기 어렵지만 아마 웃고 있는 것 같아. 그의 옆을 화물차 한 대가 요란한 소리를 내며 지나갔어. 고여있던 물웅덩이에 바퀴가 스쳐 물보라가 솟아올랐어. 거대한 샴페인을 터트리는 것처럼. 축하하는 것처럼.

39

지금까지 내가 들려준 이야기는 한 악당의 탄생에 대한
이야기야.

내가 아직 고주운이라는 이름을 가지고 있을 때의 이야
기지.

작가의 말

    지나 킴의 한국 이름은 김지연입니다. 김지연, 곽재영, 고주운은 모두 초성이 같습니다. 운명처럼 얽힌 이들의 이야기는 지금부터 시작입니다.

서귤 올림

프로듀서의 말

《급발진》은 '익숙하게만 느꼈던 자동차가 나를 공격한다면? 그리고 연쇄 살인의 도구로 쓰인다면?'이라는 발상에서 시작된 이야기입니다. 인간과 가장 밀접한 로봇이 자동차라는 사실을 우리는 종종 잊고 살아갑니다. 《급발진》은 지금의 자동차가 그만큼 많은 기술적 진보를 담고 있기에 가능했던 이야기입니다.

《급발진》은 또한, 현재 우리 사회의 면면을 그리는 액션스릴러이자, 새로운 악당의 출현을 예고하는 프리퀄 같은 작품이면서, 결국은 사랑 이야기입니다. 《급발진》 속 인물들이 보여 주는 각기 다른 사랑의 모양을 유심히 보아 주시면 좋겠습니다.

이야기를 시작하던 때부터 마무리 짓는 순간까지, 늘 최고의 원고를 보여 주신 서귤 작가님께 감사의 말씀을 전합니다. 코프로듀서 소피와 의견 보태 주신 반, 그리고 다른 안전가옥 멤버들에게도 많은 도움을 받았습니다. 꼼꼼하게 글을 살펴 주신 한우주 편집자님, 책을 멋지게 만들어 주신 강지구 디자이너님과 GOSTI 작가님께도 감사드립니다.

313

이 작품은 자동화된 연쇄 살인 이면에 있는 윤리적 문제를 누구의 입장에서 받아들이느냐에 따라 다르게 읽힐 이야기이기도 합니다. 많은 순간 우리는 구경꾼의 자리에 서 있지만, 어떤 사건의 당사자가 되는 순간 고주운, 곽재영, 김지연의 자리 중 어딘가를 선택하게 되겠지요.

책을 덮은 뒤 시작될 독자 여러분의 다음 이야기가 궁금합니다.

고맙습니다.

안전가옥 스토리 PD

신지민 드림

급발진

1판 1쇄 발행 2024년 6월 10일

지은이 서귤

기획 안전가옥
프로듀서 김보희, 신지민
　　　　　윤성훈, 이수인
　　　　　이은진, 임미나
퍼블리싱 박혜신, 임수빈
편집 한우주
일러스트 GOSTI
디자인 강지구
서비스 디자인 김보영
비즈니스 이기훈
경영지원 홍연화

펴낸이 김홍익
펴낸곳 안전가옥
출판등록 제2018-000005호
주소 04779 서울특별시 성동구 뚝섬로1나길 5,
　　　헤이그라운드 성수 시작점 202호
대표전화 (02) 461-0601
전자우편 marketing@safehouse.kr
홈페이지 safehouse.kr

ISBN 979-11-93024-69-0 (03810)

안전가옥 오리지널